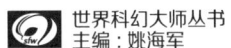

世界科幻大师丛书

主编：姚海军

THE POSTMAN

末日邮差

[美] 大卫·布林 著　于金权 译

四川科学技术出版社

THE POSTMAN

Copyright © 1985 by David Brin

Published in agreement with Baror International, Inc.,

Armonk, New York, U.S.A. through The Grayhawk Agency Ltd

Simplified Chinese edition copyright：

2023 Sichuan Science Fiction World Co.,Ltd.

图书在版编目（CIP）数据

末日邮差 / ［美］大卫·布林 著；于金权 翻译.

--成都：四川科学技术出版社，2023.1

（世界科幻大师丛书 / 姚海军 主编）

书名原文：THE POSTMAN

ISBN 978-7-5727-0859-6

Ⅰ.①末… Ⅱ.①大… ②于… Ⅲ.①幻想小说－美国－现代

Ⅳ.①I712.45

中国国家版本馆CIP数据核字（2023）第002695号

图进字号：21-2012-56

世界科幻大师丛书

末日邮差

SHIJIE KEHUAN DASHI CONGSHU
MORI YOUCHAI

丛书主编	姚海军	
著　者	［美］大卫·布林	
译　者	于金权	

出 品 人	程佳月	
责任编辑	宋　齐	姚海军
特邀编辑	贾雨桐	
封面绘画	守望者	
封面设计	李　鑫	
版面设计	李　鑫	
责任出版	欧晓春	
出　　版	四川科学技术出版社	
	成都市锦江区三色路238号 邮政编码 610023	
	官方微博：http://e.weibo.com/sckjcbs	
	官方微信公众号：sckjcbs	
	传真：028-86361756	

成品尺寸	147mm×208mm	印　张	11.375	
字　数	250千	插　页	2	
印　刷	成都博瑞印务有限公司			
版　次	2023年2月成都第一版			
印　次	2023年2月成都第一次印刷			
定　价	60.00元			

ISBN 978-7-5727-0859-6

邮 购：成都市锦江区三色路238号新华之星A座25层　　邮政编码：610023

电 话：028-86361770

中文版序言
书与影

后启示录风格书籍与电影通常会描绘一个文明崩溃后的世界，这本《末日邮差》相当于此类作品的集大成者。在这个故事里，你将发现人们习以为常的生活其实是多么弥足珍贵；一旦失去，人们又将陷入何等的绝望之中。

《末日邮差》并不是一个很典型的末世故事。如今的电影和小说里多的是单枪匹马对抗极权社会和各种阴暗未来的英雄。在那些故事中，主角随时会遭到邻里的背叛，更不用说信任其他组织和团体了。为什么那些作者和导演要这么写？答案其实很简单。因为只有这样，他们的英雄才会始终处于危机之中，从而把读者和观众的注意力吸引到冒险过程上，而忽视了世界观本身。这些描写的确引人入胜，但如果末世之后文明的根基尚存，那些英雄的冒险之旅恐怕就不会这样激动人心了。

我无法认同那样的故事。我们生活在人类最伟大的时代，这个时代的一切，都是靠你我这样数以亿计的普通人维系的。就算文明真的遭受重创，这些人也一定能将它重新建立起来！只要人们心中还有信念，就一定会是这样。

《末日邮差》就是这样的故事。主角所做的一切，便是唤起幸存者的信念，让他们回忆起曾经的光辉岁月。那时，人们愿意相互倾听，共同进步；那时，人们能够齐心协力，或者在相互竞争中解决难题；那时，人们怀有梦想，而且不断努力，使之化为现实。

本书的主角，那个邮差，便是世界上的最后一个理想主义者。他不愿放弃我们曾经的梦想，四处传播希望的种子。他相信人们不但能重现昨日的辉煌，甚至可以走得更远。他衣衫褴褛，心怀恐惧，但仍旧怀抱着希望之光。

许多人受到了这本书的影响。发售不到一个月，就有十余家影视工作室想买下《末日邮差》的电影版权！

那么，我喜不喜欢凯文·科斯特纳以我这本书为原著拍的电影呢？嗯，总的来说，电影的可取之处多于失望之处。虽然有诸多缺陷，但它依然是部好电影——前提是你真的沉浸到影片中去。科斯特纳的邮差和我书中的那个人一样，都是为人正直的老派理想主义者，在艰难的旅途中逐渐成长为被人们寄予厚望的英雄。片中许多场景告诉我们，一旦文明崩溃，你会多么渴望回到那个看似平淡无奇的"曾经"。说实在的，它里头有许多新奇和绝妙的点子，要是我写书时能想到，那该多棒啊！

《末日邮差》的读者可能不满意电影将重点放在了全书的前

三分之一。但我认为这个决定非常正确。"超级计算机"和"变异人"在小说中能得到很好的展现，但对电影而言，它们过于复杂了。总而言之，电影想抓住的是这个故事的精髓，即让人们团结起来，用文明战胜虚无。

《末日邮差》中文版的读者，希望你们原谅本书把关注焦点放在了美国。我的其他一些书，比如《星潮汹涌》《地球归零》还有《人类存在》，里面的角色来自世界各地，甚至地球之外；还包括了许多非人物种！但话说回来，如果蒙受了本书所描写的那种灾难，对人们来说，"世界"只能是他们生活的山谷，或者稍大些的地区。受环境所限，他们所能远眺的，只能是地平线，而不是更遥远的远方。

我诚挚地希望，中国读者同样可以从这个故事中感受到人性的光辉。如果那种可怕的时代真的降临，我们必须多想想："我为什么在这里……我正在干什么……如何才能重建文明，或者驱除黑暗。"

"我今天在这里所做的，也许能鼓舞起别人的勇气。他们可能会站到我的身边，说：让我们一起重建……"

"……而那之后，我们齐心协力，其成就终将超越过去。"

大卫·布林

2014 年 11 月 20 日

目录

献给狡猾的天才本杰明·富兰克林

和努力成为狡猾天才的吕西斯特剌忒①

---

① 古希腊讽刺喜剧《吕西斯特剌忒》中的女主人公，她为了结束旷日持久的伯罗奔尼撒战争，倡议雅典妇女拒绝与丈夫发生性关系，直至停战。

序　章　漫漫十三载的融雪期

寒风依然凛冽,漫天雪尘飞舞,古海波澜不惊。

大火肆虐,城市沉寂,地球自转六千周。时至今日,太阳自转十六圈,森林燃尽,苍穹不再烟幕重重,白昼不再雾色浓重。

烟囱高耸入云,浓烟炽热炎炎,直冲云霄,悬浮颗粒随烟飘向空中。日落反反复复六千次,天空充斥着夸张的艳丽色彩,橘黄中夹杂着浮尘。乌黑的大气遮天蔽日,降温随之而来。

究竟是巨大的陨石、高耸的火山、核战争还是其他东西造成了这种情况,几乎已无关紧要。气温和气压失去平衡,大风呼啸而至。

整个北部,污雪飞舞。有些地方,夏天的生机也无法除却积雪。

唯有大洋永恒不变,依然如故,此乃关键所在。日夜交替,风扬尘飞,在夕阳下呼啸。有的地方冰层加厚,浅海湮没。

大洋的态度至关重要,而它还未表态。

地球依旧旋转,人类奔走求生。

大洋一声叹息,寒冬依旧。

第一部

喀斯喀特岭

1

　　身上满是灰尘和血迹，鼻孔中透着极度恐惧的气息，这个时候，人的脑海里会时而闪现出记忆深处零碎的相关场景。戈登在荒郊野外过了半辈子，其中大部分时间都在为生存而挣扎。尽管如此，戈登还是不明白，正好在生死边缘挣扎的时候，模糊的记忆怎么会突然涌入他的脑海。

　　他在极干燥的草丛中喘了一会儿气，然后拼命向前缓慢爬行，希望找到避难之所。突然，他记起了什么东西，这东西就像他鼻子底下布满灰尘的石头一样清晰可见。刚刚记起的是几幅画面：一幅画面是很久以前的一个下午，外面下着雨，他在温暖又安全的大学图书馆里；另一幅画面是已经失落的世界，其中充满了书、音乐和关于哲学的、漫无边际的闲扯。他还记起了一本书中的文字。

　　他艰难地穿过坚忍不拔、不屈不挠的欧洲蕨，在这个过程中，他脑海里浮现出那段黑白相间的文字。尽管已遗忘了那个作者的名字，但他仍然非常清楚地记得那段话：

　　一息尚存，何谈"完"败……毁灭性灾难来临又何妨？意志坚定之人不惜代价、舍命一搏，定能化腐朽为神奇……

世界上最危险的人莫过于绝望之人。

戈登希望这位早已长眠地下的作家此刻能与他在一起,共同面对困境。他想知道,在这场大灾难中,这家伙能找到什么样的希望之光。

在拼命逃往这片茂密草丛的过程中,他已遍体鳞伤。他缓慢地爬行,尽量不发出声音。空中飘浮的灰尘几乎要惹得他打喷嚏的时候,他就会躺下一动不动,闭上眼睛。这个前进的过程既缓慢又痛苦,而他甚至不知道自己正爬向何方。

几分钟前,他还和当时独自远游的旅者没有两样,舒适安逸,行囊充盈。但此刻,戈登已经沦落到只能穿千疮百孔的衬衫、褪色牛仔裤和野营软皮平底鞋的地步了,而且,就连这点行头也很快会被荆棘抓挠得千丝万缕。

他的手臂和背上每多一处新的擦伤,随之而来的便是一阵剧痛。但是,在这个可怕又极干燥的丛林中,他别无选择,只能缓慢向前爬行,祈祷自己所开辟的蜿蜒小道不会把他带回到敌人(那些本可以易如反掌地取他性命的家伙)那里。

终于,当他觉得前路漫漫没有尽头的时候,前方出现了一个口子。草丛中有道细缝,可以看到下面是乱石铺成的斜坡。戈登最终扫除荆棘,翻过身来,仰头看了看朦胧的天空。他呼吸到了没有干燥腐臭味的空气,光这样就已经让他感激不尽了。

欢迎来到俄勒冈,他苦涩地回忆,我觉得爱达荷州的情况很糟糕。

他举起一只手,想擦掉眼里的灰尘。

是我太老,根本做不成这事了吗?毕竟他现在已经三十多岁,超过了后大屠杀时期旅行者的平均寿命了。

主啊,保佑我重回家园吧。

他并不是在想明尼阿波利斯市①。如今那片草原已是地狱，十多年来，他一直想方设法逃离那里。不过，戈登觉得金窝银窝还不如自家的狗窝。

汉堡、热水澡、音乐……

……冰啤酒……

……友善的警察和邻居……戈登对这个世界早已不复存在的舒适生活分门别类。

傍晚，篝火旁，戈登小口啜饮着木果茶时，一帮强盗突然顺着戈登走过的小道冲他奔来，显然，这些满脸杀气的人一捉到戈登，就会立即杀了他。

他没等他们下手，就将滚烫的茶向一个大胡子强盗脸上泼去，随后迅速就近跃入了荆棘丛中。他们朝他逃跑的方向开了两枪，但仅此而已。或许对这些强盗而言，他还没有一发子弹值钱。再说，他们已经抢走了他所有的东西。

或者说他们可能是这样认为的。

戈登一直背靠着到处都是岩石的高处，直到确定斜坡下面的人看不到自己时，才小心翼翼地坐起来，勉强露出了一丝微笑。他将腰包从小树枝上拽过来，取出已半空的水壶，润了润喉咙，他渴得可真够呛。

祝你好运，偏执狂。他想。自"末日之战"以来，那条腰包从未离他超过三英尺②。这也是钻入荆棘丛前他唯一来得及带走的东西。

他从包内的枪套里取出点三八左轮手枪，尽管枪上有一层薄灰，但其深灰色的金属壳仍闪闪发光。戈登吹去短管手枪上

①美国明尼苏达州东南部城市。

②1英尺＝0.3048米。

的灰尘,仔细检查了一番。柔和的咔嚓声充分证明了另一个时代拥有出色技术和极高精准度。即使在杀人方面,原来的世界也能做得更好一些。

在杀人方面尤其如此。戈登提醒自己。下面的斜坡上传来了嘈杂的笑声。

他旅行的时候,通常只给手枪上四发子弹。而现在,他又从腰包里取出了两发珍贵的子弹,填进枪膛。在这种情况下,活过今天晚上都是奢望,更不用考虑"手枪的安全问题"了。

十六年来我一直在追逐一个梦想。先是进行了长期徒劳无功的斗争,阻止世界崩溃……接着苦苦挣扎挺过了"三年寒冬"……最后的十多年则是到处漂泊,躲避瘟疫和饥荒,与霍恩主义者和不计其数的野狗做斗争……这半辈子,我像黑暗时期到处流浪的吟游诗人一样,到处表演,混饭吃,让自己多活一天,以便寻找……

……某个地方……

戈登摇了摇头。他深知自己的梦想只是遥不可及的梦呓和幻想而已,在现实世界中根本无处立足。

……秩序尚存的地方……

此刻,他把那个梦想抛到了脑后。无论他一直在苦苦寻找什么,他的漫漫追寻之路似乎都会在这干燥寒冷、属于过往的俄勒冈东部地区的群山中终结。

从下面传来的声响中他可以判断,那些强盗正在打包战利品,准备离开。野草阻挡了戈登透过北美黄松林向下看的视线。但是过了一会儿,戈登就在自己的露营地方向看到了一个身穿褪色格子猎服的壮汉,他正朝东北下山的方向走去。

在那次极短的袭击中,戈登记下了一些模糊的画面,这个人的穿着与画面中那些人的穿着差不多。至少这些攻击他的人没有穿着部队留下来的迷彩服——那是霍恩生存主义者的标志。

他们肯定只是普通的山贼,宁愿到地狱里受煎熬的强盗。

如果是这样,那还有一线希望,他脑海里闪现的计划或许可以达到某种目的。

或许吧。

一个强盗将戈登不管什么天气都穿着的那件夹克围在了自己的腰上。他的右手拿着戈登从蒙大拿州一路带来的唧筒式猎枪。"快点!"那个大胡子的强盗朝后面的人喊道,"别得意了。带上所有东西,快走!"

戈登肯定,他就是老大。

又一个人进入了他的视线。此人个子较矮,穿得也更加破烂,背着一只布袋和一把破步枪,匆匆忙忙地赶过来。"你收获不小嘛!我们应该庆祝一番。詹姆斯,我们把这些东西拿回去后,我们能从你这儿拿走我们想要的东西吗?"这个小个子强盗蹦蹦跳跳的,像一只兴奋的小鸟,"示巴和女孩子们听到我们将那只'小兔子'①逼入荆棘丛中,肯定会大发议论。我从来没看到有东西跑那么快!"他呵呵地笑了。

戈登身上本来就有伤,听到这番侮辱他的话后眉头紧锁。他所到之处几乎总是受到这样的待遇。尽管已经过了这么长时间,但到现在他还是没有适应后大屠杀时期的冷酷无情。他用一只眼睛透过灌木丛的缝隙观察着情况,深深地吸了口气,接着喊道:"我不会再装糊涂了,狗熊老兄!"愤怒之情使他的声音变

---

① 这里代指"戈登",调侃戈登像"兔子老弟",钻入荆棘丛中逃生。"兔子老弟"和下文提到的"狗熊老兄"都是乔尔·钱德勒·哈里斯所著的《雷木斯大叔讲故事》中的动物。

得无比刺耳，超出了他自己的预期，但这也是情不自禁的。

那个壮汉笨拙地趴在地上，努力爬到就近的大树后面隐蔽起来。而那个瘦骨嶙峋的强盗则朝山上看了看。

"怎么回事……谁在上面？"

戈登稍微松了口气。他们的行为证明，这群狗娘养的并不是真正的生存主义者，当然也不是霍恩主义者。如果他们是霍恩主义者，他现在可能已经没命了。

其他强盗（戈登数了一下，一共五人）正带着战利品，匆忙往山下跑。而他们的老大从自己的隐蔽处发出了命令："趴下！"那个瘦骨嶙峋的强盗似乎觉察到自己的位置已经暴露，于是立即与他的同伴会合，躲到了灌木丛的后面。

还有一个强盗脸色发黄，鬓角黑白相间，戴着一顶登山帽。与其他强盗不同的是，他并没有躲起来，而是向前走了几步，嘴里嚼着一根松针，若无其事地观察着草丛。

"你们怕什么？"他镇定地问道，"我们袭击他的时候，那个可怜的家伙已经差不多一无所有，只穿着一件内衣了。我们已经拿走了他的猎枪。让我们看看他想要什么。"

戈登一直埋着头。但他还是不由自主地注意到了那个男子缓慢做作的说话方式。他是唯一一个没留一点胡子的，戈登从自己所在的位置还能看出他穿的衣服也比其他人更干净整洁。

听到老大低沉含糊的吼叫声，那个泰然自若的强盗只是耸了耸肩，在一棵分叉的松树后面悠闲地走来走去，不能算是躲着。他朝山上喊道："兔子先生，你在上面吗？如果你在上面，刚刚没留下来请我们一起喝杯茶，我感到很遗憾。不过，鉴于詹姆斯和小沃利对待游客的惯用方式，我觉得你不招呼我们也不能怪你。"

戈登简直无法相信他以这种嘲笑的口吻与他开玩笑。他喊道："我当时就是这么想的。谢谢你对我不那么热情好客的理解。随便问一下，我这是在和谁说话？"

那个高个的强盗开怀大笑起来，"和谁？呃，你还是一位语法学家！真是高兴极了。我已经好久没听到文化人的声音了。"他摘下登山帽，鞠了一个躬，"我叫罗杰·埃弗雷特·普蒂安，曾经是太平洋证券交易所的员工，现在是抢劫你的人。至于我的同伴……"

灌木丛发出了沙沙的响声。普蒂安听到了声音，最后耸了耸肩。他对戈登叫道："哎，一般情况下，我会义无反顾地抓住机会，与你惺惺相惜地谈论一番；我敢肯定，你也与我一样渴望这样的交谈。遗憾的是，我们这一小群强盗的老大一定要我查出你要什么并处理好这件事。

"所以，兔子先生，说说你的要求吧。我们洗耳恭听。"

戈登摇了摇头。这个家伙显然自以为很聪明，但他的幽默感实在不敢恭维，就算按照战后的标准来看也是如此。"我发现你们并没有带着我的所有东西。你们不可能已经决定只拿走你们需要的，然后留下足够的东西让我生存下去，对吧？"

下面的灌木丛传来了一阵大笑，接着其他人也笑了起来，笑声也更加刺耳。罗杰·埃弗雷特·普蒂安左顾右盼，举起了双手。他夸张地叹息了一声，似乎是要表明他至少听懂了戈登提问中的讽刺意味。

他又叹息了一声，"唉，我记得我向我的同伴提过这种可能性。比如，我们的女人可能觉得你的铝制帐篷支架和登山背物架有些用处，但是我认为我们应该把尼龙包和帐篷留给你，这对我们来说没什么用。

"呃，从某种意义上来说，我们已经这样做了。但我觉得沃利……呃，改变想法也不会满足你的要求。"

灌木丛那边再次传来了刺耳的笑声。戈登的身子突然委顿了下去。

"我的靴子呢？你们看上去都穿得够好的了。再说，你们当中有人刚好能够穿上那双靴子吗？你们可不可以把那双靴子留给我？还有我的夹克和手套？"

普蒂安咳嗽了一声说："这个嘛，可以。它们对你来说很重要，没错吧？当然猎枪是没得谈的，除此之外，其他东西都可以商量。"

戈登吐了口痰。白痴，我当然知道，你就继续卖乖吧。

这群强盗的老大的声音再次响了起来，尽管他的声音穿过树丛有所减弱，但仍然可以听到。与此同时，耳畔还传来了哈哈的笑声。面带痛苦的表情，那位前股票经纪人叹息了一声，说："我的老大想知道你拿什么来交换。当然我知道你已经一无所有。不过，我必须得这样问。"

其实，戈登还有几件他们可能想要的东西，比如随身携带的指南针和瑞士军刀。

但如果真的进行交易，活着出去的概率有多大呢？很显然，这群狗娘养的只是在玩弄他们的猎物而已。

戈登的心里充满了怒气，尤其对普蒂安的假慈悲感到愤怒。世界崩溃后，无数曾受过教育的人变成了既冷酷无情又彬彬有礼的毒蛇。在他看来，这些人要比迫于身处野蛮时期而妥协的人可鄙得多。

他喊道："在我看来，你不需要这双靴子！你其实也不需要我的夹克、牙刷和笔记本。还有，这块区域没有辐射，你拿我的盖革计数器①干什么？我没有那么蠢，所以也没打算拿回我的猎枪，但是没有其他一些东西，我会死的。你们这群该死的家伙！"

他的诅咒声似乎沿着长长的山坡传到了山下，随后安静了好一会儿。后来灌木丛发出沙沙的声响，那个身材魁梧的强盗老大站了起来。他不屑地朝斜坡上吐了一口痰，冲其他人打了个响指："他没有枪。"然后，他眯缝起眼睛向戈登所在的大体方向示意了一下。

"小兔子，快跑。快跑，要不然我们剥了你的皮，把你当晚饭吃！"他举起戈登的猎枪，转过身来，漫不经心地沿着下山的路走了。其他人跟在他后面，还在哈哈大笑。

普蒂安朝山坡耸了耸肩并面带讽刺地微笑了一下，接着收拾好自己的战利品，跟着他的同伴走了。他们消失在一条狭窄森林小道的拐弯处。接下来的几分钟里，戈登依旧可以听到欢快的口哨声逐渐远去。

你这蠢货！戈登暗骂自己。不该和那些强盗废话的。这年头人人都以性命相搏，除了无能之辈，所有人都更倾向于用拳头说话。而他呢？居然还想和对方做交易。从那些话被驳回的瞬间起，这些土匪就认定了他不过是个无能的软蛋。

当然戈登本可以用他的点三八左轮手枪开一枪，浪费一颗宝贵的子弹，证明自己并不是完全无法构成威胁。但这样的话，他们会再次把他当回事……

那么为什么我不这样做呢？是太害怕了吗？

或许吧。一旦暴露，我今晚很可能就没命了，但现在还有几个小时，所以那威胁似乎还很遥远，与五个持枪的暴徒相比，并不那么令人害怕，来得也没那么快。

---

①一种专门探测电离辐射(α粒子、β粒子、γ射线)强度的记数仪器。

他用右手的拳头猛击左手手掌。

戈登,不管了。在今晚冻死前,你还能自我安慰一下。不过,你终究是个大傻瓜,可能熬不过今天了。

他艰难地爬起来,开始缓慢又谨慎地沿着斜坡向下移动。尽管戈登还不太愿意承认,但他越来越确定,逃过这一劫只有一个办法,虽然这个办法的可行性也很低。

戈登逃出灌木丛后,就马上一拐一拐地走到了流水潺潺的小溪边上,洗了一把脸,还清洗了一下身上最严重的伤口。他将浸满汗水的棕色头发丝从自己的眼睛里撩了出来。擦伤处痛得要死,但伤口的严重程度看起来还不足以让他把装在细管中的珍贵碘酒从腰包里掏出。

水壶装满水后,他思考了起来。

除了他的手枪、破破烂烂的衣服、小折刀和指南针外,腰包中还有套小型捕鱼工具。如果他能成功地翻过这些山,到达一片不错的水域,捕鱼工具搞不好能派上用场。

当然还有点三八的十发子弹——工业文明留下的小玩意儿,令人愉快。

记得当初暴乱和大饥荒期间,似乎能够源源不断供应的一样东西就是弹药。如果美国储存和分配的食物相当于其民众储存子弹数量的一半,那该多好……

戈登小心翼翼赶往自己刚刚逃离的露营地,凹凸不平的石头硌着他抽搐的左脚。显然,这双破烂软皮平底鞋走不了多少路了。面对山中寒冷的秋夜,破烂的衣服也根本无法御寒,就像面对铁石心肠的强盗,苦苦哀求无济于事一样。

约莫一小时前,他开辟了一小块地并在那里露营。此刻这里已经一片狼藉,破坏情况比他最坏的设想还要糟糕。

帐篷变成了一堆尼龙碎片,睡袋变成了散落在地上的小堆鹅绒。戈登发现唯一完好无缺的是那把瘦长的弓。弓身由树枝制成,而用鹿的肠子做弓弦则纯粹源自他的突发奇想。

或许他们认为这是根拐杖吧。最后一家生产弓箭的工厂十六年前已经化为灰烬,抢劫戈登的人完全忽视了弹药最终耗尽时弓箭的潜在价值。

他用这把弓拨动这堆废弃物,寻找其他可以挽救的东西。

我简直无法相信。他们拿走了我的日记!那位道貌岸然的普蒂安可能想在下雪期间好好地研究一番,在美洲豹和秃鹰将我的骨头一扫而空的时候,偷偷地嘲笑我的冒险之旅和我的天真。

当然,所有食物都没了:牛肉干、一袋米(在爱达荷州的一个小乡村中,他唱了几首歌又讲了几个故事才换来的)、一点儿冰糖(他在一台遭到抢劫的自动贩卖机的最深处找到的)。

戈登从尘土中拨出他那支面目全非的牙刷时想,没有冰糖也无妨。

他们到底为什么要这样做呢?

"三年的寒冬"快结束的时候——他所在的那个排剩下的战士还在为一个政府努力地守护明尼苏达州韦恩市的大豆仓库,而他们已经有几个月没有与这个政府联系了——他的五名战友在肆虐的口腔病灶感染中身亡。这样的死并不光彩,没有人知道到底是细菌武器,还是饥寒交迫和糟糕的卫生保健条件造成的。戈登只知道,他现在满脑子想的就是自己的牙齿一颗颗烂掉的情形,这是他打心眼儿害怕的一件事。

他将那支小牙刷拨弄到一边的时候想,这群狗娘养的。他最后踢了一下这堆垃圾。这里没剩下什么能让他心情平复的东西。

你是在拖延时间。快,马上行动起来。

戈登开始缓慢移动,但很快进入了状态,尽可能快速、悄无声息地沿着向下的足迹移动,穿越极其干燥的森林以争取时间。

那个身材魁梧、无法无天的老大已经郑重声明过,要是他们再次相遇,将吃了他。前段时间,吃人现象相当普遍,这些山里人可能非常喜欢吃人肉。不过,他会向他们证明,一个一无所有的人也是不容小视的。

他们留下的痕迹在半英里①内清晰可见:其中两条痕迹是鹿皮的软边儿鞋留下的,第三条痕迹是战前伐柏拉姆牌登山橡胶靴鞋底留下的。他们在拖拖拉拉地行进,想赶上他们的话,根本不是问题。

然而,这并不是他的计划。戈登试图回想今天早上爬上山的那条路。

那条路向东南方向回旋,通向下面荒芜的山谷,接着是沿着山的东面向北蜿蜒,整条路是下行的。

但如果我避开主道,走捷径,穿越较高的斜坡,会怎么样呢?那我或许可以在天黑之前打他们个措手不及……在他们幸灾乐祸、毫无防备的时候。

如果有捷径的话……

强盗们走的这条路逐渐朝山下的东北方向——也就是长长的山脉背阴处——蜿蜒,通到俄勒冈州和爱达荷州东部的沙漠区。昨天或者在今天早上,戈登肯定穿过了强盗们的关卡,接着他们一路跟踪他,直到他露营。这些强盗的窝点肯定在这条路附近的某个地方。

尽管戈登走路一瘸一拐的,但他还能悄无声息地快速行进,

---

① 1英里 = 1.6093千米。

这是较之靴子、野营软皮平底鞋唯一的好处。过了一会儿，他听到下方传来了一些微弱的声音。

是强盗。那些人聚在一起有说有笑，听着让他痛苦。

这并不是因为他们在嘲笑他。残酷无情已经成为当今生活的一部分，如果戈登不认可这点的话，他至少也要承认，在如今这个野蛮的世界里，自己还是二十世纪的一个怪胎。

但这些声音让他想起了其他的笑声，那些共患难的人所讲的冷笑话。

德鲁·西姆斯是一位医学预科生，脸上长着雀斑，咧嘴笑的时候很自然，擅长下国际象棋和打扑克。霍恩主义者攻占韦恩市并烧毁仓库的时候，抓住了他。

泰尼·凯勒曾两次救过我的命，战争中患上的腮腺炎令他痛苦不堪，他临死的时候只想让我给他读故事听。

还有他们这组人的领导范中尉，他有一半越南人的血统。戈登从来不知道这位中尉将自己的部分军饷分给了他的手下，后来知道的时候已经太晚了。最终他只要求裹着美国国旗下葬。

戈登一个人生活太久了。他想念有这样的人陪伴，这份思念之情几乎与幻想有女人陪伴差不多。

他看着左边的灌木丛，来到了一个出口，这里似乎有一条倾斜的小路——或许是一条捷径——通往山的北面。他离开原来的小路，开辟自己道路的时候，干燥的灌木丛发出了噼里啪啦的声音。戈登觉得自己记起来了一个完美的伏击地点：一块又高又大的马蹄形石头下方，有条U字形的道路。狙击手可以在比露出地面的岩石高一点的地方找个位置，让所有在这条U字形道路上行走的人都处在狙击范围之内。

我能先到那里就好了……

他可能出其不意地瞄准他们,迫使他们和他谈判。这就是一无所有的人的优势。任何明智的强盗都会选择活命,再去抢劫其他人。他必须相信,可以用他们这群强盗中一两个人的命换取靴子、夹克和一些食物。

戈登希望自己不用杀人。

求求你,成熟起来吧!在接下来的几个小时,面对最邪恶的敌人,他可能会像以往一样迟疑不定。就这一次,残忍一点吧!

他沿着山坡抄小路,渐渐听不到路上的声音了。好几次,他必须绕过凹凸不平的山沟和难以穿过的可恶荆棘丛。戈登一心一意寻找着通往怪石嶙峋的伏击点的最快路径。

我走得够远了吗?

他继续不安地行进。根据模糊的记忆,他脑海里的U形道路应该沿着山的东面向北蜿蜒走很长一段路才能到。

沿着附近也许是猎户留下的狭窄小径,他在松树林中匆忙穿行,时不时停下来查看指南针。他面临困境。要想抓住对手,他必须待在比他们高的地方。然而,如果他待的地方过高,他又可能在不知不觉中错过目标。

夜幕马上要降临了。

他慢跑到一块小空地上,一群野生的火鸡纷纷散开。当然,野生动物回归可能与人口减少有些关系,但还有一个原因:他来到了一个水源较充足的乡村,水源要比爱达荷州的旱地充足一些。如果他在这里生活的时间足够长,有时间练习,那么他的弓箭可能会很有用。

他开始沿着下坡路走,隐隐觉得有些担心。按说再往下走一会儿就能看到主道,但若是那条路转了几个弯,那就不妙了。

他很可能已经朝北走得太远了。

终于,戈登意识到狩猎小道一路向西延伸。看来紧接着又要爬坡了,再然后应该会到达一条笼罩在暮色雾气中的山间峡谷。

他停下来喘了一会儿气,以确定自己的位置。或许这条路也能穿过寒冷、半干旱的喀斯喀特岭①,最终通往威拉米特河谷②和太平洋。他没有地图,但他知道,沿着那个方向最多走两周就可以到一个有水喝的地方,可以找到住处、捕鱼的小溪以及打猎的地方,可能还有……

可能还有一些人正试图让这个世界再次恢复正常。阳光穿过无际的云朵照下来,看上去像一圈光环,就像他遥远记忆中城市上空夜晚的光晕,也仿佛是引导着他从中西部一路追寻至此的期望。这个梦想——他知道毫无希望——始终萦绕着他。

戈登摇了摇头。可以肯定的是,喀斯喀特岭上会有积雪、美洲豹和饥荒。他无法改变计划。如果他想活命的话,就不能改变计划。

他努力沿着山坡向下开道,但是那条狭窄的捕猎小道不断迫使他向北和向西行进。他肯定错过了那条"U"形道路,被茂密干燥的矮树丛引入了歧途。

戈登沮丧不已,差点忽视了外界的声响。但是随后他突然停了下来,支起耳朵倾听。

难道这些声音?

前方的森林中有一座很陡的山谷。他快速向那座山谷走去,直到看到那座山以及其他一些相连的山。这些山被浓密的

---

①北美洲太平洋海岸山脉的一部分,位于美国西部。

②属于美国俄勒冈州。

云雾所笼罩,只能看出轮廓。西侧的高处呈琥珀色,在太阳照不到的地方呈深紫色。

声音好像来自下方、东部。没错,确实有声音。戈登搜寻了一番,在山的一侧发现了一条蜿蜒的小径。而远处,一些彩色的东西正缓慢向上移动,穿过森林。

那群强盗!但是为什么他们要再次上山呢?他们不可能,除非……

除非戈登向北远远地偏离了他一天前选择的道路。他肯定彻底错过了伏击地点,走到了一条支路的上方。这群强盗正爬向一个岔口,戈登昨天没有注意到这个岔口,岔口有两条路,强盗和戈登正好选择了两条不同的路。

这肯定是通往他们基地的路。

戈登抬头看了一眼那座山。没错,要是在山的西面,在鲜有人行走的道路附近的路肩上,有一个小山洞就非常合适。这样的山洞既可以防守,也很难被人发现。

戈登会心地笑了一下,也开始向西行进。伏击已经不可能了,但是如果他抓紧时间的话,可以直捣黄龙,占领强盗们的老巢,或许可以有几分钟偷取他所需的食物、衣服以及其他一些可以随身携带的东西。

可如果老巢那里有人该怎么办呢?

这个嘛,他或许可以把他们的女人当作人质,借此努力与他们讨价还价达成协议。

真不错,这样做好多了。就像拿着个定时炸弹的人打败了携带烈性炸药慢慢跑来的人。

但坦白地说,他很讨厌做这些选择。

他开始奔跑,在狭窄的狩猎小径上迅速前进,遇到横生的树枝就低头而过,遭遇干枯的树桩则绕道而行。戈登感到自己的精力无限。现在他坚定了信念,往常的所有自我怀疑都无法阻碍他了。他斗志昂扬,大步前进,不假思索地挤开小灌木丛。纵身一跃跳过拦在前方的一段腐烂不堪的树干⋯⋯

这一跳降落的时候,有东西刺穿了那双薄薄的软皮平底鞋,他感到左腿一阵剧痛向上蔓延,身体倒在了干涸河床的溪石上,而且脸最先落地。

戈登捂着伤口翻了个身。透过湿润、对焦模糊的双眼,他发现自己被一条环状的生锈粗钢丝绳绊倒了,这条钢丝绳无疑是战前某次伐木工作的遗物,颇有些时日。

尽管腿在疼痛中抽搐,他的脑子却异常清醒。

上次打破伤风疫苗还是在十八年前,真棒。

但他这次不会受到感染,这条钢丝并没有割伤他,只是把他绊倒在地。不过这也够糟的。他抱着自己的大腿,紧咬下唇,想要缓解抽筋的剧痛。

疼痛渐渐缓解,于是他拖着身子慢慢地走向那棵被砍倒的树,小心翼翼地支起身子坐到树桩上。他紧咬牙关,倒吸着冷气,而一阵阵的疼痛亦慢慢消退。

但与此同时,他能够听到下方不远处的强盗们走过的声音。唯一的优势也失去了。

直捣黄龙,抄他们老巢的伟大计划落空了。他倾听着他们向上前行逐渐消失的声音。

最后,戈登把弓当作手杖,努力让自己站了起来。他把重量慢慢地压在左腿上,尽管左腿还有点颤抖,但好歹能支撑住自己。

要是在十年前,这样摔倒后我会马上起身逃走,根本犯不上折腾。面对现实吧！戈登，你已经大不如前，年老体衰了。这年头，三十四岁相当于耄耋老人。

现在不会有伏击了。他甚至无法追击那些强盗，更别说一路奔到山里的伏击点了。在一个没有月光的夜晚，追踪强盗根本就是不可能的事。

抽筋慢慢好了，于是他走了几步。很快，不用太依靠临时的手杖，他也可以行走了。

好多了，但是他能到哪里去呢？或许趁天还没有完全变黑，他应该去找个山洞和一堆松针，反正是去找一些能够让他先度过这个夜晚的东西。

寒意越来越浓，戈登看着夜幕降临到荒芜的谷底，附近大山的每面山坡都暗了下来，融化在一起。夕阳的红色光芒穿过积雪山峰中的细缝，照在他左侧。

他面朝着北方，还没有什么力气赶路。在这条狭窄小道的另一侧有一片起伏的绿色森林，此时他突然看到有一道亮光掠过，在这片绿色的映衬下格外显眼。戈登设法不让那只一触地就痛的脚用力，就这样向前走了几步。他的眉头紧锁。

森林大火烧掉了喀斯喀特岭大片干燥的森林，但这座山的茂密森林并没有遭殃。没错，路那边有东西像镜子一样能够反射阳光。从山势来看，他觉得这种反射现象只有处于这个位置才可能在傍晚的暮光中看到。

所以说他猜错了。那些强盗的老巢并没有设在西面道路上方的山洞中，而要近得多。运气真好。

这么说你是在给我提示？现在？他怒斥上苍。还要给我提供救命稻草，难道我现在遇到的麻烦还不够多吗？

希望会令人沉迷。希望已经促使他向西走了半辈子那么久。过了一会儿，戈登发现自己还是不想放弃，他头脑中已经在制订新计划的大概内容了。

他可以试试抢劫满是武装人员的小屋吗？可以出其不意地破门而入，一只手拿着手枪叫他们待在原地别动，同时用另一手将那些人绑在一起！

为什么不这样做呢？他们可能喝得烂醉如泥。但在绝望之中，我试一试又何妨。他能抓到人质吗？这个嘛，对他们来说，一只奶山羊也要比他的靴子宝贵得多！要是抓到一个女人应该可以换取更多的东西。

这是个馊主意。能否成功要取决于强盗头子能不能理性行事。那个狗娘养的能意识到人在绝望之中可以做出些什么，能让他带着他需要的东西离开吗？

戈登知道，自尊心使人愚蠢。至少大多数情况下如此。万一到时候被他们追赶，我就完蛋了。现在，我跑得都没只獾快呢。

他看了看道路上的反光，觉得自己实在没有什么选择。

他一开始就走得很慢，现在腿还在痛，差不多每走一百英尺，他就必须停下来仔细察看交错杂乱的痕迹，找出敌人留下的足迹。他还发现自己在考虑阴暗处可否作为潜在的伏击点，但他最终放弃了这么做。这些人不是霍恩主义者，实际上是群草包。戈登心想，如果他们有岗哨的话，也应该位于老巢附近。

日光渐隐，碎石路面上已经看不到什么足迹了。但戈登知道自己在奔向何方。反光也已消失，但山脊另一侧的峡谷呈现出了黑色的V字形轮廓，两边都是树木。他选了一条可能正确的路，匆忙赶路。天色迅速变暗。一股潮湿而寒冷的微风，拂过云雾萦绕的山峰。戈登一瘸一拐地走过干涸的河床，拄着手杖爬上一段之字形道路。随后,当他觉得自己离目标不到四分之一英里的时候,前面突然没路了。

他举着前臂,保护着自己的脸,试图悄无声息地穿过干燥的矮树丛。他一直很想打喷嚏,但为了不吸入飘浮在空气中的尘埃,他控制住自己,不让喷嚏打出来。

夜晚寒冷的雾气正在往山下飘。地上很快结了层霜,发出闪烁的微光。戈登在颤抖,但与其说是因为寒冷,还不如说是因为紧张不安。他知道自己正在接近目标。他即将邂逅死神。

年轻的时候,他在历史书和小说中读到过英雄。书中几乎所有英雄要行动的时候,似乎都能把自己的担忧、困惑和不安放到一边,轻装上阵,在即将开始行动的时候犹是如此。但是戈登做不到。相反,他满脑子都是胡思乱想,而且越想越多,还记起了许多令他抱憾终生的事,脑子一片混乱。

他并不是对自己必须要做的事情存有疑虑。以他信奉的道德准则来看,这样做是正确的。要生存就必须这样做。不管怎么说,他要是活不了,可以拉几个狗娘养的东西陪葬,这样至少下一个路人路过这些山的时候可以安全一点儿。

不过,离发生冲突的那一刻越近,他就越觉得自己不想沦落到那种地步。他并不想杀人。

他曾与范中尉带领的小队并肩而战,维护已不复存在的和平,保卫国家的部分地区,尽管如此,他还是不想杀人。

后来,他成了游方歌者四处奔走,时不时出卖体力以求生存。选择这种生活的部分原因在于,他希望自己在某个地方找到光明。

有些社区在那场战争中幸存了下来,据说,其中一部分社区会收留外人,让他们成为社区的新成员。当然,女人通常非常受欢迎,但有些社区也收留男人,愿意让他们成为社区新成员。不过通常是很难的。男人要想成为社区的新成员必须决斗,想坐在社区的议事桌上,就必须杀人或者剥下一张该社区宿敌的头皮以证明自己的能力。在平原和洛基山脉上,真正的霍恩主义者寥寥无几。戈登遇到过许多幸存者们建立的居民区,可是要想加入他们,必须满足他们的要求,而戈登却无法做到。

此刻,他冷静地数着子弹,意识到如果自己百发百中的话,可能足以击毙所有强盗。

又一处稀疏的浆果丛阻挡了他的去路。浆果丛中没有浆果,到处都是刺。这次,戈登沿着边缘走,在黑暗中小心翼翼地摸索。他有很好的方向感,这是十四年四处游走日积月累的结果。

他移动的时候没有发出声音,小心翼翼地控制着自己的一举一动。

总的来说,像他这样的人能够活到现在简直是奇迹。所有他认识或仰慕的人都已经不在人世,那些人怀揣的希望也随之破灭。他十八岁的时候,温情脉脉的世界就已经四分五裂。很久之后,他才渐渐意识到,自己始终保持的乐观精神不过是一种极度愚蠢的表现。

如今谁不疯狂呢?

他自问自答道,没错,不过现在多疑和沮丧是适应现实的表现,处处往好的方面想只能说愚蠢至极。

戈登在一个彩色的小东西面前停了下来。他朝荆棘丛仔细看了看,大约在一码[①]内,有一丛单独的蓝莓,显然没被山中的黑熊发现。薄雾让戈登的嗅觉更加灵敏,他能从空气中闻到秋季

---

①1 码 = 0.9144 米。

特有的霉味。

他不顾扎人的刺，伸手抓了一把黏糊糊的蓝莓回来。那种野生的蓝莓吃起来酸酸甜甜的，就像生活，有苦也有甜。

暮光差不多消失了，几颗暗淡的星星在昏暗的天空中眨眼。寒冷的微风吹起他破烂的衬衣，提醒戈登现在是时候采取行动了。继续等下去，他的手就会发僵，连扳机都扣不动。

他绕过那片荆棘丛，擦了一下裤子上黏糊糊的东西。在那儿，他突然看到差不多一百英尺之外，有块大方玻璃窗在昏暗中闪闪发光。

戈登迅速退回，躲回了荆棘丛。他拿出左轮手枪，用左手握住右手手腕，直到呼吸平稳。接着他检查了左轮手枪的机械装置。手枪发出的咔嗒声很轻柔，表明它完全没有问题。剩下的子弹放在胸前的口袋中，相当沉。

荆棘丛是迅速或强行通过的大障碍。他仰坐到荆棘丛中，荆条随之弯曲，在这个过程中，他又多了几处小擦伤，但他并没有注意到。戈登闭上眼睛，开始沉思，寻求内心的平静，没错，还有宽恕。在那个寒冷的夜晚，唯一与他的呼吸相伴的是蟋蟀富有节奏的叫声。

天气寒冷，云雾萦绕在他周围。他叹了口气。不，没有其他办法了。他举起武器，开始迂回前进。

那建筑看起来很奇怪。就拿一点来说吧，远处那块玻璃是黑色的。

这已经够奇怪的了，但更加奇怪的是没有声音。他本来想那些强盗应该会点着火，热烈庆祝。

现在天已经很黑了，他几乎连自己的手都看不见。树木像笨重的巨人矗立在两边。在黑魆魆的建筑映衬下，那玻璃窗虽然不明亮,但也足够显眼,映照出了起伏云层中的亮点。一缕薄雾飘到了戈登和目标之间的地方,模糊了视线,让那里反射的光亮更加微弱。

他缓慢前行,大部分注意力都放到了地上。现在可不是踩到干树枝或是拖着脚步走被尖石扎到的时候。他抬起头来看了一下,又产生了怪异的感觉。前方的建筑物有些问题,发出微弱光亮的玻璃映照出了其大致轮廓。它怎么看都有点儿不对劲。那建筑整体像一个盒子,上半部分基本上都是窗户,下面部分给人的感觉则是涂过油漆的金属而不是木头。在角落里……

雾越来越浓。戈登知道自己错了。他一直在寻找房子或者说大村庄。他不断走近,意识到那东西其实比他想象的要近得多。那外形相当熟悉,似乎是——

他踩到一根小树枝,发出了啪的一声。他蹲下身子,盯着前方的一片漆黑,非常想看清情况。他内心的恐惧似乎激发出了他双眼蕴含的神秘力量,迫使雾霭开出一道口子,让他看到前方。

雾霾似乎相当听话,突然在他面前消散了。戈登发现自己离那扇窗户还不到两米,这让他吃惊不已……他的脸映照在窗户上,眼睛瞪得很大,头发蓬乱……除了自己的影子外,还有一堆白骨,那个骷髅头戴着帽子,似乎咧嘴笑着对他表示欢迎。

恐惧让戈登瑟缩成一团,精神也随之恍惚。他拿不起自己的武器,也发不出声。薄雾萦绕间,他侧耳倾听,想看看能否听得到虚空中的声音,要是能,就证明自己是发神经了。希望那个死人头是幻觉使然。

"哎,可怜的戈登!"那个阴森森的映像覆盖了他的倒影,一闪一闪的,似乎在向他打招呼。这些年来,一直挺可怕的,但世界的主宰——亡灵,从未以鬼魂的形式出现在他面前。戈登的脑子已经无法正常思考,只会胡思乱想了。他的目光盯着那里,一动不动,好像在静静等待着什么。那个骷髅头和他的脸……他的脸和那个骷髅头……那个骷髅头没有与他经过一番斗争就抓住了他,此刻它似乎相当满意,正咧着嘴大笑。

最终,本能的条件反射帮了戈登一把。

无论多么令人着迷、多么可怕,要是眼前的场景始终毫无变化,那么人就不可能一动不动地永远盯着它看。戈登鼓不起勇气,精神濒临崩溃,阅历和学识也于事无补。这种情况下,无聊感反而最终主导了他的行为。

他呼出的鼻息化作白色水汽。他听着气息从自己的牙缝中呼出,感到眼睛不自觉地偏离了那骷髅头。

他注意到那扇窗户装在门上。门的拉手就在他前面,他的左边还有一扇窗户。他的右边……右边是车罩。

车罩……

吉普车的车罩。

那是一辆被人遗弃、表面生锈的吉普车的车罩。那辆吉普车停在森林的小峡谷中,留下的车辙已模糊不清……

那辆被人遗弃、表面生锈的吉普车上还有先前美国政府的标志,他看了一眼那辆车的车罩以及可怜的公务员死后留下的那副白骨,那个骷髅头紧靠在乘客那边的窗户上,正对着戈登。

憋了好长的一口气几乎让戈登头昏眼花,现在他终于松了一口气,同时又不免尴尬。戈登直起身子,就像胎儿出生时由蜷曲到伸直一样。

"啊,主啊。"他舒展了一下自己的身体,绕着那辆吉普车走了一大圈,特意看了一下那位坐在车上的死人,慢慢开始面对现实。他深深地吸气,平息脉搏,耳朵里的隆隆巨响也渐渐消失了。

最终,他一屁股坐到了地上,背靠着吉普左侧冰冷的车门。他双手颤抖着将左轮手枪安全地塞回了皮枪套中,接着取出水壶,慢慢地大口喝起水来。戈登希望自己有更好的东西,但此刻即便是水,尝起来也如同蜜糖。

入夜,天气寒冷刺骨。过了好一会儿,戈登终于理清了思绪。他追踪了错误的线索,误入了这片漆黑的无人之境,不可能再找到强盗们的老巢了。不过,至少那辆吉普可以让他避上一避,这里至少能遮风避雨,比周围的其他地方要好。

他支起身子,将自己的手放到车门的连杆上,开始摇动。曾经,他那两亿同胞都知道如何打开车门。这样不停地摇动,摇了一会儿后,车门的弹簧锁被迫弹开。他用力拉开车门,后者发出了尖锐刺耳的声音。然后戈登滑到了破碎的塑料座位上,开始仔细观察车内的情况。

吉普车的驾驶座在右边,与普通汽车的驾驶座位置相反,这是末日之战爆发前的邮局专用车。那位已死的邮差——即他那具白骨——倒在最边上。即使到了现在,戈登还是不敢看那副白骨。

那辆吉普车上能存放东西的地方几乎都是帆布袋。车内满是旧纸的味道,就像是打开了木乃伊的棺木。

怀揣着希望,戈登从换挡的地方拿起一个金属制成的细颈瓶,一摇还有响声。要想把液体装在那瓶子里保存十六年或者更长的时间,那瓶子必须密封得很好。旋转和撬动瓶盖很费劲。他拿着瓶子对着车门框重重地砸了一下,接着又来了一下子。

他沮丧地几乎想哭，但最后感到瓶盖有了一丝松动。他慢慢旋开瓶盖，一股久违又熟悉的醉人威士忌香味扑面而来。

或许我是好人，好人有好报吧。

或许确实有上帝吧。

他灌了一大口，感受着暖流由喉咙浸入五脏，随后咳嗽了一声。又喝了两小口之后，他倒在了座位上，喘息着，不过这喘息与叹息差不多。

那副白骨窄窄的肩膀上披着一件夹克，但他不敢把它拿下来。戈登拿了几只麻袋——上面印着"美国邮政服务"的字样——将它们盖到了自己身上。车门没有完全关上，留了一道缝，这样山上清新的空气就可以进入车内了，他和那个瓶子一起躲在了临时的"毛毯"之下。

最终，他开始端详这里的主人了，注视着那位已故公务员衣服上印着的美国国旗徽章。他拧开那个细颈瓶的瓶盖，这次，他朝着那副穿着衣服的白骨举起了瓶子。

"邮差先生，你相信也好，不相信也罢，我总是认为你们提供了优质又真诚的服务。对了，人们还总拿你们去激励男孩子们，但我知道你们这份工作相当艰辛。我为你们感到骄傲，在战争爆发之前就为你们感到骄傲了。

"邮差先生，但是这瓶酒，"他举起那个瓶子，"这瓶酒完全出乎我的意料！我觉得自己所交的税用在了刀刃上。"他向那位邮差敬酒，咳嗽了几声，但非常享受其带来的浓浓暖意。

他躲在邮袋下面，身子又缩进去了一些，眼睛盯着那件皮夹克看，肋骨分布在皮夹克的两边，两条手臂的白骨松散地挂着，角度非常奇怪。戈登躺着一动不动，伤心难过，有点辛酸，好像是想家了。吉普车、伟大而忠诚的信使、印有美国国旗的徽章……这一切让人想起舒适安逸、互相合作的美好过去,数百万人可以自由选择放松、微笑或争辩,互相包容,希望随着时间的流逝,自己的生活会更好。

那天,戈登已经为杀别人或自己被杀做好了心理准备。现在不用那样做了,他相当高兴。他们称他为"兔子先生",让他自生自灭。但他也享有特权说那些强盗是"乡巴佬",让他们过自己的生活去,而他们根本不会知道他拥有这一特权。

戈登准备睡了,欢迎乐观心态回归,尽管那种乐观心态可能与这个时代格格不入,显得愚蠢。他躺在麻袋做的"毛毯"下,一整晚都在做着另一个世界的美梦。

2

　　白雪和烟尘覆盖在古树折断的树枝和烧焦的树皮之上。那并不是一棵死树，零零落落的绿芽正努力地往外冒，但它们的努力并不怎么成功。那棵树的日子不多了。

　　阴影笼罩，一只受伤的老鸟在空中扶风低翔，像那棵树一样，已经快走到生命尽头了。

　　那只鸟翅膀低垂，开始吃力地搭建鸟窝——一个安息之所。它从歪倒在地上的树木中将枝丫一根根啄起来，堆到一起，越堆越高，高到看起来根本不是一个鸟巢，这才停止了动作。

　　那是一堆火葬用的柴火。

　　那只浑身是血、奄奄一息的鸟停在柴堆的最上面，点燃了柴堆，发出了轻柔悦耳的叫声，这叫声与以前听过的任何叫声都不一样。柴堆开始放出火光，那只鸟很快被吞没在一片深紫色中。然后，蓝色的火焰突然迸发出来。

　　那棵树似乎动了起来，令戈登大吃一惊。残枝向火焰的方向卷曲起来，就像老人在火堆前烘手。白雪抖落，绿草生长，空气中开始弥漫新生的气息。

　　置身于火葬柴堆中的鸟没有涅槃，或者进入休眠。它已经被火化,只剩下了骨头。

但是那棵树开了花,开着花的树枝舒展开来,不知不觉地伸入了空中。

戈登仿佛看到了气球、飞机和火箭船。这些幻梦向各个方向飘离,空气中充满了希望的气息。

3

一只灰噪鸦正在寻找蓝色的松鸦，想要继续追逐它。那只灰噪鸦停到吉普车的车罩上，发出了沉闷的声响。它叫了两声，一声好像是说那吉普车是它的地盘；另一声好像是想表明自己很高兴，接着就开始啄那厚厚的破烂车罩。

戈登被咚咚的声音吵醒了。他抬起头，透过上面满是灰尘的窗户，隐约看到一只灰色羽毛的鸟。过了一会儿，他才记起自己在哪里。那一晚，他做了好多美妙的梦。挡风玻璃、方向盘、金属和纸张的味道，这一切感觉就是一个最美妙梦境的延续，而这就是战争爆发之前的生活。他昏昏沉沉地坐了一会儿，细细地体会着各种感受，与此同时睡梦中的情景在他眼前浮现，随后又难以抓住消失了。

戈登擦了一下自己的眼睛，开始考虑自己的处境。

如果昨晚他进入这个山谷时没有留下明显的脚印，他现在应该非常安全。威士忌放在这里封存了十六年却没有动过，这一事实表明那些强盗明显是一群草包。他们总是在某一块特定的区域打猎，连自己的山头都懒得充分利用。

戈登感觉自己有点昏昏沉沉的。他十八岁上大学二年级的时候,战争爆发。从那时起,喝四十度的烈酒而不醉的人就非常少了。昨天,他受到了一系列打击,好几次激动不已才猛灌了那威士忌,现在感觉口干舌燥,眼皮也痒痒的。

此刻,他比以前更加惋惜失去的舒适生活。今天早上不会有茶喝了,不会有湿毛巾了,不会有鹿肉干当早饭吃了,也不会有牙刷刷牙了。

不过,戈登还是努力保持从容乐观。毕竟,他还活着。虽然他觉得,今后很长一段时间里,他会无比想念自己那些被偷走的东西。

幸运的话,盖革计数器不会成为他最想念的东西。离开达科他州以来,辐射是戈登一路西行的主要原因之一。他简直是盖革计数器的奴隶,无论走到哪里,他都得读读上面的指数,还总是担心那个计数器会被偷或坏掉,这种事做多了难免让人心生厌倦。而据传西海岸并没有受到战后最严重的辐射影响,那里遭受的是从亚洲通过风传播过来的瘟疫。

这就是那场奇怪战争——反复无常,混乱不堪。大家都觉得战争会在瞬息之间毁灭世界,但事实并非如此。它更像是霰弹枪,每颗子弹的破坏程度只是中等,但是子弹数量众多。单独看其中任何一次灾难,可能都不是毁灭性的。

如果起初发生在海上和太空中的"高科技战争"没有波及陆地,后果就可能不会那么严重。

西海岸的瘟疫没有东半球那么严重,在东半球,敌人甚至在自己的地盘也无法控制住所拥有的武器。如果遭受瘟疫的区域不把大量的难民聚集到一起,没有毁掉脆弱的医疗服务网的话,瘟疫可能就不会在美国要了那么多人的命。如果人心惶惶的社区没有阻断铁路和公路以防止细菌传入的话,饥荒可能就不会那么严重。

至于长期以来令人畏惧的原子弹,在"斯拉夫复兴"被内部瓦解,带来出人意料的胜利之前,只被使用了很少一部分。那几颗爆炸的核弹足以引发"三年寒冬",但还不够"百年黑暗"。这"百年黑暗"可能导致人类像恐龙那样灭绝。总之几周下来,核弹没能毁灭地球,这还真是个巨大的奇迹。

实际上,即便几颗核弹、一些病菌和三次欠佳的收成加起来也不足以摧毁这个伟大的国家以及世界。

但国内还有个毒瘤。

内森·霍恩,永远诅咒你。这是废土上人们共同的心声。

他将那些邮袋推到了一边。无惧早晨的寒意,他打开左边的腰包,取出了一小包铝箔包装的东西,外面还覆盖了一层融化的石蜡。

只有遇到紧急情况——这就是一种紧急情况——才能动用这储备。戈登需要能量度过这一天。包装里只有十二块牛肉,但这一天必须靠它们撑过去。

戈登从水壶中喝了一大口水,将一块又苦又咸的东西吞了下去,接着一脚踢开吉普车左边的车门,几只邮袋滚到了地上,而地上结满了霜。他转向右边,看了看那副穿着衣服的白骨。它静静地与他共度了一个晚上。

"邮差先生,我将用自己的双手尽可能让你体面地下葬。我知道这不足以报答你的恩情,可是我只能做这么多。"他伸手越过那具枯骨又窄又瘦的肩膀,打开了驾驶座的车门。

软皮平底鞋踩在结冰的地上很滑,于是他小心翼翼地绕着吉普车走到了车的另一边。

至少昨晚没有下雪。这里这么干,地上的冰应该会融化,挖一个坑应该没有问题。

他用力拉右手边生锈的车门，车门发出了嘎吱嘎吱的声音。那副白骨前倾的时候，将它装入一只空的邮袋中相当困难。戈登不知怎的将那包衣物和那些白骨平摊在了森林空地上。

他对那些东西保存得那么好感到吃惊。干燥的气候几乎使邮差的尸体变成了木乃伊，这样各类虫子就有时间将尸体的肉吃干净，同时尸体又不会变得一塌糊涂。这些年，吉普车上的其他东西似乎都没有被动过。

他首先查看了邮差的衣物。

真有趣，为什么他要在夹克里面穿一件印有佩斯利涡旋纹^①图案的衬衫？

那件衬衫曾经色彩斑斓，但如今颜色已褪，留下了污点，完全变了个样，不过那件皮夹克可是不错的收获。如果足够大穿得上的话，那件皮夹克将大大提高他存活的概率。

那双长筒靴看上去挺破烂的，但或许还可以穿。戈登小心翼翼地抖掉了靴子内可怕又干燥的残留物，将靴子往自己脚上套。

或许偏大了点。可是总比破烂不堪的野营软皮平底鞋要好。

戈登尽其所能轻轻地将那些白骨放入邮袋中，令他吃惊的是，他轻而易举地做到了。前一个晚上，所有迷信都被破除了。对那些东西的前主人，现在只剩下淡淡的敬意和莫名的感激了。他抖了抖那些衣物，屏住呼吸不把灰尘吸入体内，随后将它

①佩斯利纹样诞生于古巴比伦，兴盛于波斯和印度，其图案据说来自印度教皇的"生命之树"——菩提树叶或海枣树叶。

们挂在了一棵北美黄松的树枝上，让风吹干，自己回到了吉普车上。

后来，他想明白了。穿衬衫的谜团解开了。就在他睡觉的地方旁边，有一件长袖的蓝色制服，两边肩膀上有邮政服务的徽章。过了这么多年，它看上去仍然几乎是新的。穿衬衫是为了舒服，而穿制服是邮局统一要求的。

戈登还是个孩子的时候，就知道邮差们是那样穿的了。在夏天闷热的下午，有一个邮差送邮件的时候就穿着亮丽的夏威夷衬衫。要是有人给他一杯冰的柠檬水喝，那位邮差总是会表示感激。戈登希望自己能够记起他的名字。

清晨寒气逼人，他瑟瑟发抖，套上了那件长袖制服，感觉只大了一点点。

他弱弱地轻声自嘲道："或许我能长得壮点，到时刚好就合身了。"他现在三十四岁，可体重还比不上十七岁的自己。

驾驶座前的小格子里有一份脆弱不堪的俄勒冈州地图，可以代替他失去的那份地图。随后，戈登大叫了一声，抓住了一块小小的方形透明塑料。那是一个闪烁计数器，要比他的盖革计数器好得多，那块小晶体透明的内部一遇辐射就会一闪一闪发出光芒。它甚至还不需要能量！他将那块晶体放到眼前，仔细端详可以看到由伽马辐射所引起的断断续续的闪烁。如果彻底没有辐射，这块晶体就不会闪光。

当时战争还没有爆发，一个邮差带着这么个装置干什么呢？戈登一边胡思乱想，一边将那块晶体放入了裤袋。

当然，仪表板上的闪光灯损坏了，紧急信号灯变成了碎片。

当然，还有包。在驾驶座下面的地方，有一个信差用的大皮包。那个皮包硬邦邦地表皮龟裂，但他拉了一下，肩带还有弹性,而且包的封盖能够防水。

那个皮包根本无法与他失去的凯尔蒂背包相比,但它总比什么都没有要好得多。他打开皮包里的那个主要隔层,一捆很久以前的信件出现在眼前,老化的橡皮筋砰的一声断掉了,信件散落一地。戈登随手捡起几封掉在身边的信件。

"寄信人是俄勒冈州本德市市长,收信人是俄勒冈大学医学院院长尤金。"戈登念着地址,仿佛在扮演波洛尼厄斯[1]。他还浏览了另外几封信。那些地址听起来既浮夸又古老。

"寄信人是吉尔克里斯特小镇上的医生富兰克林·戴维斯,收信人是区域医疗物资分配中心主任。这封信鼓鼓的,信封上印着显眼的加急信件字样,这无疑是要求优先寄送他的信件。"

戈登一封封地翻看信件,渐渐不再冷笑了,反而皱起了眉头。这有点儿不对劲。

他本想看看垃圾邮件和个人信件消遣一下,但是那个包里似乎没有一封邮件是广告性质的。尽管许多都是私人信件,但大多数信封看上去都是官方文书。

不过,现在无论如何都不是幸灾乐祸的时候。他看了十来封信消遣了一下,用信纸的反面来写他的新日记。

他刻意不去想那本失去的旧日记本。那本日记记录了十六年来的点点滴滴,那位曾经当过股票经纪人的强盗肯定把它读烂了。他肯定,罗杰·普蒂安会阅读他的日记以及藏在背包中的那一小卷诗并好好保存它们,否则他就猜错了罗杰·普蒂安的个性。

总有一天,他会把它们拿回来的。

美国邮政服务的吉普车来这里干什么,这到底是怎么回事

---

[1] 莎士比亚的悲剧《哈姆雷特》中的人物。

呢? 是什么东西杀死了这位邮差? 他在车的后面找到了部分答案, 车后挡板玻璃的中偏右位置有几个弹孔。

戈登朝挂在那棵北美黄松上的衣服仔细看了看。果然, 那件衬衫和夹克背面上半部分胸膛的位置分别有两个孔。

战争爆发之前。邮差几乎从来不会受到攻击, 甚至在八十年代末(当时经济不景气, 暴乱四起)九十年代"黄金时代"到来之前也是如此。

此外, 要是有邮差失踪, 一定会有人来寻找, 直至找到为止。

这样看来, 这次袭击发生在"一周战争"之后。然而, 在美国实际上已经名存实亡的情况下, 一个邮差单独在荒郊野外开着车干什么呢? 又是多久之后遭到了袭击?

这人肯定遭到了伏击, 但开着车突出了重围。他可能没有意识到自己伤得很重, 也可能恐惧让他无暇他顾。

但戈登怀疑, 这位邮差选择迂回穿过黑莓丛躲到森林的深处还有另外一个原因。

戈登轻轻地说道:"他是在保护邮件。他估算了自己在路上昏倒获得帮助的可能性……于是决定保存好邮件, 把性命置之度外。"

因此, 他是一位名副其实的战后邮差, 是一位在文明星星之火照耀下的英雄。戈登想到了那首赞颂邮差的千古绝唱……"无论雨雪, 无论冰雹……"同时也对有人这般费尽心思保住这星星之火感到不解。

这解释了都是官方信件, 缺少垃圾邮件的原因。当时的戈登没想到连局势稳定的假象也维持不了多久。当然, 一个十七岁的新民兵不大可能见多识广。暴民政治和发生在主要分配中心的抢劫事件一直使本地治安武装力量应接不暇, 筋疲力尽。

民兵本来是派过去平息骚乱的,可最终自己也被骚乱吞噬。那几个月充满恐惧,在此期间,其他地方的人的所作所为是否还像个人样,戈登就没有亲眼看到了。

那位邮差的英勇事迹反而让戈登倍感压抑。市长、大学教授以及邮差们与乱世做斗争的故事表明他们对未来充满了希望,但这希望终究落了空。戈登想到这里,就倍觉沮丧,根本无法细思。

他撬了一会儿,费力地打开了后挡板。他将那些邮袋移到一边,发现了邮差的帽子及其失去光泽的徽章、空饭盒和一副珍贵的太阳镜,那副太阳镜放在积着厚厚灰尘的方向盘置物盒里。

还有一把小铲子,原本是用来处理吉普车留下的车辙的,现在将用来安葬那位司机。最后,正好在驾驶座的后面,他发现了一把吉他,不过被几只沉重的麻袋压碎了。

一颗大口径的子弹打断了吉他的琴颈。吉他的附近有一只黄色的大塑料袋,里面装着一些干燥的草药,散发出了强烈的麝香味。戈登还有一些记忆,这是大麻的香味。

他本来觉得那位邮差会是个有点秃顶的中年男子,为人保守。现在戈登重塑了他的形象,这一形象更像戈登自己了,清瘦而结实,留着大胡子,一副亘古不变的吃惊表情,似乎要说:"啊,怎么会这样!"

那位邮差可能是一个比较乐观的人,一个为保护美国的邮件而死的乐观人士。他是那一代一批人中比较典型的一员,那批人几乎还没有开始为希望奋斗,战争就扼杀了他们的希望以及其他所有的乐观精神。戈登一点也不吃惊。他有朋友参加了那样的运动,那些人相当真诚,但可能有点让人不解。

戈登捡起了吉他的弦,感到有点愧疚,那天早上,还是第一次有那种愧疚感。

那位邮差甚至没有武器!戈登记得曾经读到过,十九世纪六十年代,美国内战爆发之前,美国邮政在各个线路上运行了三年。或许那位邮差相信自己的同胞会延续那个传统。

战后处于混乱状态的美国没什么传统可言,人人只为活命。戈登一路走来,发现有些孤立的社区会像中世纪的百姓迎接吟游诗人一样热情招呼他;而在其他一些社区,各种各样多疑的人占据了主导地位。只有为数不多的几个地方的人们才非常友好,似乎愿意欢迎陌生人,不过,戈登也常常只是小住一下便继续前行。旅途中,路上车水马龙、天上鸟儿飞翔的梦境常常萦绕在他心头。

大约早上九点左右,戈登已经收集到了不少足以让自己存活下去的东西,不需要再与那些强盗对抗了。越快通过关口,进入拥有不错水域的地方,他就能过上不错的生活。

他已经踏出了那帮强盗的地盘。对他来说,此刻没什么能比一条小溪更棒了,因为,他可以从小溪中抓鳟鱼来填饱他的肚子。

稍待,还有另外一项任务。他提起了那把铲子。

无论你现在饿了没有,都必须先完成这项任务,报答他的恩情。

他环顾四周想寻找一块土壤松软又阴凉的地方来挖,最后终于找到了。

4

"……他们说,'麦克白,别怕,除非勃南森林来到邓斯纳恩';现在勃南森林果然来到邓斯纳恩了!"

"拿起武器,拿起武器,武装自己!倘若女巫的预言果真成了现实,那将无处可逃,无处可躲!"

戈登紧紧地握着用一块木板和一丁点儿锡做成的简陋木剑,向看不见的副官示意。

"我开始厌倦太阳,这世界土崩瓦解吧。敲响警钟!吹吧,风!来吧,毁灭!至少,我们会披坚执锐而死!"

戈登高举木剑,杀死了麦克白,这出戏落幕。

烛光照耀下,他转身瞄了一下观众。他们非常喜欢他之前的表演。但是,这出没有新意又独自表演的《麦克白》可能让他们摸不着头脑。

不过,他退场后,台下立刻响起了热烈的掌声,带头鼓掌的是阿黛尔·汤普森女士,她是这个小社区的领导。大人们吹着口哨,跺着脚。年轻人笨拙地鼓起掌来,那些还不到二十岁的少年看着他们的长辈,也在笨拙地鼓掌,似乎他们是首次参加这种奇怪的仪式。

显然,他们喜欢这出精简版古代悲剧,戈登松了口气。老实说,有些章节与其说是简化,还不如说是因为他忘记原文了。他上次看这个剧本差不多是在十年前了,看的还是被烧掉一半的残卷。

不过,他的最后几句独白还是原汁原味的。他永远也忘不了"风和毁灭"那部分。

戈登咧嘴笑着回到台上鞠了个躬,这个剧台搭在这个小小松景村里唯一的加油站上,是用厚木板铺成的。

这个小山村的田野上有很多篱笆,房屋的墙壁由结实的木头垒成。饥饿和孤独迫使他到这个小山村试试运气,看看他们是不是热情好客,结果比他希望的要好得多。他做一系列表演,而他们为他提供吃的和其他一些用的东西,绝大多数拥有投票权的成年人都乐于接受戈登,而此刻这一协议应当算是敲定了。

"太棒了!太精彩了!"汤普森女士站在第一排,她白发苍苍,瘦骨嶙峋,但依然硬朗。她转向包括小孩在内的四十多个村民,鼓励他们表达赞赏之情。戈登挥了挥手,又深深地鞠了个躬,身子比之前弯得更低了。

当然,他的表演其实一塌糊涂。但他或许是方圆百里内唯一扮演过剧中角色的人。美国又出现了"农民",与其以游方诗歌演唱为生的前辈一样,戈登也学会了用通俗的方式来表演。

在掌声开始减弱之前,戈登最后鞠了一个躬,随后跳下了舞台,开始脱掉简陋的戏服。他设定了严格的限制条件,一天只演一场。他会演很多剧本,而且打算慢慢表演,吊他们的胃口,直到他想离开为止。

"不可思议。真是太精彩了!"汤普森女士告诉他。现在乡亲们聚在靠着后墙的一张自助餐桌旁,戈登也在其中。年纪较大的那些孩子在他身边围成了一个圈,好奇地盯着他看。

松景村相当繁荣,在平原上和大山中,有许多村庄都过着忍饥挨饿的生活。在一些地方,由于"三年的寒冬"对孩子造成的毁灭性影响,几乎一代人都没了。但在这里,他看到了好几个十二三岁的孩子和青年,甚至还有一些上了年纪的老人。末日之战爆发的时候,这些老人肯定已过中年了。

他们肯定为拯救每个人做出了巨大努力。这样的情况在其他地方少之又少,但在这里,居然很普遍。

这里到处都是那些年的遗迹。有人脸上因为曾患病而布满了麻子,还有疲倦和战争留下的沧桑感;两个女人和一个男人截过肢;还有个人一只眼睛得了白内障,只剩一只好眼。

他已经习惯了这样的场景,至少从前见过很多次。他感激地朝女主人点了点头。

"汤普森女士,谢谢您。感谢您这位富有见地的评论家给我的溢美之词。您喜欢这场表演我很高兴。"

"不用谢,真不用谢。"氏族族长坚持道,好像戈登一直在谦虚,"这些年来,我还从没这样高兴过。《麦克白》的最后那部分让我深感震撼!我只是希望,还有机会看电视的时候,我能有幸在电视上看这部戏。我当初不知道这部戏这么精彩!"

"还有你之前给我表演的那次鼓舞人心的演讲,一次亚伯拉罕·林肯的演讲……对了,你知道,一开始的时候,我们想在这里办一所学校,但没有成功。我们需要所有人尽一份力量,连小孩子也不例外。现在,那次演讲又让我想起了这件事。我们已经收集了一些旧书。或许现在是再试一次的时候了。"

戈登礼貌地点了点头。他之前看到过这种情况。这些年,他曾在最杰出的人或者备受欢迎的人身上看到过这种情况,但也在最悲伤的人身上看到过。这总是让他觉得自己是一个骗子，他的表演会让一些记得昔日美好时光的老者勾出埋藏在内心深处的巨大希望……据他所知，这种希望过不了几个星期或几个月又会破灭。

这就好像文明的种子只靠善意和日益老去的高中毕业生的梦想来浇灌是不够的。戈登常常想他的到来会不会改变世界，虽然点子不错，但他知道这小小的戏剧无论多么受欢迎，都起不到决定性作用。它们可能会引起一时轰动，但当地人的热情总是很快就会消退。他并不是到处游历的救世主。他表演的传奇故事在黑暗时代的压力面前，显得苍白无力。

时光流逝，不久的将来，老一代的人们终将逝去。分散的部落会统治这片大陆。或许再过一千年，人类的探索之旅才会再次起航。而与此同时……

戈登可以不用再听汤普森女士可悲且不现实的计划了。一位妇女挤入人群，抓住了戈登的手臂，像一把老虎钳。她是个黑人，个子不高，头发银白，瘦而结实，皮肤呈棕色，友好地咧嘴笑着。

她对那位氏族族长说："阿黛尔，克朗兹先生从中午到现在还没吃过一点儿东西呢。我觉得，如果我们想让他明天晚上继续表演的话，最好给他点吃的东西。对吧？"她捏了捏他的右臂，显然觉得他营养不良——随着食物的香味一路飘过来，给别人留下自己营养不良的印象倒也不是坏事。

汤普森女士看了一眼黑人妇女，显示出了耐心和宽容。她说："这是当然，帕特丽夏。克朗兹先生，我以后再和你讨论这件事，等休利特女士把你养得胖一点再说。"她闪闪发亮的双眼不止透着智慧的光泽，还有一丝狡黠，戈登发现阿黛尔·汤普森还有另一面。她相当精明。

休利特女士带他走出了人群。戈登一边微笑点头,一边伸手拍了拍衣袖。他每走一步,大家都瞪着眼睛看着他。

饥饿肯定使我成了一位更好的演员。我以前从未见过观众有如此反应。我得知道自己究竟到底做了什么使他们有这样的感觉。

在长长的自助餐桌后面,有许多人看着他,其中有一名年轻女子身高和休利特女士差不多,有一双深邃的杏眼,头发比戈登以前见过的任何人都要黑。她两次转身轻拍一个小孩的手,那个小孩想在这位尊贵的客人到来前先吃上一点儿。每次,那名女子都会迅速回头看一眼戈登,然后微笑一下。

她旁边一名高大魁梧的年轻男子捋着略带红色的胡须,奇怪地看了戈登一眼,眼神中似乎透着某种无奈,他还没怎么仔细观察二人,就被休利特女士推到了那位长着一头黑发的漂亮女子面前。

她说:"阿比,我们给克朗兹先生的盘子里每样都装一点儿吧。这样,他第二次吃的时候就可以自己选想要吃的了。克朗兹先生,我烘了蓝莓派。"

还没反应过来,两份蓝莓派就送到了戈登面前。此刻,戈登的喜悦之情难以言表。这些年,别说重新看到这些东西,他连闻都没闻到过。香味吸引了戈登,他甚至忘记了人们投在他身上的好奇目光。

第一道菜是串在烤扦上转动的大火鸡,火鸡里填满了香料。第二道菜是一大碗热气腾腾的熟土豆,上面还有啤酒肉干、胡萝卜和洋葱。戈登还看到了餐桌下面有脆皮苹果馅饼和一桶没盖盖子的干苹果片。离开这里之前,我一定要搞到一些这样的东西。

还没消灭光自己餐盘里的残羹,他又急切地伸出了盘子。阿比接盘子的时候一直盯着他看。

那个身材高大、皱着眉头的红头发男子突然自言自语起来,不知道在说些什么,他伸出双手握住了戈登的右手。戈登想缩回来,但那个沉默寡言的家伙就是不松手,戈登不得不回应他,用力地握手。

那个男子自言自语了几句,但声音很轻,听不清楚。接着他点了点头就松开了手,然后他弯腰快速亲了一下那位黑头发的女子,就低头大步走了出去。

休利特女士说:"他是迈克尔,阿比的丈夫。他必须去和爱德华换班了,爱德华守着捕猎陷阱呢。但他很想留下来看你的表演。他小时候就非常喜欢看电视节目……"

盘子上的热气扑到戈登的脸上,饥饿感让他感到头晕目眩。当他感谢阿比的时候,她顿时脸红了,同时微笑起来。休利特女士推着他坐到了一堆旧轮胎上。这位黑人妇女继续说道:"待会儿,你和阿比聊聊天。现在先好好吃饭吧。"

没等别人催,戈登就已经吃了起来,人们好奇地看着他,而休利特女士还在唠叨。

"味道不错吧? 你只管坐着吃,不用管我们。等你吃饱了,想再次跟我们说说的时候,我觉得我们都会想听听你是怎么成为邮差的。"

戈登抬起头看了看那一张张渴望的脸。那只土豆太烫,他迅速喝了一大口啤酒。

"我只不过是一个旅行者,"他说话的时候,嘴里还有一半食物没有咽下去,手上提着一只火鸡腿,"这个包和这身衣服没什么可讲的。"

只要他们不阻碍他吃东西,无论他们盯着他看、碰他还是与他说话,他都无所谓!

休利特女士盯着他看了一会儿。接着,她又控制不住自己开始说话了:"你知道,我是个小女孩的时候,我们常常送牛奶和饼干给邮差吃。除夕那天,我的父亲总是会在栅栏上给他留一小杯威士忌。父亲经常念那首诗给我听,你知道的,'不管风霜雨雪,不管道路泥泞,不管战火纷飞,不管艰难险阻,不管强盗横行,不管茫茫黑夜……'"

戈登囫囵吞下嘴里的东西,噎到了。他咳嗽起来,抬头看了一下她是否是认真的。这位老太太不经意间激活的美好又失落的记忆让他感觉前额突然闪现出了一丝光,这缕光正追着那些过往起舞。

不过,美味的烤鸡下肚后,那缕光就迅速消退了。他不想去仔细体会这位老太太的用意。

"我们的邮差过去经常唱歌给我们听!"

这句话显得很突兀。说话的人是一个高个子,头发乌黑,胡须斑白。他回忆的时候,眼睛似乎蒙上了一层薄雾,"周六,我们不上学在家的时候,可以听到他来,有时他在一个街区外的地方就可以听到了。他是个黑人,比休利特女士或那边的吉姆·霍顿还要黑得多。他的嗓音真好!估计这便是他获得邮差这份工作的原因吧。我以前经常收集硬币,这些邮购的硬币都是他带给我的。他会按门铃,然后亲手将它们递给我。"

他满怀敬意,说不出话来了。

"小时候我们的邮差只会吹口哨。"一位中年妇女说,脸上已经布满了深深的皱纹。她听起来有点失望,"但他人真的很好。

长大以后,有天我干活回来,发现邮差救了我邻居的命。邮差发现他噎住了,就给他做了人工呼吸,直到救护车赶到。"

周围的听众一起发出了叹息,好像在倾听一个古代英雄的事迹。故事一个比一个富有传奇色彩,孩子们静静地听着,一脸吃惊的样子。戈登觉得至少其中一小部分故事应该是真实的,而有些故事实在难以置信。

休利特女士碰了一下戈登的膝盖说:"再给我们说说你是怎么成为一名邮差的吧。"

戈登有点绝望地耸了耸肩,"我只是找到了邮差的东西!"他强调这句话的时候嘴里还塞满了糕点。他的意识几乎被美味的食物给淹没了,这甚至让戈登感到一丝恐慌。邮差过去至多算是较低级的公务员,如果这些已经是成年人的村民想美化自己关于邮差的记忆,这没关系。孩提时代,他们曾亲眼看到邻居家那个外向的小哥也当了邮差。显然,他们将他今晚的表演与那个形象联系起来了。这也没关系。只要他们不打扰他吃东西,他们爱怎么想都行。

"啊——"几个村民互相看了看,点了点头,似乎戈登的回答别有深意。戈登听到自己的话被人们重复了一遍又一遍,逐渐向圈外扩散。

"他找到邮差的东西……那他自然而然成为了……"

他的回答不知怎的肯定让他们安心了一些,村民们开始礼貌地轮流到自助餐桌上吃饭,人群渐渐散开了。很久之后,他才意识到在那里发生的一切到底有什么含义,但当时在宽大的窗户和明亮的烛光下,他不停地享用着美味佳肴,吃得肚子都快胀开了。

5

……我们发现本诊所还可以供应充足的消毒剂和多种止痛药。我们听说,这些东西在北部的本德市和新安置中心已经供不应求。我们愿意用一部分消毒剂和止痛药以及一车刚好在这里闲置着的去离子交换柱①,交换一千支四环素,预防鼠疫在东部爆发。如果有人能够过来告诉我们如何保存抗生素,或许我们还愿意积极帮助生产抗生素。

此外,我们还急需……

吉尔克里斯特市市长竟然能够说服当地的紧急委员会答应这样的交易,他的意志想必很坚定。尽管这么说在逻辑上有点过不去,而且显得不合时宜,但囤积东西的确是社会崩溃的主要原因。在混乱时期的前两年,竟然还有人这么明智,这让戈登大吃一惊。

他揉了揉眼睛。在自制蜡烛的烛光下读东西很吃力。可是他发现躺在软绵绵的床垫上很难入睡,嘿,长久以来,他做梦都想有这么一间房,这么一张床,可他现在居然不去珍惜,真是自找!

① 水净化装置。

他之前有点不舒服。那些食物以及家酿啤酒过于美味，撑得他腹中绞痛，几乎乐极生悲。不知怎么回事，他现在只迷迷糊糊地记得，自己东倒西歪地在庆祝会上晃悠了几个小时，最后终于跌跌撞撞地来到了这个为他准备的房间。

床边的小桌子上放着一支牙刷，还有铁制的浴盆，里面装满了热水。

还有肥皂！洗澡的时候，他终于觉得肚子舒服了一些，全身暖乎乎的，而且感觉很清爽。

戈登看到邮差制服不仅洗干净了，还被烫得平平整整，不禁露出微笑。衣服就放在旁边的椅子上；原本他胡乱补起来的破洞现在重新缝过了，手艺非常高超。

他还有一个愿望，但这个小山村的人们并不知情，他不能怪他们……这个愿望连他自己也没有想很久。这里已经够好的了，简直是天堂。

他躺在两床陈旧但干净的被单间感到心满意足，朦朦胧胧、惬意地等待入睡，这时，他读了一封两位早已长眠地下的人之间的信。

吉尔克里斯特市市长的信中还写道：

我们这里有一群"生存主义者"，非常难对付。幸运的是，这群人心高气傲，大多生性多疑，无法团结在一起。我觉得，他们彼此间造成的麻烦不比给我们带来的麻烦少。不过，他们越来越让我们头疼。

我们的副市长经常遇到全副武装的人朝他开枪，他们穿着军队剩下的迷彩服。那群傻子无疑认为他是"俄罗斯的走狗"或者属于这类败类。

他们大肆捕猎，不放过森林中的任何东西，但通常屠宰和保存肉的工作却做得相当糟糕。我们的猎户非常厌恶这种浪费行为，但不仅毫无办法，还常常无缘无故就挨他们的枪子儿。

我知道还有很多疑问，但是当你能够在新安置中心执行防暴任务的部队中抽出一小部分人员时，你可以将他们派到我们这里来，帮助我们彻底解决那些以自我为中心、囤积东西、不切实际的恶棍，收缴他们的武器，行吗？也许美国军队的一两支小分队就能让他们相信我们赢得了战争，从现在起只能互相合作……

他放下了信。

这样看来，这边的情况也是如此。"最后的致命一击"原来也是"生存主义者"肆虐——尤其是那些在充满暴力的无政府状态下追随领袖内森·霍恩的生存主义者。

戈登在民兵队时的一项职责，就是协助铲除一小部分在城市长大的杀人犯和持枪歹徒。他的小分队在大草原和湖心岛上发现了加固过的洞穴和小屋，而且洞穴和小屋的数量惊人……这一切都是在战争爆发之前的数十年艰苦岁月中，疑心重重的人们短时间内弄起来的。

颇具讽刺意味的是，我们渡过了难关！大萧条结束了。人们再次开始工作，互相合作。除了有几个疯子，美国和世界看上去似乎马上要复兴了。

但是我们恰恰忘了几个疯子会对美国和世界带来多大的危害。

当然，世界崩溃最终来临的时候，生存主义者势单力薄，并没在自己宝贵的小堡垒中守很久。头几个月，那些小堡垒是非常引人注目的目标，大多数小堡垒易主了十多次甚至更多。战斗席卷了各个平原，直到所有太阳能收集器变成碎片，所有风电厂被摧毁。人们为了找到强效麻醉剂没完没了地搜寻,直到所有存放宝贵药品的地方都被翻了个底朝天。

随着时间的流逝,维持秩序的军人和警察日渐减少,他们要么殉职,要么被遣散,要么成了凶残的生存主义者,到处漂泊流浪。大地一片荒芜,只有那些正好集冷酷无情、内部凝聚力于一身的农场和小村庄才能最终幸免于难。

戈登又看了一下那封信的邮戳。差不多是在战争爆发两年后。他摇了摇头,真没想到竟然有人坚持了这么久。

想到这儿,他难过起来,好像心中有个伤口隐隐作痛。他想不出有什么东西可以让人们忘却过去十六年的困苦。

一阵微弱的声音传来。戈登抬起头,想是不是自己脑子里冒出来的。接着,又传来了一声敲击房门的微弱声音,只是比之前稍微响了一点。

他喊道:"请进!"门打开了一道缝,阿比从门缝中露出脸来胆怯地微笑了一下。这个姑娘个子小小的,眉梢稍微有点下沉,可能有东方人的血统。戈登将那封信重新折了起来,装回信封。他微笑着说:"你好,阿比。有什么事吗?"

"我——我过来问问你还有没有别的需要。"她说得有点快,"澡洗得舒服吗?"

"你是说现在吗?"戈登叹了口气。他发现自己又不自觉地用起了麦克达夫[①]的腔调,"现在没别的需要了,澡也洗得很舒服。我特别喜欢牙刷。这份礼物真是上天的恩赐。"

"你说过你的牙刷丢掉了。"她眼睛看着地上,"我们在仓库里至少还有五六支存货,很高兴你喜欢。"

"原来是你的主意啊?"他鞠了个躬,"这样的话真欠你个人

①莎士比亚悲剧《麦克白》中的人物。

情了。"

阿比抬起头微笑，"这是你刚才在读的信吗？可以给我看看吗？我还从未见过信。"

戈登大笑了起来，"不会吧，你肯定没那么年轻吧！战争爆发之前的事情呢？"

阿比因为他的大笑涨红了脸，"战争爆发的时候，我才四岁。太可怕、太令人困惑了，我……之前的事情，我真的没记得多少了。"

戈登眨了眨眼睛。真这么长时间了吗？是的。十六年时间确实足以让这世界上的漂亮女性只知道这黑暗的时代。

太神奇了。

"好吧。"他将椅子拖到了床边。她咧嘴笑着走过来坐到了他的边上。戈登将手伸进麻袋，又取出了一封信封发黄、发脆的信。他小心地展开信，递给了她。

阿比专注地看着信，戈登觉得她正在阅读整封信的内容。她专心致志，稀疏的眉毛几乎在眉心拧成了一团，但最终她将信递了回来，"我觉得自己无法真正读懂。我的意思是，能看懂罐头上面的标签之类的，可是我没怎么练过写字和……句子。"

她的声音越来越轻。她的声音听起来有点尴尬，但完全没有怯意，非常真诚，似乎他就是听她忏悔的神父。

他微笑着说："没关系。我来告诉你信上写了什么。"他将信拿到烛光下。阿比坐到了床沿他膝盖的边上，全神贯注地看着那几页信。

"这封信的寄信人是来自俄勒冈州堡岩村的约翰·布里格斯，收信人是他的前老板，住在克拉马斯福尔斯市……从印在信头上的车床和竹马来看，我觉得布里格斯是一位退休的机械工、木匠或者是做类似工作的。"

戈登只专注地看那些还能够看清楚的字。"布里格斯先生似乎是一位心肠相当好的人。他愿意带前老板的孩子,让他们一直待在他那里,直到非常时期结束。他还说自己有一家经营不错的汽车修理厂,还有电和大量的金属材料。他想知道收信人是否需要订购一些零部件,尤其是那些断货的东西。

戈登的声音颤抖了。由于吃得太多,脑子昏昏沉沉的,这时,他才发觉一位美丽的女子正坐在他的床上。她坐在床垫上的压力使他的身体有点向她那边倾斜。他快速清了清嗓子,又开始浏览那封信了。

"布里格斯提到了堡岩村水库发电的一些情况……电话已经无法接通,但奇怪的是,他还可以通过计算机数据网与尤金市那边的人们取得联系……"

阿比盯着他看。显然,信中的大部分内容,她可能还是听不懂。"机械厂"和"数据网"可以算是与电相关的既古老又神奇的词汇了。

她突然问道:"你为什么不带信到我们松景村来?"

戈登对这让人摸不着头脑的推理眨了眨眼睛。这位姑娘并不傻,知道个中缘由。那么他来到这里的时候以及后来在聚会上,他所说的一切为什么会被误解呢?她仍然认为他是一名邮差,显然,在这个小山村中,除了个别几个人,大多数都是这么认为的。

她想让谁给她写信呢?

她可能没有意识到,他带着的这些信早就发出来了,寄信和收信的男男女女们早已不在人世,他带着这些信是因为……因为他自己的原因。

松景村人编造的故事让戈登感到一丝压抑。这是文明退化的又一标志,他们当中许多人曾是高中毕业生甚至大学毕业生。他准备尽可能残忍坦诚地告诉她真相,让那种幻想永远破灭。于是他说:"没有信是因为……"

他停了下来。戈登再次意识到她靠得很近,还闻到了她的体香。完美的身材曲线以及她对他彻底的信任让他头晕目眩。

他叹了口气,目光移到了别处,"没有你们的信是因为……因为我从爱达荷州出来一路西行,那边没有人认识你们松景村的人。我将从这里出发到沿海地区去。那里可能还有一些大城镇。或许……"

"或许那里有人将写信给我们,如果我们先给他们寄信的话!"阿比的眼睛闪闪发光,"然后,当你返回爱达荷州,再次经过这里的时候,你可以将他们寄给我们的信给我们,或许还可以像今晚一样再给我们演一出戏,我们给你提供充足的啤酒和馅饼,让你吃得肚子都胀开!"她坐在床沿上颠了颠,"到那时,我保证能够认识更多字了!"

戈登摇了摇头,面带微笑。他没有权力让这样的美梦破灭。"或许吧,阿比。或许吧。但是你知道吗?你或许能有机会更容易地识字。汤普森女士已经让大家投票让我在这里留一段时间了。我猜,我将正式成为一名老师,尽管我还必须证明自己的打猎和务农技术不逊于任何人。我可以教射箭课……"

他停了下来。阿比一脸目瞪口呆的表情。她用力摇了摇头,"但是你还没听说吧!你去洗澡的时候,他们已经投过票了。汤普森女士应该为以这样的方式来贿赂你感到惭愧,但你必须完成自己重要的工作!"

他坐起身来,简直不敢相信自己的耳朵。"你说什么?"他原本想着至少可以留在松景村度过这个寒冷的季节,或许还可以待上一年甚至更长时间。谁知道?或许他不再想到处漂泊,会把这里当成他的家。

戈登清醒过来了,努力压制住怒火。他不能通过破灭人们孩童般天真的幻想来为自己争取机会!

阿比注意到了他的激动,急忙说:"当然,这并不是唯一的原因。问题是没有女子和你配了,所以……"她明显放低了声音,"所以休利特觉得你是帮助我和迈克尔最终拥有孩子的最佳人选……"

戈登眨了眨眼睛,"呃。"他说,表达出了他脑子里这时的全部想法。

"我们连续试了五年,"她解释说,"我们真的非常想要孩子。但霍尔顿先生认为迈克尔不能生育,因为他十二岁那年得过非常严重的流行性腮腺炎。你记得那场非常严重的流行性腮腺炎吧?"

戈登点了点头,想起了因为这种病死掉的朋友。腮腺炎会使人丧失生育能力。为了繁衍后代,人们会做出种种不同寻常的安排。旅行途中,到处都能看到这种现象。

可是……

阿比继续快速说道:"不过,如果我请这里的其他男人……帮我怀上孩子,就会引发问题。我的意思是,当你与这样的人住得很近时,你就不能把那些不是你丈夫的男人当真正的'男人'看待……至少方式会有所不同。我——我觉得自己不喜欢那样,那样可能会带来麻烦。"

她涨红了脸,"此外,如果你能够承诺保密的话,我可以再告诉你点儿事。我觉得,这里的其他男人给迈克尔生的儿子不配当他的儿子。你知道的,他确实非常聪明。他是我们这些年轻人当中唯一识字的……"

这种奇怪的逻辑转得太快,戈登完全无法跟上。他一面失望地发现,这一切其实就是该部落在面对一个难以解决的社会问题时采取的复杂而微妙的措施,而另一面,他作为二十世纪最后的知识分子还有点自鸣得意。与此同时,他开始意识到阿比的用意了。

"你不一样,"她微笑着对他说,"我的意思是,连迈克尔也从一开始就看出来了。他不是很高兴,但他知道你一年甚至更长时间才从这里经过一次,这他能够忍受。他宁愿这样,也不愿永远没有孩子。"

戈登清了清嗓子说:"你确定他是这么想的吗?"

"嗯,没错。要不是这样,你觉得为什么休利特女士要用那么有趣的方式介绍我们呢?那是为了明确意思但又不想真正大声说出来。汤普森女士不大赞成这么做,但我想那是因为她想把你留下来。"

戈登感觉口有点干,"你对这一切怎么想呢?"

她的表述已经回答了这个问题。她看着他,似乎他就是那种来访的先知,至少是从故事书中跳出来的英雄。"如果你愿意的话,我将非常荣幸。"她轻声说,低下了头。

"你能够以'那种方式'把我看成男人吗?"

阿比咧嘴笑了一下,用行动回答了他的问题,爬到他上面,将舌头伸到了他的嘴里。

……

停了一会儿后,她摆动着身体脱掉了自己的衣服,戈登转身去吹放在床边小桌子上的蜡烛。他们的身边放着邮差的灰色制服帽,黄铜徽章反射着摇曳的烛光。骑马人弓背坐在驮着鼓鼓麻袋的马背上,似乎在摇曳的烛光下飞驰。

邮差先生,这又是我欠你的。

阿比光滑的肌肤滑过他的身体。他深深地吸了口气,吹掉了蜡烛,她与他的手交握在了一起。

6

这十天,戈登过的是一种新的生活。他似乎是为了弥补赶了六个月的路造成的身体疲惫,每天早上都睡到很晚,醒来总是发现阿比已经离去,就像梦境一样。

然而,他舒展身子,睁开眼睛的时候,她的温暖和香味还留在床单上。从朝东的窗户洒进来的阳光好像全新的东西,让他的内心觉得现在是春天,而不是早秋。

白天,他很想看到她,但很少见到;中午前,他又要帮忙做一些杂活——为社区劈柴、堆柴,挖深坑,建新厕所。大多数村民都聚在一起吃主餐时,阿比就放羊回来了。但为了减轻洛斯先生的负担,午饭她是和孩子们一起吃的。一大把年纪的洛斯是他们的监工,他只有一条腿。这些小孩子早上都在梳理冬季纺织用的羊毛团,会有羊毛落在他们的衣服上。她一边与孩子们开玩笑,一边摘掉落在他们衣服上的灰羊毛,以免落进饭菜里,他们则开心地大笑。

她几乎不看戈登一眼,但她微微一笑已经令戈登心满意足。他知道,过了这几天,他就没有权利了,但白天还能看到她让他觉得这一切都是真实的,并非一场梦。

下午,他会与汤普森女士和村里的其他领导讨论一些事情,帮他们列出图书以及其他长期未受重视的废品的清单。休息的时候,他就上上阅读课和射箭课。

有一天,他和汤普森女士一边治疗一位被"老虎"抓伤的病人,一边在医学方面相互切磋了一下。这只当地人所谓的"老虎"其实是美洲狮的新品种,在动物园中是与美洲豹养在一起的,战后的混乱让它们逃出了动物园。这只野兽被设陷阱的猎人激怒,想要置他于死地,但幸运的是,猎人被它撞进了灌木丛,于是趁机逃脱。戈登和女族长都认为伤口终究会愈合。

到了晚上,松景村所有的村民都会聚集到宽敞的加油站,戈登给他们讲马克·吐温、约翰·塞勒斯①和盖瑞森·凯勒②写的故事。他带领他们一起唱古老的民歌、易记的商业广告歌和《曾几何时》③,随后就开始演戏。

他穿着破烂的锡纸,扮演起了约翰·保罗·琼斯④,站在"博霍姆·理查德号"战舰的甲板上叫阵。他又扮演起了安东·帕西弗拉,与一个疯狂的机器人一起探索遥远世界的险境,充分开发自己的潜力。他还扮演起了哈德森医生,穿过肯尼亚冲突的恐怖地带,去治疗生物战的受害者。

戈登穿着简陋的戏服,在临时搭建起来的舞台上手舞足蹈,大声说着从模糊记忆中提取出来或现场发挥的台词,一开始的时候,他总是感到不安。他从未真正羡慕过演戏这一职业,在那场巨大的战争之前也没羡慕过。

---

① 约翰·塞勒斯(John Sayles,1950—),美国导演、编剧和作家。

② 盖瑞森·凯勒(Garrison Keillor,1942—),美国幽默作家。

③ 美国著名乡村歌手阿伦·杰克逊的歌曲。

④ 约翰·保罗·琼斯(John Paul Jones,1747—1792),苏格兰裔的美国海军军官,军事家。

但是在穿越这片大陆的途中，他开始演戏，并且还演得不错。他感受到了观众痴迷的眼神，他们非常好奇，很想知道自己所在的小山谷之外的世界是什么样子，他们的渴望让他感受到了温暖，鼓舞着他致力于这项事业。他们中有的人身上留着痘疮的伤疤，有的人因为年复一年过度的劳作，佝偻着背，他们这么拼命劳作只是为了活下去。他们抬起头看他，眼中最迫切的渴望被岁月掩盖，他们渴望获得帮助，实现自己再无法独自实现的愿望。这情景令人难忘。

通过表演，他给他们的生活带来了零零星星、遗失已久的浪漫色彩。当他说完最后一段独白的时候，他自己也会沉浸其中，忘记现实，至少能够忘记一会儿。

每天晚上他休息的时候，阿比都会来到他身边。她会在他的床沿上坐一会儿，聊聊她的生活、羊群、村里的孩子们和迈克尔。她会带书过来问他是什么意思，问他少年时代的生活——在末日之战爆发前，一个学生在美好时光中所过的生活。

接着，阿比会微笑着将落满灰尘的书放到一边，钻进他的被窝里，他则会倾着身子吹掉蜡烛。

第十天的早上，她没有在天刚刚亮的时候偷偷溜走，而是用吻唤醒了他。

"呃……早啊，"他一边说，一边向她靠近，但阿比避开了。她去拿衣服的时候，她的胸部滑过了他平坦腹部上柔软的毛。

"我不该叫醒你的，"她对他说，"但我想问你点儿事。"她抱着她的衣服，像抱着一个球。

"哦，什么事？"戈登将枕头垫到了自己的头后面。

她问道："你今天要走了，对吧？"

"对。"戈登认真地点了点头，"如果能多待一段时间，那就再好不过了，但我不能，必须再次西行。"

"我知道，"她严肃地点点头，"我们都不想让你走。但是……对了，我今晚将在布满陷阱的路上与迈克尔见面。我非常想他。"她摸着戈登的脸颊，"不会影响你吧？我的意思是，和你在一起很不错，但他是我丈夫……"

他微笑着握住了她的手。能轻而易举地控制住自己的情绪让他感到欣慰。这份感情，与其说是嫉妒迈克尔，还不如说是羡慕他。他们极度渴望要一个孩子，而且显然彼此又深爱，想想这些，情况就非常明了了，自己最终必须与阿比彻底分开。他只希望自己帮他们实现了愿望。尽管他们幻想着他还会回来，但他不太可能再经过这里。

阿比说："我有东西要给你。"她伸手到床底，拖出了一个连在链子上的银色小物件和一个纸包。

"这是哨子。休利特女士说你应该有一个哨子。"她将它挂到了他的脖子上，将哨子吹出来的效果调到了令她满意的程度。

"她还帮我写了这封信。"阿比拿起了那个纸包，"我在加油站的抽屉里找到了一些邮票，但贴不上去了。所以我拿了一些钱。这是十四美元。够吗？"

她取出了一些褪色的美钞。

戈登不禁微笑起来。昨天，也有其他五六个人私底下来找他。他尽可能摆出一副正直的表情，接受了他们小小的信封和类似的邮费。他或许可以借机向他们要一些他需要的东西，但这个社区已经为他准备了一个月的肉干和干苹果，还给他的弓准备了二十支箭。他没有必要敲诈他们，他也不想向他们敲诈其他东西。

一些年纪较大的村民在尤金市、波特兰或威拉米特河谷的城镇中有亲戚。那正是他要去的方向,所以他带上了信。有几封信是寄给住在奥克里奇镇和蓝河的人。他将那几封信放到了邮袋深处最安全的地方。其他的信没什么用,他还不如将它们扔进火山口湖,但他还是假装很重视。

他点出几张纸币,接着将其余没用的纸币还给了她。"你的信写给谁?"戈登接过信的时候问道。他感觉自己就像在扮演圣诞老人并且乐在其中。

"我在给大学写信。你知道的,尤金市的大学。我问了一些问题,比如,他们还招收新生吗? 他们招收已婚的学生吗?"阿比满脸通红,"我知道自己必须在阅读方面非常努力才能读得好。或许他们还没怎么恢复,不会招收很多新生。但迈克尔已经很聪明了……等我们收到他们回信的时候,情况或许会更好。"

"等你收到回信……"戈登摇了摇头。

阿比点了点头,"到时候,我的阅读能力肯定要好得多。汤普森女士答应会帮我。另外,她丈夫也同意今年冬天开办学校了。我会去帮助小孩子们。我希望自己通过学习成为一名老师。你是不是觉得这很可笑啊?"

戈登摇了摇头。他没指望出现什么惊喜,但这依旧感动了他。尽管阿比完全误判了整个世界的现状,但这份希望也感染了他。憧憬未来不是坏事,不是吗?

"其实,"阿比拧着手中的衣服,自信地继续说道,"我写信的一大原因是想找一个……笔友。是这个词吧? 我想,或许尤金市会有人写信给我。这样,我们就能在这里收到信了。我很想收到信。"

她双目低垂,"这样一年之后,你就有理由回来了……另外,或许你也想看看我们的孩子。"

她抬起头,脸上露出了小酒窝,"这个主意,我是从你的夏洛克·福尔摩斯表演中获得的灵感。这个词叫作'居心叵测',是吗?"

看起来她对自己的小聪明感到非常得意,迫切地希望得到他的认可。一股暖流涌上戈登心头,几乎让他感到心痛。他双眼含泪,伸手拥她入怀。他紧紧地抱着她,轻轻摇晃,好像这么一来,闭上眼睛现实就会消失。空气中除了她醉人的香味外,还有他原本觉得早已在这个世界上消失的光明和乐观心境。

7

"我就送到这儿了。"汤普森女士和戈登握了握手,"你沿着这条路一直走到戴维斯湖应该是比较安全的。几年前,这条路上最后一批年迈又毫无组织的生存主义者就在一场自相残杀中死光了,不过,如果我是你的话还是会小心行事。"

入秋了,空气中已经带有寒意。这位脊梁依旧挺直的老妇人递给他一张旧地图,他拉上老邮差那件皮夹克上的拉链,调整了一下皮包的位置。

"我让吉米·霍顿在地图上标出了我们知道的地方,这些地方大多有人居住。除非迫不得已,否则还是不要与他们打交道为好。他们大多数都非常多疑,很可能见面就给你一枪。我们只是与最近的一些地方做了一段时间的交易。"

戈登点了点头。他将地图小心地折叠起来,放到一只袋子里。他觉得一切准备就绪。离开松景村,与离开最近记忆中其他避难的地方一样,令人遗憾。但此刻他心甘情愿离去,实际上,他很想去看看俄勒冈州的其他地方是什么样子,对游历的渴望越来越强烈。

自离开明尼苏达的废墟以来这些年,他发现黑暗时代的景象比比皆是。但是现在,他进入了一片新流域。这里曾经欣欣向荣,到处都是轻工业、肥沃的农田,还有先进的文化。或许不过是阿比的天真影响了他。但按理说,如果这世界上还存在文明的话,应该可以在威拉米特河谷中找到。

他再次握住这位老妇人的手说:"汤普森女士,我不知道以后能不能报答你们为我所做的一切。"

她摇了摇头。她的脸黑黝黝的,布满了皱纹,她自称只有五十岁,但戈登确信她肯定不止五十岁。

"戈登,别这么说,你已经报答我们了。如果你能够留下来帮我办学校的话,我原本会非常高兴。但现在我觉得,我们自己办可能也没那么难。"

她眺望着她的小山谷,"你知道吗? 自从庄稼开始重新生长,人们开始重新打猎,这些年,我们一直过着浑浑噩噩的生活。一群成年的男男女女原本应该有工作,读读杂志,看在上帝的分上,上缴税收,而现在他们对待一位穷困潦倒、四处漂泊的演员,就像对待一位令人仰慕的半神一样,从中你可以看出情况有多么糟糕。"她又将目光移到了他身上,"连吉姆·霍顿也让你给他送几封信,对吧?"

戈登感觉脸很烫。有那么一会儿,他觉得自己尴尬得都不敢面对她。后来他突然大笑起来,松了一口气,擦了擦眼睛,将他们的美梦背到了肩上。

汤普森女士也咯咯地笑了,"不过,我觉得这没有坏处,而且不仅仅如此,你还是……你知道的,那辆破车……我觉得,你还是催化剂。你知道吗? 除了做一些琐事和吃饭以外,孩子们已经开始在方圆数英里的废墟里找东西,将他们找到的书全部带回来给我。我把办学校当作当务之急应该不会有什么问题。想象一下,用不让他们上课惩罚他们的场景。我希望我和博比能将学校办好。"

戈登真诚地说:"汤普森女士,祝你好运。上帝啊,在这片荒芜土地的某个地方能够看到灯光就好了。"

"是啊,孩子。那样的话就太好了。"

汤普森女士叹了口气,"我建议你一年后回来一趟。你人很好……你对待这里的人也相当好。你处理一些事情的态度也很谨慎,比如说你和阿比、迈克尔的那件事。"

她皱了一会儿眉头,"我觉得我知道是怎么回事,我猜,这是为了大家好。我认为,要学会适应。无论如何,正如我所说,随时欢迎你回来。"

汤普森女士转身离开,走了两步,又停了下来。她半转身回头看了一眼戈登。这会儿,她的脸上露出了一些困惑和不解。她突然问道:"你不是真正的邮差,对吧?"

戈登微笑了一下。他将帽子戴到头上,帽子上的黄铜徽章闪闪发光,"如果我带几封信回来,你就知道了。"

她生硬地点了点头,接着就沿着凹凸不平的柏油路走了。戈登看着她走过第一个转弯后,就向西而行,那是太平洋的方向。

8

路障早已被废弃。在奥克里奇镇东端的58号高速公路上,隔音墙经过风吹雨打,日晒雨淋,坍塌成了一堆混凝土和弯弯曲曲的锈铁。这个镇子非常寂静。显然,至少 镇子这头早就被废弃了。

戈登顺着主街道观望,想看出些端倪。这里可能发生过两三次激战。主要破坏区中心的一家店面上,有一个歪斜的标志——那是紧急医疗服务所的标志。

三块完整的玻璃窗反射着从一个宾馆顶层照过来的晨光。在其他地方,尽管商店的窗户被木板遮住,但碎玻璃反射出五彩缤纷的光线,打在了弯弯曲曲的道路上。

他其实并没指望看到什么更好的情况,只不过,从松景村出发时他胸中怀有一种感情,希望能看到更多和平的小社区。尤其是他现在身处的威拉米特河谷水土如此丰美,这种期望就愈发强烈起来。在乐观主义者看来,就算奥克里奇镇是一座空城,这儿也有不少令人宽慰的迹象,起码能看出一度有人组织开展过耕种。如果俄勒冈州有工业文明的话,那在像这样的城镇中肯定能找到些有用的东西。

但就在离他所在的有利位置二十码的地方,戈登看到了一个废弃的加油站。加油站边上有一个机械师的大工具箱,本来装在工具箱内的扳手、钳子和更换的电线散落在满是油渍的地上。一排从未用过的轮胎仍然高高地挂在送货吊机上面的架子上。

戈登由此意识到,奥克里奇镇的真实情况比他之前的想象更糟糕,至少表面看来如此。工业文明需要的东西随处可见,但没有人碰过,正在腐蚀……这表明附近没有所谓的技术型社区。与此同时,他必须在这片之前有五十批打劫人员活动过的废墟上寻找东西,寻找只身一人赶路用得着的东西。

他叹了口气,没什么大不了的,我此前也做过。

尽管在他之前来过的拾荒者对博伊西市中心的废墟进行过仔细搜寻,他们还是没有发现珍藏在一家鞋店后面顶楼中的少量罐装食品……那是一些囤积者存放东西的地方,很久没人碰了。这么多年下来,他摸到了一些门道,有了一套自己的搜寻方法。

隔音墙的一边是森林,戈登从森林那边滑下去,进入了茂密的丛林中。他曲折前进,隐隐担心有人在暗中监视他的一举一动,但这种可能性极小。他来到了一个三岔路口,三个不同的方向均设有路标,这时,戈登放下皮制的肩包,摘下帽子,将它们放到一棵红雪松下。他还脱下了邮差那件深褐色的夹克,将它放在最上面,接着砍了一些树枝将它们盖起来。

他想尽力避免与多疑的本地人发生冲突,但只有傻子才不带武器。在这种情况下,有两种作战方式:一种是用弓箭,不会发出声音,可能更好一些;另一种是用珍贵的一次性点三八手枪的子弹。戈登检查完左轮手枪的机械装置后又将它放回了枪套中。他带上了弓箭和一只麻袋,它们可以救他的命。

在外围的前几座房子,之前来抢劫过的人都会把里面有用的东西一扫而空。通常,后来者看到这样的废墟会垂头丧气地走开,所以会留下一些有用的东西。以前,基本上都是这样。

到第四座房子的时候,戈登搜集到的东西少得可怜,再次印证了他的理论。他的麻袋里收集了一双几乎没什么用而且发了霉的靴子、一只放大镜和两个线轴。墙壁上的小洞,无论是显眼的还是不显眼的,他都捅了一遍,囤积东西的人往往将东西藏在那些洞中,但他这次并没有发现什么吃的。

他从松景村带来的肉干还没吃完,但越来越少了,这让人有些担心。好在射箭技术更上了一层楼,两天前,他打到了一只小火鸡。不过,如果他再不转运多搜到点儿东西,可能只能留在威拉米特河谷,开始准备冬季的打猎计划了。

其实,他何尝不想遇到像松景村那样的避难所。但最近命运之神已经够眷顾他的了。这么多好运简直让戈登感到怀疑。

他开始搜查第五座房子。

这座两层楼的房子原本是一位富裕医生的家,里面有一张四柱床。与其他房子一样,卧室里除了一些家具,其他东西几乎都被人拿走了。然而,当他蹲到厚重的地毯上时,戈登觉得自己或许可以找到一些之前来抢劫的人没有找到的东西。

地毯摆放的位置似乎不对。那张四柱床只有右边的两只床脚压在地毯上面,左边的两只床脚直接压在木地板上。要么是这位主人铺这块椭圆形大地毯时马虎,要么是……

戈登放下了手上的东西,抓起了地毯的一边。

啊呀!真重!

他开始将地毯朝床那边卷。

不错！在地毯下面的地板上有一个小小的方形格子。门上有两个铜铰链，一只床脚将地毯压在了其中一个上。这是一扇暗门。

他用力推床柱。床脚翘了起来又咣当一声落了下来。他又用力推了两下，屋里传来了巨大的回声。

他第四次推床柱的时候，床柱裂成了两半。戈登倒在床垫上，差点被一小截断裂的床柱刺穿。幔帐随即压了下来，这张年代久远的床完全散架了。戈登一边咒骂，一边努力挣脱那令人窒息的幔帐。他在飞扬的灰尘中，猛烈地打起了喷嚏。

最终，恢复一点理智后，他从那块破旧发霉的床垫布里钻了出来。他摇摇晃晃地走出那个房间，但还是不停地吐口水，打喷嚏。他稍稍平静下来。还有一个喷嚏想打却怎么也打不出来。他一边抓着栏杆，一边眯缝着眼，鼻子痒痒的，难受极了。他的耳朵里有另外一种低吟声，好像是人的声音。

他告诉自己，接着你将听到教堂的钟声了。

最后那个喷嚏终于打出来了，阿嚏一声巨响。他擦了擦眼睛，重新走进了那间卧室。那扇暗门彻底暴露了，上面盖上了一层新灰尘。戈登撬动那块暗板的边缘。最终，暗门砰的一声打开了。

外面似乎又传来了一些动静，但他停下来仔细倾听时，却什么都听不到。他有些不耐烦了，弯下腰，清理了一下蜘蛛网，朝那个格子里面仔细看了看。

里面有一个巨大的金属盒。他又在金属盒的周围捅了捅，希望能够找到更多的东西。战前的医生可能会将钱和文件锁在箱子里，但那些东西对他来说还不如战争期间盛行囤积东西的时候藏在里面的一些罐装食品。但除了那个盒子，并没有其他东西。戈登将它提上来,气喘吁吁。

不错。真重。现在希望这里面不是黄金或者其他类似没用的东西。铰链和锁都生锈了。他拿起刀柄砸那把小锁。随后,他突然停了下来。

现在是明确无误了。那声音很近,太近了。

"我觉得这声音是从这个房子里传来的!"有人在外面草木丛生的花园里说道。有人走过了干枯的叶子,接着门廊的木头台阶上响起了脚步声。

戈登将刀放到套子里,飞快地抓起自己的装备。

那个盒子留在了床边,他匆忙跑出那个房间,冲到了楼梯口。

此刻遇到其他人可不大妙。在博伊西和其他山区的废墟中,差不多形成了一个规矩——周围农场的人都可以到不设防的城市试试自己的运气,捡一些东西,尽管那些人都非常小心,但他们很少互相掠夺。只有一件事能够让他们聚集起来,那就是听说有人在某个地方看到了霍恩主义者。其他时候,他们基本上都是井水不犯河水。

但在其他地方,划分了统治的领土范围,人们就必须在那个划分的范围内活动。戈登可能侵入了某个氏族的领地。无论如何,匆忙离开并非明智之举。

可是……他回头看了看那个保险箱,焦虑不安。他妈的,那是我的!

楼下传来了很响的脚步声。去关那扇暗门或者将那只沉甸甸的藏宝箱藏起来已经太迟了。戈登一边暗暗咒骂,一边尽可能悄无声息地快速走到楼上,爬上通往顶楼的狭长梯子。

顶楼要比简单的A形阁楼稍微复杂一点儿。之前,他在顶楼那一堆没用的东西中搜寻过一番。此刻,他只想要一个藏身之所。他站在斜墙附近一动不动,以免在地板上发出嘎吱嘎吱的声音。他躲到了三角形小窗户附近的一个大衣箱里,并将麻袋和箭筒放到了里面。他快速拉开了弓。他们是来搜东西的吗?如果是这样,那个保险箱必然会引起他们的注意。

如果是这样,他们会把它当作恩赐,将里面的东西留一份给他吗?他知道,在一些仍然奉行原始荣誉制度的地方,发生过这样的事情。

无论谁进入顶楼,他都将放箭,不过,躲在一个大木箱中放箭,能不能射中就难说了。而当地人不管文明退化到了什么地步,一把火烧了这木屋的能力总是有的。

现在,至少可以听出有三个穿着靴子的人进了屋。在咣咣的脚步声中,他们快速地上了楼。能听出他们分了先后,第一个人先到楼上侦查一番,然后第二个人才上来。当所有人都到二楼后,戈登听到了喊叫声。

"卡尔,你看!"

"看什么看?难道有一群小孩在床上玩医生和病人的游戏不成?哦……妈的!"

一阵金属敲击声之后,传来了嘣的一声巨响。

"妈的!"戈登摇了摇头。卡尔词汇有限,但用的词儿都挺有表现力。

又传来了来回走动的脚步声和撕裂声,还有一些脏话。不过,最终,第三个人开始大声说话了:

"这个家伙人肯定不错,为我们找到了这个东西。希望我们能够谢谢他。应该认识一下他,这样以后再次见到他的时候就不会立即开枪了。"

如果这是诱饵,他并没有上钩。他等待着。

"不过,至少要警告一下他,"第一个人的声音更大一些,"在奥克里奇镇,我们不会等到别人先开枪。他最好赶紧离开,要不然就得小心有人在他身上打一个直径比生存主义者两耳间距还要大的窟窿了。"

戈登点点头,接受了这一警告。

脚步声渐渐远去,回荡在楼梯口,接着沿木板铺成的走廊方向消失了。

戈登从三角形的窗户朝前面的入口俯瞰,看到三名男子离开房子,朝周边长满铁杉的小树林走了。他们背着步枪和鼓鼓的帆布背包,消失在树林中。他匆忙跑到别的窗户朝外面看,但没有发现任何其他动静。没有发现有人从另一边折回的迹象。

他很肯定有三种脚步声,三种说话的声音。虽说不太可能有人留下来做埋伏,但他出去的时候还是小心翼翼的。他在顶楼开着的暗门旁边趴了下来,把弓、肩包和箭筒放在自己身边,匍匐前进,在楼梯边上高抬头和肩膀。他拿出左轮手枪放到了身前,接着突然向下倒挂出半边身子,如果有埋伏,那人肯定会被打得措手不及。

戈登非常紧张,如有什么动静,就准备连发六枪。

但是没有任何动静。二楼的走廊上没有人。

他伸手去摸帆布肩包的时候眼睛一直盯着走廊看,接着,他将肩包丢了下去,发出砰的一声。

那个响声并没有引来伏击。

戈登拿起装备,蜷着身子跳了下去。他一直保持着警戒状态,快速穿过走廊。

床边上的保险箱敞开着，里面空空如也，保险箱边上散落着一堆废纸。正如他所料，里面就是一些持股凭证、邮票以及这个房子的房产证。

但是还有其他一些碎片。

有一个撕开的硬纸板盒，上面的玻璃纸刚刚被剥掉，盒子上面有一张彩色的图片，画着两个划划艇的人，他们满面春风地捧着崭新的折叠式步枪。戈登看着盒子上画着的步枪，差点哭出来，但他控制住了自己的情绪。无疑，里面还有几盒子弹。

他非常痛苦，心想，可恶的小偷。

其他一些散落的垃圾也让他无比沮丧。可待因①、红霉素、超级复合维生素、吗啡……标签和包装盒散落在地上，但里面的瓶子已经被拿走。

精心处理……储存，一点点与别人进行交易……这些东西几乎可以让戈登成为任何一个小村庄的村民。这些东西甚至可以让他成为怀俄明州富裕农场社区的一位准社员！

他记得有一位好医生，他的诊所设在比尤特废墟中，周边村庄和部落对诊所严格保护。戈登想，要是这些东西落到那位德高望重的医生手里，定能发挥巨大作用。

但是，当看到一个空硬纸板盒的商标上写着"牙粉"时，他的眼中顿时充满了怒火。

我的牙粉！

戈登数了十下，还是不够。他努力控制自己的呼吸，但这反而强化了愤怒。他垂肩站在那里，面对这个世界的残酷，感到很无奈。

他告诉自己，没关系。我还活着。如果能拿回背包，我可能

---

①用鸦片制成的止痛镇咳药。

就能活下去。虽然到明年——如果能活到明年的话——我的牙齿可能已经布满了虫洞。

戈登空欢喜了一场,拿起自己的装备,再次昂首阔步走出了这座房子。

长期孤身在野外生存的人,即使与非常优秀的猎人(经常晚上回家、走访朋友或其他同行的猎人)相比,也还有一大优势。这种优势就是与动物以及野外环境本身的关系十分亲密。这种关系难以捉摸,就像他感到莫名的紧张一样。戈登感到有些奇怪,但就是说不出来。这种感觉一直都在。

他准备返回镇子的东部边缘地区,他的东西还藏在那里。不过,此刻,他停了下来,开始思考。他反应过度了吗?他并不是耶利米·约翰逊,能识别森林中的声音和气味,就像看城里的路牌一样。不过,他还是环顾四周,想找出什么东西来印证自己的不安。

这片森林里长满了西部铁杉和大叶槭,几乎每一块空地上都长着小桤木,就像杂草一样遍地都是。这与他在喀斯喀特岭东侧经过的干燥树林截然不同,在那里,他曾在稀疏的北美黄松林中被人抢劫过。自从"三年寒冬"以来,他觉得在这里感受到的生命气息是最浓郁的。

动物发出的声音很微弱,停下脚步才能听到。但他站着不动的时候,一阵鸟鸣声和鸟儿拍动翅膀的声音很快就传到这片森林中来。一小群、一小群的长着灰色羽毛的灰噪鸦从一处飞到另一处,与数量稀少的松鸦打着游击战,争夺拥有丰富小虫子的最佳空地。更小的鸟儿从一根树枝跳到另一根树枝,叽叽喳喳叫着寻找食物。

森林中的鸟儿不太喜欢人类,但如果他不吵的话,它们也不会刻意躲开他。

那为什么我会紧张得像只猫一样呢？

他左边，大概二十码外一片黑莓丛的附近，传来了一阵噼里啪啦的声音。戈登转身，看到的还是一群鸟。

不对，是一只鸟。一只知更鸟。

那只鸟嗖的一声向上穿过树枝，停到了一堆小树枝上，戈登觉得那是它的巢。它站在那里，像一个小霸王，盛气凌人，不可一世，接着它嘎嘎大叫几声后又飞到了黑莓丛中。它消失的时候，又传来了轻微的沙沙声，随后那只知更鸟又进入了视野。

戈登一边用弓随意拨弄着地上的土壤，一边松开了左轮手枪上的安全环，努力装出一副酷酷的样子。他用干嘴唇吹着口哨壮胆，慢吞吞地走着，既没有朝黑莓丛走去，也没有远离它，而是朝一棵巨大的冷杉走去。

黑莓丛后面的东西让知更鸟为了保护自己的巢作出了防御反应，而那个东西为了尽量避免不必要的攻击，静静地躲了起来。

戈登机警地寻找着，发现了一处狩猎者藏身的好地方。他装作漫不经心的样子，但他一走过那棵冷杉，就马上取出左轮手枪，倾身跑到林中蹲下来，尽量让自己待在那棵冷杉的大树干和黑莓丛之间。

戈登只在那棵冷杉投下的阴影中待了一小会儿。他的出其不意又救了他一命。随后传来了三声巨大的枪响，这三种枪的口径各不相同，子弹将树上的枝丫纷纷打了下来。戈登快速跑到了一个小山坡的坡顶，那里倒着一根圆木。又传来了三声巨大的枪响，他朝那根正在腐烂的圆木扑了过去，撞到了圆木另一边的地上，发出刺耳的声响，他的右臂一阵刺痛。

他感到一阵莫名的恐慌,握着左轮手枪的手都抽筋了。他的胳膊好像断了……

他那件美国政府分发的紧身上衣的袖口上浸满了血。恐惧加剧了他的疼痛感,他挽起袖子,看到了一道长长的伤口,但伤口并不深,上面还有一些木屑。原来是弓断了,在他落地的时候,断弓刺伤了他。

戈登将弓扔到一边,朝右边的一条小溪谷爬去,他伏着身子,以便利用河床和矮树丛。后面的追逐声传到了这个小山坡上。

接下来几分钟,他迷迷糊糊地听到了树枝抖动的声音,他自己好像在曲折前进。当跳入一条小溪时,戈登转了方向,匆忙逆流而上。

追捕的人往往会顺着流水的方向追,他希望自己的敌人也是这样。他从一块石头跳到另一块石头,尽量不在烂泥中留下供人追踪的痕迹。随后,他跳出小溪,再次进入了森林。

他身后还有呼喊声。戈登自己的脚步声很响,似乎足以吵醒沉睡的熊。他躲在巨石后面或树叶丛中喘了两次气,一边思考,一边尽量不发出声音。

叫喊声最终在远处消失了。戈登背靠着大橡树,发出了一声低低的叹息,随后取出腰包中的医疗箱。伤口问题不大。那张弓是用抛光木做成的,它造成的伤口应该不会感染。伤口疼得要命,但远未伤到血管和肌腱。他用开水泡过的布将伤口包住,站起来巡视四周,完全无视了疼痛。

是的,他一下子发现了两个路标……透过树梢,可以看到高耸在另一头的残破的奥克里奇汽车旅馆招牌;东边一条破柏油路的对面则摆着一截牛栏。

他快速走到了藏东西的地方。东西还在原地,没人动过。

显然,那三个人心思缜密,不会这会儿再来袭击他。他知道他们不会这样做。他们通常会先给你一点希望,随后又很快让你的希望破灭。

……

现在被追踪的人变成了追踪者。戈登小心翼翼地找到了黑莓丛那边的隐蔽点和那只栖身在那里的愤怒的知更鸟。不出所料,现在那里已经没了人。他在黑莓丛后四下挪动,找到了一个适合伏击的角度。随着傍晚渐渐来临,他在那个位置坐了一会儿,一边观察,一边思考。

他们肯定瞄准了他。那三个人从那个视角向他开枪,想不射中他都难。

难道是他突然发现他们,让他们吃了一惊? 他们肯定有半自动武器,但他记得他们只开了六枪。要么是他们非常吝惜子弹,要么……

他从劈开的小径走到了那棵大冷杉的旁边。在离地十英尺的树皮上找到了两道新瘢痕。

十英尺。他们的射击水平不可能这么差。

如此看来应该是这样。他们根本就不打算打死他。他们只是故意向高处射击,吓吓他,赶他走。难怪,在他逃入森林期间,那些追赶他的人并没有真正靠近来抓他。

戈登撇起了嘴。这反而让他更讨厌那些攻击他的人了。他已经开始接受不假思索的敌意,就像必须接受恶劣的天气和凶猛的野兽一样。现在,许多先前的美国人已经与野蛮人无异。

但像这样精心策划的羞辱之举,他却要独自承受。这些人还有怜悯之心,但他们还是抢了他的东西,导致他受伤,惊惧不安。

他想起了在那个极度干燥的山坡上奚落他的罗杰·普蒂安。这几个狗娘养的东西也好不到哪里去。

戈登沿着他们留下的痕迹,向那个隐蔽点的西面走了一百码。他们的靴子印清晰可见⋯⋯毫不遮掩,显示出傲慢。

时间慢慢消逝,但他从未考虑过往回走。

临近傍晚的时候,他看到了围绕新奥克里奇镇的栅栏。这片空地曾经是一个城市公园,现在被高高的木栅栏围了起来。里面传来牛的哞哞声和马的嘶叫声。戈登闻到了干草和牲畜浓郁的味道。

附近更高的栅栏围住了曾经位于奥克里奇镇西南角的三个街区。一排两层楼的建筑有半条街那么长,占据了这个镇的中心位置。戈登可以从围墙外面看到那些房子的屋顶、一座水塔和水塔顶上的乌鸦巢。有一个人在站岗,望着这片渐渐暗下来的森林,戈登可以看到他的大致轮廓。

这看起来是一个繁荣的社区,或许是自离开爱达荷州以来,他遇到的最繁荣的社区。

很久以前,这个镇围墙周围的树都被砍掉了,设立了自由射击区①。但现在这片空地上长满了矮树,足有半人多高。

戈登想,这样看来,这里应该不太可能有霍恩主义者,否则他们的戒备肯定不会这么松懈。

去看看正门是怎么样的。

他沿着开阔地的边缘朝小镇的南边行进。听到说话声后,他小心地躲到了矮树丛后面。

一扇大木门打开,走出两个全副武装的人,他们懒散地朝四周看了看,接着向里面的人挥了挥手。一声叫喊和拉动缰绳的

①在该地带,任何移动目标都可作为射击或轰炸目标。

声音传了出来，随后，两匹驮马拉着马车冲出，接着又停了下来。驾马车的人转头对两个守卫说："杰夫，告诉镇长，我非常感谢他借给我们的东西。我知道自己一时还不了。但我们明年丰收了，一定会还给他的。他已经拥有一块农田了，所以他可以把这当成一次不错的投资。"

其中一个守卫点了点头，"那是，桑尼。你路上要小心。今天，我们的人在老镇的东端发现了一个独自行动的家伙，还打了几枪。"

那个农夫的呼吸声都能听见，"有人受伤吗？你肯定他只是一个人？"

"嗯，非常肯定。听鲍勃说，他跑起来像只兔子。"

戈登心跳加快。这番侮辱的话几乎令他忍无可忍。他将左手伸到衬衫里，摸了一下阿比给他的那个哨子，哨子挂在他脖子的链子上。他从中获得了一些安慰，记起了宽容。

那个守卫继续说道："不过，那个家伙还真帮了镇长一个忙，在鲍勃他们赶走他之前，发现了一个里面藏着药物的洞。在今天晚上的聚会中，镇长将把其中一些药物分给一些农场主，看看他们怎么处理。我多么想成为他们当中的一员啊！"

那个较年轻的守卫表示同意说："我也是。桑尼啊，你觉得，要是你今年完成分配给你的任务，镇长会给你一些药物作为奖励吗？到时你可以庆祝一番了！"

桑尼腼腆一笑，耸了耸肩。随后，不知道为什么，他低下了头。那个年纪大些的守卫不解地看着他，"怎么了？"

桑尼摇了摇头。他说的话，戈登几乎无法听到，"加里，我们并不奢望什么，对吧？"

加里皱起了眉头，"你这是什么意思？"

"我的意思是,既然我们希望成为镇长的亲信,那我们为什么不希望拥有一个不任人唯亲的镇长呢!"

"我……"

"加里,末日之战爆发前,沙莉和我有三个女儿两个儿子。"

"桑尼,我记得,但是——"

"哈尔和彼得在战争中死了,但我和沙莉希望三个女儿能够长大成人,希望她们能够得到老天的眷顾!"

"桑尼,那不是你的错,只是运气不好罢了。"

"运气不好?"那个农民哼了一声,"那些匪徒经过这里的时候,我的一个女儿被强奸致死,佩吉难产死了,我的小女儿苏珊……加里,她已经头发花白,看起来倒像沙莉的妹妹!"

沉默了好久。那个较年长的守卫将手放到那个农夫的手臂上说:"桑尼,我明天会带壶酒过来。我们聊聊过去的事情吧。"

那个农夫没有抬头,只是点了点头。他抓紧缰绳,喊了一声"驾"。

那个守卫嘴里叼着一根草,默默注视着马车在嘎吱嘎吱声中渐渐远去。最后,他转向那个较年轻的同伴说:"杰米,我以前跟你说过波特兰的事吗? 战争爆发前,我和桑尼经常去那里。我还是个小孩子的时候,那里就有镇长了,镇长经常……"

他们进门后,戈登就听不到了。

在其他情况下,戈登可能会思索几个小时,思考那段小小的对话披露出的关于奥克里奇镇及其郊区的社会结构。比如那个农夫欠下了许多粮食,这是包产农奴制初级阶段典型的现象。很久以前,在另一个世界,他在大学二年级的历史课上读到过这类东西。它们带有典型的封建制度特征。

但此刻,戈登根本没有时间想哲学和社会学的问题。他情绪激动。今天发生的一切令他愤怒,他们处理他找到的药物的方式也令他愤怒,但前者的愤怒程度根本无法与后者相比。当他想到怀俄明州的那位医生会如何处理这些药物时……为什么这些无知的野蛮人不知道好好珍惜这些药物呢!

戈登非常不高兴。他包扎着的右臂痛得厉害。

我敢肯定,翻过这道墙问题不大,然后找到储藏室,拿回我找到的东西……再拿一些其他的东西回来,作为对我所遭受的侮辱和伤痛,还有那把断弓的补偿。

戈登对自己的形象还不满意,又打扮了一番。他想象着去参加镇长的"聚会",干掉所有贪图权力的狗东西。在这黑暗时代,这些狗东西正在这里建设小帝国。他想象着获取力量,获取做好事的力量……在有知识的一代永远从这个世界上消失之前,获取力量迫使这些庄稼汉运用他们年轻时候学到的知识。

为什么,为什么这世上没有人负起责任让一切恢复正常?我将发挥作用,我将穷尽此生成为这方面的领袖。

但所有伟大的梦想似乎都不复存在了。所有好人,像范中尉和德鲁·西姆斯,都为坚持梦想牺牲了。我肯定是这世上唯一一个仍然相信梦想的人。

当然,离开是不可能的。自豪、固执和纯粹的愤怒令他坚守自己的道路。他将在这里进行战斗,战斗到底。

或许在天堂或地狱,有一支理想主义者组成的军队。我想,我马上将找到答案。

幸运的是,他还没有被彻底冲昏头脑,还能选择战术。随着傍晚渐渐来临,他在心里勾画着行动计划。

戈登回到阴凉处,一根树枝碰掉了他的帽子。帽子还未落地,就被戈登一把抓住了。戈登准备重新戴上,但突然停了下来，看了看帽子。

帽子上骑马者的光辉形象映入了他的眼帘，这个骑马者的铜像周围还有一圈用拉丁文写成的训言。戈登看着闪闪发光的徽章，慢慢地露出了微笑。

那样做会很难，或许要比在天黑的时候翻墙困难得多。但那种想法有一种美感，非常吸引戈登，令他感到满意。他可能是这世上唯一一个纯粹为了审美的原因铤而走险的幸存者了。那个计划就算失败，也会相当壮烈。想到这一层，戈登突然觉得很欣慰。

实施那个计划需要去一趟这战后小村庄之外的旧奥克里奇镇，从那里一座肯定最没人去搜寻东西的废墟中找一些东西。他重新戴上帽子，趁着天还没有全黑上路了。

一个小时后，暮色渐浓，戈登离开了那个老镇的断壁残垣，欢快地沿着坑坑洼洼的柏油路往回走。他在森林中绕了一个大圈，终于走到了这个村庄南面围墙"桑尼"走的那条路。现在城墙的大门上只挂着一盏灯，他借助这盏灯发出的光，大胆地向城墙靠近。

守卫非常松懈。戈登离围墙已不到三十英尺，但仍没有人叫住他。他看到有一个哨兵，站在围墙远端的矮护墙后面，但那个笨蛋看着另一边。

戈登深深地吸了口气，将阿比送给他的哨子放到嘴边，吹了三声，哨声很响。这刺耳的哨声穿过建筑物和森林，就像咆哮的猛兽。矮护墙后面传来了匆忙的脚步声。三个带着猎枪、提着油灯的人出现在大门的上面，在这日落后的微光下，往下盯着他看。

"你是什么人？来干什么？"

戈登喊道："我必须与你们的领导说话！这是公务，我要求进入奥克里奇镇！"

这肯定让他们不知所措。几个守卫先是朝他眨了眨眼睛，接着又相互眨了眨眼睛，非常吃惊，好久没说出话来。最后，一个守卫匆忙走开了；另一个守卫清了清嗓子说："呃，你说什么？你发烧了吧？你是不是病了？"

戈登摇了摇头说："我没生病，我是又累又饿了。有人朝我开过枪，我非常生气。但那件事可以等我尽到我的责任后再处理。"

这次，那个守卫的头头儿没再掩饰自己的疑惑，断断续续地说："尽……尽你的……妈的，你在说什么东西？"

矮护墙上传来了匆忙的脚步声。又来了几个人，后面还跟了一大群孩子和妇女，他们开始朝左右两边不断站过去。显然，在奥克里奇镇，人们不怎么遵守规则。这里的统治者及其亲信已经自行其是很久了。

戈登用他最擅长的普罗尼尔斯①的语调，缓慢而坚定地重复了一遍自己的话。

"我要求与你们的领导说话。把我拒之门外，你们这是在考验我的耐心，我将把这种情况写进报告。快叫你们的领导出来开门！"

人越来越多，直到人群的阴影覆盖了围墙。他们俯看着他，然后又一群人提着灯出现在右边的矮护墙上，旁观的人将位置让给了这些刚刚上来的人。

那个守卫的头头儿说："我看你就是想吃子弹。几年前，我们与布雷克镇那群人断绝来往后，我们与这个山谷之外的任何

①莎士比亚的悲剧《哈姆雷特》中的人物。

人都没有'官方来往'了。你别指望我为了一些乱七八糟的事情去打扰镇长……"

一群显然地位不凡的人上来了,那个守卫吃惊地转身说:"镇长先生……对不起,弄得这么吵吵闹闹,但是……"

"我就在附近,听到了吵闹声。发生了什么事?"

那个守卫示意说:"那个家伙唠唠叨叨的,我没怎么听懂。他肯定病了,要么就像经常路过这里的疯子一样,他也是一个疯子。"

"我来处理这件事。"

天色渐渐暗了下来,这个新上来的人靠着矮护墙郑重地说:"我是奥克里奇镇的镇长。我们这里不相信好人有好报。但如果你是今天下午找到那些东西并慷慨地将它们捐给我的人,那我承认我们欠你一个人情。我将送一些热饭菜下去,放到大门前,让你饱吃一顿。另外再送你一条毛毯,你可以睡在路边。不过,明天,你必须离开。我们不想留一个身患疾病的人在这里。从我的守卫给我报告的情况来看,你肯定有精神病。"

戈登微笑了一下说:"镇长先生,你的慷慨令我印象深刻。但我为公务远道而来,不会就这么轻易离开。首先,可以告诉我奥克里奇镇还有可以运行的无线或光纤设备吗?"

他说完这段前言不搭后语的话后,众人鸦雀无声。戈登可以想象镇长的困惑不解。最后这位镇长回答说:"这十年来,我们没有任何无线设备。十年前,所有无线设备都不能运行了。问这个干吗? 有什么关系吗?"

他临时发挥说:"真可惜。当然,战争爆发后,电波就乱作一团了。你知道的,都是辐射造成的。但我原本希望可以用你们的发报机将报告发给我的领导。"

他说这番话的时候泰然自若。这次他说完后,并没有一阵沉默,矮护墙后面和下面的人都非常吃惊,低声议论起来。戈登觉得,这会儿,奥克里奇镇里的大多数人肯定都在那里。他希望围墙比较坚固。他可不想像约书亚①那样进入这个小镇。

他的脑子里又想了一个故事。

"在这里放一盏灯!"镇长命令道,"你个笨蛋,不是这盏!有反光镜的那盏!对,就是这盏。照一下那个人,我想看一下他!"

一盏大灯提到了前面,灯光非常刺眼,照到戈登的时候,传来了一阵议论声。不过,这在他的意料之中,他既没有遮起眼睛,也没有眯起眼睛。他调整了一下皮包的位置,还转了一下身体,让他们能够从最好的角度看到那个皮包和自己身上穿着的衣服。那顶上面有徽章的邮差帽歪歪地戴在他头上。

人群的议论声越来越响。

他喊道:"镇长先生,我的耐心有限。我必须要和你谈谈今天下午你那几个人的行为。别逼我行使我的权力,弄得我们双方都不愉快。你正在失去与我国其他地方通信的特权。"

镇长迅速探出身子,又缩了回去,"通信?国家?你在胡说什么?我只知道盖普河下游的布雷克镇上有一个公社,那里的人就是一群自以为是的笨蛋。除他们外,真不知道还有其他什么人了。你到底是什么人?"

戈登碰了碰帽子说:"美国邮政服务系统的戈登·克朗兹。我是受命重建爱达荷州和俄勒冈州邮政线路的邮差,也是该地区的联邦总督察。"

他在松景村扮演圣诞老人的时候,气氛相当尴尬。而这次……戈登没考虑过最后"联邦总督察"那部分,却不假思索地说了出来。这是福还是祸呢?

---

①《圣经》中的人物。

他想，既然已经这样了，就将错就错，挂羊头卖狗肉吧。

人群骚动起来，议论纷纷。戈登多次听到"外界"和"督察"，尤其是"邮差"。当镇长大喊要求大家安静后，大家慢慢静了下来。镇长冷嘲热讽地说："这么说，你是邮差。克朗兹，你把我们当什么笨蛋看了？穿着一身闪闪发光的制服，就能变成政府官员了吗？什么政府？你能给我们拿出什么证据吗？证明给我们看，你不是一个大疯子，不是因为辐射而发烧，在这里胡言乱语！"

戈登取出了一个小时前刚刚准备好的文件，上面盖了章，那个印章是他在奥克里奇镇的邮局找到的。

"我这里有证明材料……"但他立即被打断了。

"你个疯子，那些文件你自己拿着吧。我们不会让你靠得太近，把发烧传染给我们的！"

镇长直起身子，在空中摇了摇手，开始演讲了："那段混乱的日子里，经常有疯子和骗子经过这里，声称自己是敌基督①和胖小猪②等，你们难道忘了吗？所以，我们只能相信一个事实。那就是，疯子来了又会走，但只有一个'政府'……就是我们现在的政府！"

他转向戈登，"疯子，你够幸运的了，现在与暴发瘟疫那些年不一样了。要是在那个时候，像你这样的情况，我们会马上处理……将你火化！"

戈登默默地咒骂。这个专制统治者非常狡猾，肯定不那么好骗。如果伪造的证明材料他们连看都不看一眼，那他今天下午去老镇的那一趟就算白跑了。戈登使出最后一招。他向人群

---

①基督的主要敌人。

②卡通人物。

微笑了一下,希望这一招能够奏效。

他从皮包内的一只横袋中取出了一小捆信件。戈登假装翻着信件,眯着眼睛看信封上他早已烂熟于心的文字。

他对城墙上面的人喊道:"有人叫……唐纳德·史密斯吗?"

他们突然左顾右盼,小声议论起来。尽管天色越来越暗,但他们困惑的表情还是显而易见。最终有人喊道:"他在战争爆发一年后牺牲了,是在保卫仓库的最后一战中牺牲的。"

那个说话的人声音有些颤抖。有了一个好的开始。这下总算不用只靠令他们吃惊来吸引他们了。不过,他还要拿出更加具有说服力的东西。镇长仍然盯着他看,与其他人一样困惑不解,但是他一旦明白戈登想干什么的话,就麻烦了。

戈登喊道:"哦,原来这样。当然,我必须确认一下!"没等有人发话,他就继续快速翻看起了手上的信件。

"这里有人叫富兰克林·汤普森先生或女士的吗?他们的儿子或女儿在吗?"

戈登几乎可以从他们的窃窃私语中听出他们态度的转变。一个妇女答道:"死了!他们的儿子去年去世的。战争爆发的时候,他们一家人住在波特兰。"

真见鬼!戈登只剩下最后一个名字没说了。用自己的学识打动他们的心固然很好,但他需要一个活着的人!

他喊道:"哦,知道了。最后,有人叫格雷斯·霍顿吗?是格雷斯·霍顿女士……"

"没有,这里根本没有什么格雷斯·霍顿!"镇长喊道,声音中透着自信和讽刺,"这里的每个人我都认识。我来这里十年了,根本没有人叫格雷斯·霍顿,你就是个骗子!"

"他做了些什么,你们都看到了吧?他在镇里找到了一本旧电话簿,抄下了一些名字,扰乱我们平静的生活。"他握起拳头朝戈登那个方向打去,"老兄,我宣布你正在打扰和平的生活,危害公众健康!我数五下,你再不走,我就叫我的人开枪了!"

戈登沉重地呼出了一口气,此刻他已经别无选择。当然,他可以撤退,失掉的不过是一点点自尊。

这是一次不错的尝试,但你也知道成功的概率是很低的。至少这群狗东西被你牵着鼻子走了一会儿。

是该走的时候了,但令他吃惊的是,戈登发现自己的身体没有动。他的双脚就是不想动。所有逃跑的想法都消失了。当他调平肩膀,向镇长虚张声势的时候,他理智的另一半非常恐惧。

"镇长先生,攻击邮差触犯联邦法律,国家重建期间,这是临时国会没有取消的为数不多的法律条例之一。美国总是保护着邮差。"

他冷漠地看着刺眼的灯光。他强调了"总是",顿时感受到了一阵寒意。至少从精神上来说,他是一名邮差。黑暗时代正在系统地清除这个世界上的理想主义,他与这个世界格格不入,而这种精神正是黑暗时代所匮乏的。戈登直盯着镇长的黑影,心想谅他也不敢在这里杀他。

沉默了几秒钟。接着这位镇长举起了手,"一!"

他数的很慢,可能是给戈登时间逃跑,也可能是为了折磨他。

"二!"

这一搏输了。戈登知道自己现在应该马上离开。但是,他的身体就是没动。

"三!"

他想,这就是最后一名理想主义者牺牲的方式。多活了十六年纯属侥幸,这是大自然犯下的一个错误,现在马上要纠正这个错误了。最终,他所有得来不易的实用主义还是敌不过……
一种姿态。

矮护墙那边有动静。在矮护墙的最左侧,有人正努力往前
挤。守卫们举起了枪。戈登觉得自己看到其中有些守卫举枪的
时候有点犹豫和不情愿,但这对他来说毫无帮助。

这位镇长数最后一下的时候,拉长了声音,或许是面对戈登
的固执有点失落。举起的拳头开始砸下去了。

"镇长先生!"突然传来了一个妇女颤抖的声音,她的音调很
高,可以听出有些害怕。她伸手抓住了镇长的手,"求……求求
你……我……"

镇长甩开她的手说:"你走开。把她带走。"

她身体虚弱,一下就被守卫控制住了,但她清楚地喊出了:
"我……我就是格雷斯·霍顿!"

"什么?"转身盯着她看的不止镇长一人。

"那是我未出嫁时候的名字。第二次饥荒结束的第二年,我
就结婚了。那个时候,你和你带的那帮人还没来到这里……"

人群的反应激烈。镇长喊道:"笨蛋! 我告诉你们,他是从
一本电话簿里抄下了她的名字!"

戈登微笑起来。他一只手拿着那捆东西,另一只手碰了碰
他的帽子。

"晚上好,霍顿女士。这是一个美好的夜晚,对吧? 另外,我
这里正好有一封你的信,是俄勒冈州松景村的吉姆·霍顿先生寄
给你的……他十二天前给我的……"

矮护墙后面突然人声鼎沸,发出了激动的喊叫声。戈登竖
起耳朵倾听着那位妇女的惊叹,然后,为了让他们听见,他也提
高了嗓门:

"没错,太太。他的身体似乎相当好。不过,我走了这一路,只给你带来了这一封信,但我很乐意帮你带信给你的兄弟,我在这个山谷绕一圈后将返回,到时可以把信带给他。"

他向前走了几步,更加靠近灯光了,"不过,太太,还有一件事。在松景村的时候,霍顿先生没有足够的邮费了,所以我还要向你要十美元……货到付款。"

人群沸腾起来。

在闪耀的灯笼旁边,这位镇长左转转,右转转,又摇手,又喊叫,但他说些什么,一点都听不到。门拉开了,人们在黑夜中冲了出来。他们紧紧地围住了戈登,男女老少都有,他们脸色绯红,非常兴奋。人群中有不少是瘸子;还有些面带青灰色的伤疤,或者因为得了肺结核而声音嘶哑。但此刻,突如其来的信念光芒似乎让他们忘记了生活的艰辛。

戈登站在他们中间,依然面不改色,缓慢地朝大门走去。他朝他们微笑点头,对那些伸手碰他衣服或鼓鼓皮包的人尤其热情。年轻人看他的眼神非常敬畏,而许多老人则热泪滚滚。

戈登感到心酸,但竭力控制着自己的感情……对于编这样一个谎言,他感到羞愧。

管他呢。他们想要相信牙仙①,这不是我的错。放弃那些不切实际的幻想吧,我只是想拿回属于我的东西!

你们这群笨蛋。

然而,面对无数伸过来的手,他还是展露了自己的笑颜,爱意奔涌而出,就像一股激流,在他周围流动,让他带着梦寐以求、不同寻常的希望,进入了奥克里奇镇。

---

①美国民间传说中的人物,如果孩子们把脱落的牙齿藏到枕头下,牙仙就会在晚上趁他们睡觉时把牙齿拿走,并留下孩子们希望得到的礼物。

插　曲

春光明媚,万紫千红
祖先遗骸,怒目而视
天气转凉,薄雾蔼蔼

第二部

独眼巨人

国家复兴法案重建后，美国临时扩大国会宣告全体公民：

美利坚合众国的人民和基本组织机构尚健在。你们的敌人发动的反人类攻击行为已经失败，他们已被消灭。最后一批自由投票选出来的国会议员和美国的行政人员已经延长任期，组建了临时政府。上帝保佑，临时政府正在积极根据《宪法》，将法律、公共安全和自由再次带到这片我们深爱的土地上。

为实现上述目标，美国所有不重要的法律条例暂时取消，包括所有债务、扣押权和第三次世界大战爆发前的判决一律作废。在经过相关程序颁布新法律前，各个地区可以根据实际情况，制定相关的管理办法，但必须遵守以下几点：

一、《人权法案》赋予美国领土内每个公民的自由不容剥夺。审判严重刑事案件时，必须要有公正的陪审团。除了紧急、严重的军事案件外，严禁简化审判过程就做出判决。

二、禁止采用奴隶制。不得以命偿债，也不得子偿父债。

三、各个地区、城镇和其他地方每隔几年必须举行适当的匿名选举，所有年满十八周岁的人都有权参加。未获选或未受获选者直接领导，不得对其他人使用强制手段。

四、为了协助国家复苏，每个公民都应该保护美国的有形和无形资源。无论何时何地，大家都应该收集并保存书籍和战前的机器,以造福后代。各个区域应该继续维持学校正常运转,教育年轻人。

临时政府希望在2021年之前重建全国的广播系统。在此之前,所有的交流都必须通过地面的邮路。2011年之前,中部和东部各州应该重建邮政服务,西部则在2018年之前。

五、全体公民必须与美国的邮差合作。妨碍邮差工作者可以被判处死刑。

重建后美国临时国会
2009年5月

1. 科廷镇

一条黑色的斗牛犬狂吠着，唾沫横飞。它使劲拉扯绑着它的铁链，口水溅到了一群兴奋不已、大声喊叫着的人身上，他们斜靠在斗狗场的矮木墙上。一条满是伤疤、只有一只眼睛的杂种狗也向斗狗场另一边的斗牛犬嗥叫。绑着那条杂种狗的绳索就像弓弦，嗡嗡作响，似乎要从墙壁的坏扣上挣脱出来。

这个斗狗场有一股难闻的味道。一团团恶心又浓密的烟向空中飘去，这些烟是烟民吸当地种植的烟草吐出的，当地种植的烟草和大麻一样，人们可以自由收割。坐在一排排长凳上的农民和镇民大声喊叫着，俯视着这个简陋的斗狗场。离斗狗场最近的那些人用力敲着木板，让狗更加歇斯底里，更加疯狂。

戴着皮手套的驯犬人将自己的狗拉回来，抓住了戴在狗脖上的项圈，接着将视线移到了贵宾席，那里的观众正远眺场地中央。

那个身材魁梧、留着胡子的高官穿着的衣服比大多数人都要好。他吸着自制的雪茄，飞快地瞟了一眼坐在他右边那个瘦高的人，后者眼睛被帽舌遮住，但依然能看出这个陌生人面无表情，只是静静地坐着。

那个身材魁梧的官员转向驯犬人点了点头。

那两条狗一松开，上百个人顿时呼喊起来。犬吠声震耳欲聋，就像吵架，但它们争论的东西并不复杂。狗毛飞舞，狗血飞溅，而人群却在欢呼。

在高官的席位上，那些年纪较大的人也在大声呼喊着，与乡民们没什么两样。与乡民们一样，大多数高官对斗狗的结果下了赌注。但那个身材魁梧的人——俄勒冈州科廷镇的公共安全主席——只是在猛抽雪茄，并没有乐在其中，而是一副心事重重的样子。他又看了一眼坐在自己右边的那个陌生人。

这个瘦瘦的家伙与斗狗场上的其他人不同。他的胡须整齐地修整过，一头黑发相当短，还没盖过耳朵。那双被帽舌遮住的蓝色眼睛炯炯有神，似乎明察秋毫，就像《旧约》中的先知形象。这位主席还是个孩子的时候，曾在星期日学校看到过《旧约》中的先知形象，而后来，末日之战就爆发了。

他看上去像一个饱经沧桑的旅行者，还穿着一件制服……生活在科廷镇上的人从未期望再次看到这种制服。

在这个陌生人的帽子顶端，有一个印有骑马者光辉形象的徽章，在油灯发出的亮光中闪烁。不知道怎么回事，它似乎比任何金属都要闪亮。

这位主席看着大喊大叫着的镇民，感觉他们今晚也有所不同。平常，在周三晚上的斗狗赛上，科廷镇上的人也大喊大叫，但没有今晚尽兴。他们也知道来了一位访客，五天前，他骑马来到了这个城市的城门口，像一个神，昂首挺胸，自命不凡，要求给他提供食物和住宿，并让他张贴告示……

……接着他开始分发邮件。

这位主席也在一条狗——老吉姆·施密特家的沃爱——上

下了注,但他的心思完全没在下面沙地的血腥比赛上。他总是不由自主地反复打量那位邮差。

明天他将离开科廷镇前往科蒂奇格罗夫镇,因此他们特意为他安排了这场斗狗比赛。这位主席意识到,那位邮差并没有乐在其中,因此他有些不高兴。显然,这位打扰了他们生活的邮差在努力表现出有礼貌的样子,但也很显然,他不赞成斗狗。

这位主席斜着身子对客人说:"督察先生,我猜,东部地区没有这种比赛,对吧?"

这位客人脸上满不在乎的表情就是他的回答。这位主席觉得自己真是个笨蛋。在圣保罗市、托皮卡市、奥德萨市以及重建后美国任何文明的区域,当然没有斗狗了。但在这里,在与文明隔绝那么久的俄勒冈州的废墟中……

这位客人回答说:"主席先生,本地社区可以自由处理自己的事情,只要他们自己觉得合适就可以了。"他引人注目又柔和的声音盖过了斗狗场上的喊叫声,"时势出风俗。位于圣保罗市的政府知道这一点。我在旅途中看到过比这糟糕得多的场景。"

他在这位邮政总督的眼中看出了宽容。这让主席有点颓然,于是他再次将视线挪到了一边。

他眨了眨眼睛。一开始,他认为是自己的眼睛被烟熏得发痛,于是将雪茄扔到地上,用脚踩灭了它,但眼睛的疼痛感并没有消失。斗狗场变得模糊了,似乎这只是一场幻梦……而且还是第一次看到此等噩梦情境。

这位主席想,我的上帝啊,我们真的在斗狗吗?十七年前,我还是威拉米特河谷禁止虐待动物协会的会员!

我们怎么了?

我怎么了?

他用手掩着脸咳嗽，遮住了流泪的眼睛。随后，他环顾四周，发现并不是只有他一个人在哭。人群中至少有一些人不再大喊大叫，而是低头看着自己的手。其中甚至有几个在号啕大哭，他们的眼泪从饱经风霜的脸上淌下，这些人为了生存，经历了漫长的战斗。

而现在，对他们来说，战后这些年的生活压力似乎突然不能再作为支持自己各种行为的充足理由了。

斗狗结束的时候，有一些零零落落的欢呼声。驯犬人跳进斗狗场，照料获胜的狗，还清理了一些死狗的内脏。但有一半观众似乎都紧张地看着他们的领导，以及他边上那个穿着制服、一脸严肃的人。

那个瘦长的人正了正帽子，说："主席先生，谢谢您，但我觉得我该下去休息了。我明天还要赶路。大家晚安。"

他向那些长者点了点头，随后起身穿上了那件旧皮夹克，皮夹克上有一个红白蓝相间的徽章。他缓慢朝出口走去，镇民们都默默地站起来给他让路，低垂着头。

这位科廷镇的主席犹豫了一下，随后也起身跟了出去，他身后轻轻的议论声越来越多。

今晚安排的第二个节目取消了。

2. 科蒂奇格罗夫镇

俄勒冈州科蒂奇格罗夫镇

2011 年 4 月 16 日

收件人：未重建的俄勒冈州的松景村村长阿黛尔·汤普森女士

传送路线：从科蒂奇格罗夫镇出发，途径科廷镇、盖普河、麦克法兰、奥克里奇镇，最后到达松景村。

尊敬的汤普森女士：

这是我穿过威拉米特森林地区，沿着我们新开辟的邮政路线，给您寄的第二封信了。如果您已经收到第一封信的话，一定已经知道你们在奥克里奇镇的邻居选择了合作，尽管一开始的时候有一些误会。我已经任命桑尼·戴维斯担任奥克里奇镇的邮政局长，战争爆发前，他就住在那里，深受那里所有人的爱戴。现在，他应该去松景村与您重新建立联系了。

戈登·克朗兹在一沓发黄的纸上提起了铅笔，这沓纸是科蒂奇格罗夫镇的市民捐给他用的。一盏铜油灯和两支蜡烛发出的光在古老的桌子上面摇曳，通过玻璃反射，在卧室的墙壁上形成了一幅幅图画。

当地民众坚持要戈登住镇上最好的房间。这个房间既干净整洁又温暖舒适。

虽然只过了几个月，但戈登却感受到了巨大的变化。所以，在信中他没怎么提去年十月在奥克里奇镇上面临的困难。

他一说自己是重建后美国的代表，那个山中小镇的人们就向他敞开了心扉。但那个专横的"镇长"差点儿杀了这位不速之客，戈登也差点儿没机会向他表明，他只是想在那里设立邮局，然后将继续前行，根本不会威胁到他镇长的权力。

或许是那个镇长担心，如果他不帮戈登的话，人们会反应强烈。最终，戈登获得了他要求的物资，甚至还获得了一匹珍贵的马，尽管那匹马有点老。离开奥克里奇镇的时候，戈登看到那个镇的脸放松下来。这位当地领袖似乎相信自己仍然可以控制当地的人民，尽管有了美国仍然存在于某个地方的惊人消息。

然而，镇民们跟着戈登，跟了一英里多，从树后面走出来害羞地将信塞到他手里，迫切地跟他讨论改造俄勒冈州的问题，还问他们可以帮上什么忙。他们公开抱怨那个心胸狭隘的专制统治者，当他离开路上最后那批人时，风中显然带上了一股变化的气息。

戈登知道他那个镇长快当到头了。

自从上一封信从盖普河寄出以来，我已经在帕尔默镇和科廷镇建立了邮局。今天，我与科蒂奇格罗夫镇的镇长完成了谈判。在这个包裹里面还有一份我到目前为止取得的进展报告，送往在"重建后怀俄明州"的上司。当邮差沿着我的路线到达松景村的时候，请您告诉他我的经历，并代我向他表示问候。

您可能需要比较长的时间才能收到信,请耐心等待。从圣保罗市出发西行的路相当危险,下一个邮差可能要一年多后才会到达。

戈登能够想象出汤普森女士读到这一段时的反应。那位细心的老族长肯定会摇摇头,看着这一句句花言巧语,甚至可能大声笑起来。

在这片曾经是伟大俄勒冈州的荒凉大地上,阿黛尔·汤普森比其他任何人都清楚地知道,不会有来自文明东部的邮差。戈登也没有总部可以汇报情况。圣保罗市这个所谓的首都,只不过是一个位于密西西比河中游河畔、依然还有少量辐射的普通城市。

根本没有重建后怀俄明州和美国这回事,那不过是一个黑暗时代到处漂泊的骗子,为在这个可怕多疑的世界上竭力生存的胡诌而已。

汤普森女士是戈登在战后遇到的极少数聪明人中的一员,她眼明心亮、思维缜密。戈登说谎一开始纯属意外,后来是不得已而为之,但这些谎言对她没有任何意义。她就是喜欢戈登这个人,没有这些谎言,她也会向他展现善意。

他把这封信写得这么复杂——信中不断提到一些不存在的东西——是给别人看的,而不是给她看的。这封信沿着他设立的路线,中间要转手好几次才能最终送到松景村。但汤普森女士能够读懂信中的潜在含义。

而且她不会揭发他。戈登很确定这一点。

他只是希望她能够控制住自己别笑出来。

这段时间,这一带的海岸相当平静。各个社区甚至开始以现代的方式相互开展贸易，克服了对战乱瘟疫和生存主义者根深蒂固的恐惧。他们渴望收到外界的消息。

这并不是说一切都非常平静。他们告诉我，罗斯镇南部的罗格河村仍然是一个无法无天的地方，那里由内森·霍恩控制。所以我将北上去尤金市。此外，我带的大多数信也是寄往那个方向的。

沿途人们既兴奋又心怀感恩，他们手书的信件如雪花一般塞满了戈登的挎包，而包裹的最深处则是那封阿比给他的信。无论最后其他信怎么样，戈登都想把它寄出去。

今天就写到这儿了。或许在不久的将来，您和我其他亲爱的朋友会寄信给我。最后，请代我向迈克尔、阿比，还有所有其他村民表示问候。

美丽的松景村能够让人感受到重建后美国的存在，至少不逊于其他任何地方。

戈登·克朗兹敬上

最后这句话可能有点危险，但戈登必须写上这句话，他想让汤普森女士知道自己并没有完全沉浸在自己的骗局中，他希望这个骗局能够让自己安全地穿过那个几乎无法无天的乡村，到达……

到达什么地方？这么多年过去了，戈登仍然不是很清楚自己在寻找什么。

或许只是寻找某个地方的某个人，那个人能够负起责任，能够竭尽全力在这黑暗时代做一些事。他摇了摇头。这么多年过去了，他还是没有完全放弃那个梦想。

他将这封信折好，放进了一个旧信封中，接着在封口处滴了一点封蜡，压了压，最后在上面盖了一个章，这印章是他在奥克里奇镇的邮局里捡来的。这封信放在他之前辛苦写出来的"进展报告"上面，这报告就是一系列瞎编的东西，写给虚构的政府官员。

在这个包裹的旁边放着他的邮差帽。灯光在那个送信骑马者的铜像上摇曳，现在这个铜像已与戈登默默相伴，为他出谋划策好几个月了。

戈登实行这个新的生存计划纯属意外，但是现在各个镇的人们都信以为真，尤其当他真的从已经到访过的地方给他们送来信件时，伪造的事实看起来就更加不容置疑了。这么多年下来，人们似乎一厢情愿地守望着失去的光辉时代——那个现在已经不复存在的、一切干净整洁、井井有条的伟大时代。这种渴望压倒了他们好不容易养成的怀疑态度，就像一股温泉融化了结冰的河面。

戈登压下了深深的愧疚感。这十七年来，哪个活着的人没有犯过错？再说，他的骗局其实对他经过的城镇还有点儿好处。他们为他提供物资和休息的地方，他则给他们带去希望。

这一切都是迫不得已。

两声响亮的敲门声传来。戈登说："请进！"

约翰尼·史蒂文斯的头伸了进来，他是科蒂奇格罗夫镇邮局新上任的副局长。约翰尼一脸孩子气的脸上才刚刚长出一些有点金黄色的细胡须，但他有两条瘦长的腿，意味着他擅长翻山越岭，另外他还是个有名的神枪手。

之前谁能料到，这个少年会成为邮差呢？

"呃，长官?"约翰尼显然不愿意打扰他做正事，"现在八点了。今晚是您在这里的最后一夜，您还记得镇长想请您在酒吧喝一杯吧?"

戈登站了起来，"约翰尼，我记得。谢谢。"他一把抓起帽子和夹克，然后拿起了寄给汤普森女士的假报告和信。

"这个给你。这些官方包裹是你的第一次任务，送到盖普河。露丝·马歇尔是那里的邮政局长，她会在那里等你。她的人会好好招待你的。"

约翰尼小心翼翼地接过那些信封，好像它们如蝴蝶的翅膀般轻柔脆弱。"长官，我会用性命来保全它们。"这个年轻人的眼中流露出了自豪感和一种绝不让戈登失望的坚毅。

但戈登严厉地说:"那没必要!"他最不想看到一个十六岁的少年为了保护虚无缥缈的东西而受到伤害，"用我告诉你的常识就行了。"

约翰尼点了点头，但戈登根本不知道这小子是否已经听明白。当然，对他来说，这可能只是一次惊险刺激的旅行，沿着森林中的小道远行，走过的路比他村里的其他任何人这十多年里走过的路都要长，回来后就会变成一个英雄，同时带回来许多故事。在那些小山里，仍然还有几个零零散散的生存主义者。但是在罗格河村的偏远北部，约翰尼应该可以顺利到达盖普河并安全返回。

戈登几乎让自己相信了这一点。

他呼出了一口气，抓着这位年轻人的肩膀说:"约翰尼，你的国家不需要你为她牺牲，而是要你活着，继续为她服务。记住了吗?"

"长官，记住了。"这个少年认真地点了点头，"我明白了。"

戈登转身吹灭了蜡烛。

约翰尼肯定在科蒂奇格罗夫镇的旧邮局里搜寻过一番，戈登出门的时候注意到，这个少年自家缝制的衬衫上也有一枚美国邮差耀眼的徽章，尽管差不多过了二十年，那枚徽章的色泽仍然很鲜艳。

约翰尼说："我已经从科蒂奇格罗夫镇以及附近农田的人们那里收到了十封信。我觉得他们中大多数人在东部都没有认识的人。但他们还是写了信，这是因为他们对此很兴奋，并且希望有人会给他们回信。"

因此，戈登的到来至少让人们练了一下字。就这一点也值几个晚上的食物和住宿。"松景村以东仍然相当难走而且危险，你提醒过他们这一点了吗？"

"嗯，他们说没关系。"

戈登微笑了一下说："那就好。反正邮政服务通常寄送的都是一些虚无缥缈的东西。"

这个少年困惑不解地看着他。可是戈登戴上帽子，没再说别的。

……

自从离开明尼苏达州的废墟，戈登还没怎么看到过像科蒂奇格罗夫这样繁荣、安居乐业的小镇。农田收获的粮食年年有余。民兵训练有素，与奥克里奇镇的情况不同，这里的民兵不欺压村民。随着寻找真正文明的希望越来越渺茫，戈登发觉自己的梦想也慢慢不再那么远大，像这样一个地方似乎就是天堂。

不过，具有讽刺意味的是，那个骗局帮他安全通过了许多住着多疑村民的小山村，现在他却因为同样的原因无法留在这里。为了继续圆谎，他必须继续前行。

人们对他的身份确信不疑。如果现在他不打算继续圆谎，那么连这个镇上的好人也必然会要他好看。

这个四面都是围墙的村庄保留下了战前科蒂奇格罗夫镇的一个酒吧。酒吧位于宽敞舒适的地下室，里面有两个大壁炉和一个卖酒的柜台，柜台里是当地自酿的苦啤酒，盛放在高高的陶制啤酒杯中。

彼得·凡·克里克镇长正坐在角落里与埃里克·史蒂文斯认真交谈。埃里克·史蒂文斯是约翰尼的爷爷，也是科蒂奇格罗夫镇新任的邮政局长。他和约翰尼进入酒吧的时候，两个人正在钻研戈登的"联邦规章制度"复印件。

在奥克里奇镇的那个废弃邮局中，戈登成功启动手动油印机，复印了几十份"联邦规章制度"。里面融进了许多戈登自己的想法，但它们看上去必须真实可信，同时又不能对当地的统治者构成明显的威胁，不能让他们恐惧戈登虚构的重建后美国……或者戈登本人。

到目前为止，这几页纸一直是他最有力的精神支柱。

身材高大、面容憔悴的彼得·凡·克里克站起来与戈登握了一下手，示意他坐下。酒吧的服务员马上拿来两杯棕啤。酒是温的，芳香沁人，就像粗制裸麦面包。这位市长紧张地吸着陶制烟斗，直到戈登放下酒杯满意地咂咂嘴，这才吐出烟圈。

戈登对啤酒的欣赏让凡·克里克满意地点了点头，但他仍然眉头紧锁。他轻轻敲了下面前的那份文件，"督察先生，这些规章制度不太详细啊。"

"叫我戈登就好了，不用那么正式。"

"哦，好。戈登，那你叫我彼得好了。"这位镇长显然有点不适应。

"好,彼得。"戈登点了点头,"重建后美国政府吸取了一些惨痛教训,其中一条就是不要对遥远的地区强制实行严格的标准,那些地区遇到的困难可能是在圣保罗市的政府无法想象的,更不要说去解决了。"

戈登开始用事先准备好的一种腔调说话了。

"比如货币问题。食品中心的暴乱过后不久,大多数社区就放弃使用战前的货币,开始采用以物易物的制度,效果相当好。但是如果债务服务转变成奴隶制度的一种形式,那就不行了。"

他说的基本上都是事实。戈登沿途看到多种封建农奴制的形式正在各地兴起,但货币的使用情况是瞎编乱造的。

"在圣保罗市的联邦政府已经宣布停用旧货币。对于不成气候的乡村经济来说,纸币和硬币太多了。

"不过,我们还是在努力促进国家商业的发展。一种方法是接受旧时使用的两美元纸币,用于支付美国邮差送信的邮费。这种纸币不太常见,也不可能利用现在的技术加以伪造。1965年之前发行的银币也是可以接受的。"

约翰尼·史蒂文斯突然插嘴道:"这种纸币和硬币,我们凑起来已经有四十多美元了! 人们还在努力寻找这种旧纸币和硬币。他们也已经开始用它们偿还以物易物交易中欠下的债务。"

戈登耸了耸肩。竟然已经开始使用这种货币了。有时,他会在故事中添加一点小东西,只是为了增加真实感,至于之后会如何发展,他从不关心。戈登觉得,当地民众迷信"重建后美国",将那点钱重新流通起来,也不会对他们造成什么伤害。

凡·克里克点了点头,接着转到了另一个话题。

"不是选举出来的人不得采用'强制手段'这部分——"他轻轻地点了一下那份文件,"这个的话,我们确实会在镇上定期举行会议。商讨一些大事的时候，周边小村庄的人也会来参加。但我不能说我或者说我的民兵团团长是真正意义上选出来的……并不是像这里所说，通过匿名投票选出来的。"

他摇了摇头，"我们必须采取一些严厉的措施，尤其是在前期的时候。我希望这部分不会给我们带来太多约束，督察先生，不，戈登。我们真的一直在尽力而为。比如，我们建了一所学校。收割季节过后，大多数年幼的孩子就去上学了。我们可以开始回收机器并像这上面说的那样进行投票——"凡·克里克想得到肯定的答复，望着戈登的眼睛。但戈登避开他的目光，举起了啤酒杯。

在旅途中，他发现了一个颇具讽刺意味的现象：那些最算不上随大流变得残暴的人似乎反而对自己的现状最感到羞愧。他咳嗽了一声，清了清嗓子：

"似乎……在我看来，你的工作似乎一直都做得相当不错，彼得。再说，过去的已成过去，未来更加重要。我想你没必要担心联邦政府的干预。"

凡·克里克看上去松了一口气。戈登敢肯定，几周内，这里将举行匿名的投票选举。

这里的人们有权通过选举决定自己的领袖，至于这位暴躁敏感的镇长能否连任，那就是后话了。

"有一件事困扰着我。"

说话的人是埃里克·史蒂文斯。这位矫健的老人显然是戈登心目中邮政局长的不二人选。他不仅经营着当地的交易站，还是这个镇上受教育程度最高的人，拥有战前的大学文凭。

另一方面，几天前，戈登骑着马来到这个镇上，声称在"重建后美国政府"的领导下，俄勒冈州的新时代即将来临时，埃里克·

史蒂文斯似乎最不相信。任命他担任邮政局长似乎让他相信了这一切，尽管他可能只是被名利一时蒙蔽了而已。

在这个谎言没有揭穿之前，他也可能做好自己的本职工作，不过这样的可能性很小。

老史蒂文斯挪了一下桌子上的啤酒杯，啤酒杯在桌子上留下了一个椭圆形的水印，"我不解的是，为什么以前圣保罗市那边没有派人来我们这里。当然，我知道你必须经过很多荒芜地带才能到达这里，而且你说，几乎都是走路过来的。但是我想知道，为什么他们不用飞机将人送过来？"

他们坐在桌子旁边沉默了一会儿。戈登能够感觉到，边上的镇民也在倾听。

"这个嘛，"约翰尼·史蒂文斯摇了摇头，颇令他的爷爷尴尬，"难道你们不知道那场战争有多严重吗？战争刚爆发的时候，那个能放出脉冲波的东西摧毁了所有无线电设备和其他类似的东西，所有飞机和复杂的机器都被摧毁了啊！后来一直没有人知道如何修理它们。另外，也没有备用的零件了啊！"

戈登眨眨眼，吃了一惊。这个孩子真厉害！工业文明覆灭的时候，他才出生，然而他却一针见血地指出了重点。

当然，所有人都知道，在战争爆发的第一天，巨大的氢弹就在太空中爆炸了，同时放出了电磁脉冲，摧毁了世界各地所有的电子设备。但约翰尼的理解并非仅限于此，而是联想到了机器文化的相互依赖性。

不过，这孩子虽然聪明，但这些东西肯定是他的爷爷告诉他的。老史蒂文斯狡猾地看着戈登问："督察，是这样吗？没有备用零件和维修人员吗？"

戈登知道，这个解释经不起仔细推敲。他庆幸自己在离开奥克里奇镇后，在那条坑坑洼洼的路上走了足够长时间。因为旅途非常无聊，他在赶路的时候想好了整个故事的所有细节。

"不，不完全是这样。脉冲波的辐射、爆炸以及辐射性微尘摧毁了许多东西。流行病、暴乱和'三年寒冬'导致许多技术人员都死了。但实际上，没过多久，一些机器又重新运转起来了。几天后，飞机就做好了飞行的准备。重建后美国有不少修好的飞机通过了测试，在等待起飞，但它们不能起飞。它们都停在地上，还要再过几年。"

老史蒂文斯一脸困惑，"督察，这是怎么回事？"

戈登说："即便你组装了一台能够正常工作的收音机，也不能收听到广播。这与飞机不能起飞是一个道理。"接着他故意停了一下，随后说，"是因为激光卫星。"

彼得·凡·克里克拍了一下桌子，叫道："我怎么没想到呢！"酒吧里的所有人都把头转了过来。埃里克·史蒂文斯叹了口气，看了戈登一眼，只能完全相信了……或者是羡慕他比自己更会说谎。

"什么……是什么东西……"

约翰尼的爷爷解释说："是激光卫星。我们取得了战争的胜利。"他对那次著名的险胜表示不屑，在暴乱发生前的那几周，那次险胜被夸大其词了。"但敌人肯定在轨道上埋下了一些未激活的卫星。程序设定它们会在几个月或几年后自动激活，激活后，任何给收音机提供信号或者试图升空飞行的东西都会遭到破坏！"他的手掌用力地劈过空气，"因此我的收音机收不到任何信号也就不足为奇了！"

戈登点点头。这个故事天衣无缝，简直可以以假乱真。正如他所希望的。这或许可以解释为什么天上空荡荡、静悄悄的，同时又可以掩盖现在这个世界完全没有文明的事实。

他在旅途中看到一堆堆废弃的无线电天线,否则那又该如何解释呢?

凡·克里克认真地问道:"面对这种情况,政府在采取什么措施?"

戈登想,这些故事太妙了。他不断旅行,他的谎言也将越来越复杂,直到最终有人揭穿他。

"还有一些科学家在。我们希望在加利福尼亚州找到相关设备,制造火箭,然后将卫星送入轨道。"他没有把话说白。

其他人看上去相当失望。

"要是有法子早点摧毁那些该死的卫星就好了,"这位镇长说,"想想停在那里的那些飞机! 想象一下,下次霍恩主义者从可恶的罗格河村出来抢东西的时候,发现我们这些农民有美国空军和一些非常先进的陆地观测卫星做后盾,该有多吃惊!"

他模仿着飞机的啸音,并用双手做了一些飞机俯冲的动作。接着,这位镇长还模仿起了机枪的声音,不得不说,他的口技相当好。戈登和其他人一起哈哈大笑起来,像小孩子一样,他们暂时沉浸在了好人得救坏蛋下地狱的幻想中。

其他的男男女女围了过来,现在镇长和邮政督察显然已经谈完了正事。有人拿出了口琴。还有人将一把吉他传给了约翰尼·史蒂文斯,没想到他相当有弹吉他的天赋。没过多久,人们就唱起了欢乐的民歌和以前的广告歌。

大家情绪高涨。希望仿佛浸润进了他们手中温暖的黑啤,浓厚而丰腴,至少感觉上不错。

深夜,戈登突然听到了某种声音。当时他正一边向酒吧外面走,一边赞叹科蒂奇格罗夫镇重新安装的室内水管,突然停在了后面的楼梯附近。

有一种声音。

坐在壁炉边的人们在唱……"聚在一起,听我讲故事,讲一个关于重要旅行的故事……"

戈登抬起头。其他低沉的杂音是他想象出来的吗?那声音很微弱,他喝了啤酒,头也有点晕。

但他脖子后面有一种奇怪的感觉,或者说直觉,就是挥之不去。这种感觉使他环顾四周,然后开始爬起楼梯来。楼梯很陡,通向地下酒吧上面的建筑。

这条窄窄的楼梯灯光很暗,全靠半路楼梯平台上点着的那支蜡烛照明。他缓慢而小心地往上爬,那些喝醉酒的人唱出的欢乐歌声渐渐消失在身后。

他走出楼梯,发现自己到了一条黑乎乎的走廊上。戈登听了很长时间,但什么都听不到。

过了一会儿,他准备转身离开,全当它是想象力过剩的产物。

可是那声音又传来了。

是一串微弱又奇怪的声音,几乎听不出来。这些声音勾起了戈登的一些回忆,顿时使他的后背一阵颤抖。他很久很久没有听到过这种声音了。

在满是灰尘的走廊尽头,微弱的灯光让他看到了门的侧柱,上面还有裂纹。他悄无声息地朝它靠近。

唧唧!

戈登摸了下门上冰冷的金属环形把手,上面并没有灰尘。有人在里面。

哇,哇……

科蒂奇格罗夫镇应该是一个安全的地方,他将左轮手枪留在了自己的房间里。但他转动环形拉手开门的时候,身上没有带左轮手枪依然让他觉得就像半裸着身子一样。

里面都是盖着防水布的大木箱,布上铺满灰尘。大木箱内装满了各种东西,有回收来的轮胎、工具和家具等,这些东西应该是村民们为今后的不时之需准备的。那束闪烁的微弱灯光从一排箱子的周围发出的。窃窃私语的声音就在前面,非常轻,听上去有些急切和兴奋,就像"唧唧!啾啾!"。

戈登沿着堆得很高的发霉大木箱——就像古代沉积岩的悬崖,随时可能坍塌——爬行,他越是接近那排大木箱的另一端,就越紧张。终于,光源清晰可见。冷光,没有热量。

脚下的地板传来了嘎吱嘎吱的声音。

透过奇怪的光线,他突然见到五张脸——是群孩子,他松了一口气。这些孩子抬头盯着他看的脸上满是敬畏之情——他们显然知道他是谁。当然,他们也多少被吓了一跳,连大气都不敢出。

但戈登并不关心这些,他的心思全放在了孩子们中间椭圆形小毯上的那个小盒子里。他简直不敢相信自己的眼睛。

那个小盒子一样的东西底部是一排小按钮,中间是一个灰色的平面屏幕,会发出珍珠般的亮光。

粉色蜘蛛从飞碟中冒出来,在嘎吱嘎吱的节奏声中,飞扬跋扈地在屏幕上走来走去。它们没有遇到任何反抗就到达了对方的大本营,于是它们发出了鸣叫,庆祝胜利,接着它们改变队形,又再次开始进攻。

戈登的喉咙很干。

他吸了一口气说:"哪里……"

孩子们站了起来。其中一个男孩吞吞吐吐地说:"长官?"

戈登指着那个东西说:"这个东西是哪里来的?"他摇了摇头,"更重要的是……电池是哪里来的?"

一个孩子开始哭起来,"求求您,长官,我们不知道这样做不对。邓肯·史密斯告诉我们这不过是一种游戏,过去的孩子经常玩的!它们没用了,所以我们才到处将它们找来……"

戈登追问道:"谁是邓肯·史密斯?"

"是一个男孩。他的爸爸来自克雷斯韦尔镇,过去两年经常驾着一辆马车来回做交易。邓肯拿这个东西来换我们找到的其他玩具。"

戈登想起了今晚早些时候在自己房间里研究的那张地图。克雷斯韦尔镇就在这里北边不远的地方,离他打算去的尤金市也不远。

难道?心中的希望之火顿时燃烧起来,欣喜不已。

"邓肯·史密斯说过他从哪里得到这个玩具的吗?"他努力不让这些孩子感到害怕,但他肯定显得有些焦急,吓到了他们。

一个女孩号啕大哭起来,说:"他说是从独眼巨人那里得来的!"

接着,孩子们仓皇而逃,消失在了满是灰尘的储藏室小通道里。突然只剩下了戈登一个人,静静地站着,看着小小的侵略者在灰色小屏幕的光芒中突然闪现。

"嘎吱-嘎吱-嘎吱。"它们迈着步子。

游戏在"唧唧"声中结束,然后又复盘重新开始。

3. 尤金市

一个身穿雨披的人,牵着一匹小马在蒙蒙细雨中艰难前行,那匹小马气喘吁吁。马背上驮着马鞍和两只满满的袋子,上面还盖了一层塑料,以防淋湿。

潮湿的灰色州际高速公路闪闪发亮。混凝土路面上的深水坑就像小湖。战后干旱那几年,风将泥土吹到了这条有四条车道的高速公路上,当雨季来临,杂草就开始长起来了。现在整条高速公路就仿佛是条铺着草皮的缎带,是山林中的平坦小径,侧下方则是汹涌的河流。

戈登将雨衣如同帐篷般支起,在雨衣下面看起了地图。在前方右边是威拉米特河与支流交汇形成的一大片沼泽,向西延伸至尤金市和斯普林菲尔德市的中间点。这张旧地图的南方是个现代工业园区。当然,现在只是几个露在泥潭上的旧屋顶。整齐的车道、停车场和草坪成了水禽的家园,它们似乎在湿地里自得其乐。

在克雷斯韦尔镇的时候,那里的人告诉戈登,从这里再往北走一点儿,这条州际高速公路就不通了。他必须抄小路穿过尤金市,找到河上的桥,然后再回到高速公路上,前往科堡。

克雷斯韦尔镇的人没怎么说清楚细节，毕竟战后也没几个人这样走过。

没关系，反正我念叨尤金市已经几个月了。我们可以看看它现在变成了什么样子。不过，我只是短暂停留。那座城市现在只不过是他沿途的一个站点，他还要继续北上去一个更加神秘的地方。

恶劣的天气并没有让这条州际高速公路彻底瘫痪。虽说路面杂草丛生、坑坑洼洼，但塌陷不严重，大部分路面依旧坚实。看来，当人类将一样东西建造得很牢固时，只有时间或人类自己可以摧毁它。说真的，这些桥的质量棒极了。或许美国人将来的子孙后代在森林中缓缓而行、自相残杀时，他们会认为这些都是上帝的杰作。

他摇了摇头。这雨让我烦躁。

没过多久，他看到了一块路标，那路标一半埋在水坑中。戈登踢开乱七八糟的东西，跪下来仔细看那块生锈的标牌，就像追踪者在森林小道上察看别人留下的痕迹。

"三十号大街。"他大声读了出来。

这是一条脱离高速公路，朝西通向山里的大道。根据地图所示，沿着这条路，翻过这座山就能到尤金市的市中心。

他站起来，轻轻地拍了一下驮着包裹的小马。"来，多比。摇摇你的尾巴，向右转。我们从这儿下高速，走大街喽。"戈登轻轻地拉了一下缰绳，小马喘了一口气。他牵着小马向下沿着离开高速的路走到了天桥的下面，而后沿着向上的斜坡西行。

从山顶上看，一层薄雾笼罩着这座荒芜的小镇，似乎掩盖了些许荒凉的景象。雨水早已洗净大火留下的黑迹。绿色的攀缘植物从道路裂缝中慢慢长出来，覆盖了许多建筑物，遮住了它们的裂口。

克雷斯韦尔镇的人提醒过他会看到什么景象。不过,进入一座死城从来就不是一件易事。戈登走到了可怕的大街上,上面到处散落着碎玻璃。湿漉漉的水渍和另一个时代的碎玻璃一起闪闪发光。

在这个镇子地势较低的大街上长出了桤木。这是因为瀑布溪和观景台大坝破裂,导致河流将污泥冲进了这座城市,大街上满是泥土。水库的崩坏导致奥克里奇镇西部五十八号大街无法通行,迫使戈登从城市西南部绕一个大圈,从科廷镇到科蒂奇格罗夫镇,再到克雷斯韦尔镇,最后接着向北行进。

破坏程度相当惊人。不过,戈登想,他们在这里坚守过。不管怎么说,他们差点就坚持下来取得胜利了。

在克雷斯韦尔镇的时候,市民们召开了许多会议,举办了许多庆祝活动,还选出了新的邮政局长并制订了令人兴奋的计划——向东西两个方向开辟新的邮政线路。除此之外,市民们还给戈登讲述了尤金市的人们顽强抗争的故事。他们告诉他,战争和流行病让尤金市与外界隔离后,市里的人们还苦苦挣扎坚持了整整四年。大学社区和一些乡下人奇怪地联合起来,竟然让这个城邦抵御了所有威胁……直到最后,一帮强盗炸掉了位于高处的水库,切断了他们的电源和干净的水源,这座城市才瘫痪。

整个故事颇富传奇色彩,几乎就像特洛伊城沦陷。但是他们讲这个故事的时候,听上去并不悲凉。现在他们似乎更像是把那场灾难看作暂时的挫折,相信在自己的有生之年能够战胜它。

在戈登到达前,克雷斯韦尔镇就是一座充满乐观主义的城市。他"重建后美国"的故事是该镇在不到三个月内收到的第二个好消息。

去年冬天也来过一个访客,他来自北方,经常咧嘴而笑,身穿黑白相间的长袍。他给孩子们分发了一些新奇的礼物,随后就离开了,嘴里说着"独眼巨人"这个神奇的名字。

那个陌生人曾说过——独眼巨人。

独眼巨人将使一切再次恢复正常。独眼巨人将会让安逸和进步重返这个世界,将所有人从末日之战的悲剧性结局——艰苦的生活和长期的绝望中拯救出来。

所有人只需要收集旧机器,尤其是电子设备。独眼巨人将拿走他们捐出来的无用破设备,或许还有一点食物,以便供养自愿为其服务的人。作为回报,独眼巨人将给克雷斯韦尔镇的人们一些能够使用的东西。

这些玩具不过是一小部分东西而已,有朝一日会出现真正的奇迹。

戈登无法从克雷斯韦尔镇的人们口中得到一些连贯的信息。他们过于兴奋,甚至有点精神错乱,说话没头没脑。他们当中有一半人认为,"重建后美国"是独眼巨人的后盾,而另一半人的看法正好相反。所有人完全没想到这两者根本没有联系——两段广为流传的传奇只是不期而遇而已。

戈登不敢纠正他们,也不敢问太多问题。他尽可能快地离开了克雷斯韦尔镇,带上了更多的信,决定顺藤摸瓜找到独眼巨人。

将近正午的时候,他向北走在了大学街上。蒙蒙细雨不会耽误行程,他可以在尤金市停留察看一番。就算这样,天黑之前他仍然可以赶到科堡,那里应该会有拾荒者居住。在科堡北部的某个地方,独眼巨人的追随者正在宣传奇怪的拯救计划。

静静地走过断壁残垣的时候,戈登想,他是否应该在北方试着揭开他这个"邮差"骗局的真相。他记起了在黑暗中闪闪发光的小蜘蛛和飞碟,心中情不自禁地催生出希望。

或许最终他可以放弃这个骗局,找到可以真正相信的东西。或许最终会有人带领人们与这黑暗时代做斗争。

这一丝希望之光过于美好,难以放弃,但又太微弱,难以掬入怀中。

走过镇上破旧的店面,他终于来到了十八号大街俄勒冈大学的校园。校园内宽敞的运动场上长满了白杨和小桤木,有些树高达二十多英尺。走到老体育馆附近的时候,戈登放慢了脚步,随后突然停了下来。

小马打了一个响鼻,马蹄刨了一下地,而戈登在静静地倾听,随后听到某处传来什么人的尖叫,应该就在不远处。

微弱的哭声先是越来越响,接着就慢慢消失了。那是一个女人的声音,声音中透着伤痛和恐慌。戈登打开皮枪套,取出了左轮手枪。这声音来自北边,还是东边?

他进入大学建筑群间的半丛林地带,匆忙寻找藏身之处。自从离开奥克里奇镇以来,他这几个月一直过着舒适的生活,简直过于安逸了。他显然已经养成了一些坏习惯。比方说,他在这些荒芜的大街上居然就这么优哉游哉地走着,好像是这里的主子一样,这样还没人留心到他,简直是上天恩赐的奇迹。

他牵着马从体育馆一侧一扇裂开的门中走了过去,将马拴在露天看台的折叠式支架后面。戈登在马的边上放了一堆燕麦,但没有动马鞍,还给马系上了肚带。

现在该怎么做?在这儿干等,还是去一探究竟?

戈登拿出弓和箭筒,给弓安上了弦。下雨天,它们可能更可靠,至少要比他的卡宾枪或者左轮手枪安静。

他将一只鼓鼓的邮袋塞到了不大会有人看到的通风井中。当他开始寻找藏另一只邮袋的地方时,他突然意识到自己在干什么了。

他对自己刚才的愚蠢行为咧嘴苦笑了一下,将另外那个包往地上一放,就动身去察看情况了。

声音就是从前方砖瓦结构的建筑内传出来的,这个建筑上那些长长的玻璃窗仍然闪闪发光。显然,以前来抢劫的人觉得这幢建筑根本不值得搜查。现在,戈登可以听到微弱的低语声、马轻柔的嘶鸣声和马具发出的轻微碰撞声。他看了一下,屋顶和窗户边上都没有岗哨,于是快速通过草木茂盛的草地,向上走了几步混凝土的台阶,将身体贴到这幢建筑一角的门口。他大张着嘴呼吸,以免发出声音。

门上的挂锁年代久远,满是铁锈,门上有一块蚀刻的塑料牌:

西奥多·斯特金①纪念中心
1989年5月落成
自助餐厅营业时间
中午:11:00-2:30
下午:5:00-8:00

声音就是从里面传出来的……但是听不清楚。外面有一段

---

①西奥多·斯特金(Theodore Sturgeon,1918—1985),美国最杰出的科幻作家之一,与阿西莫夫、海因莱因等同为科幻小说黄金时代的代表人物。

楼梯可以上楼。他往后退了几步，看到三层梯有一扇门半开着。

戈登知道自己又在犯傻了。他不该来这儿的，他应该牵着马尽快离开这个鬼地方。

那些声音听上去越来越愤怒。透过门缝，他听到了殴打的声音。一个女人痛得大哭起来，随后传来了男人的哈哈大笑声。

任何有脑子的人在这种情况下都会溜之大吉，但戈登的性格使他留了下来。戈登对自己的人格缺陷轻轻地叹了口气，接着开始沿着混凝土楼梯小心翼翼地往上爬。那个门半开的房间里有些腐烂发霉的东西，但是四楼的学生活动中心看上去没人动过。不可思议的是，巨大天窗上的玻璃竟然都完好无缺，只是铜窗框上有一层铜锈。在透过天窗的微弱光线下，能看到铺着地毯的楼梯盘旋而下，连接着楼层。

戈登小心翼翼地朝这座建筑开放的中心区域靠近的时候，突然打了个趔趄。先前来抢劫的人完全没动这些学生社团的办公室就离开了。布告栏上还贴着运动会、各种表演和政治集会的通知，不过由于过了这么长时间，上面的字已有点看不清楚了。

只在很远的另一端，有几条通知，上面的字是红色的，非常显眼，那些通知肯定与紧急情况——最后那次几乎毫无征兆、摧毁这座城市的危机——有关。除此之外，办公室内其他杂乱的东西都温馨舒适、催人上进、充满激情……

还充满了朝气……

戈登迅速沿着旋梯朝下方传来声音的地方走去。

第二层大厅外有一个阳台。他趴下来匍匐前进。

建筑的北面，他的右侧，部分双层玻璃墙已经破碎，两辆大马车就停在那里。西面墙壁那边，有六匹马拴在一排黑色弹球机的后面,呼着热气。

外面的一堆玻璃碎片中躺着四具尸体,绵绵阴雨在尸体周围形成了不断扩大的粉色水坑,那四个人应该被自动步枪打死不久。遭到伏击的时候,只有一个受害者掏出了枪。他的手枪丢在水坑里,离那一动不动的手有好几寸。

声音是从他的左边传来的,正好是那个阳台转弯的地方。戈登小心翼翼地向前爬行,向外看L形房间的另外一部分。

西面墙壁那边还有几面很高的镜子,可以让戈登看到楼下的一些情况。在反光的玻璃窗之间有个大壁炉,砸碎的家具在壁炉里熊熊燃烧,发出噼里啪啦的声音。

他紧贴着发霉的地毯,微微抬起头,刚好可以看到四个全副武装的男子在壁炉边争论。第五个人懒洋洋地躺在左边的长沙发上,他的自动步枪随意地对着两个俘虏——一个是九岁左右的小男孩,另一个是年轻女子。

女子脸上的红手掌印显然是个男人打的。她顶着一头蓬乱的棕色头发,正紧紧地抱住孩子,瞪着抓她的人。这两个俘虏似乎连哭的力气都没了。

这些留着胡子的家伙清一色穿着战前部队留下来的服装——有着绿色、棕色和灰色斑点的迷彩服。他们每个人的左耳垂上都挂着一两只金耳环。

生存主义者。戈登的情绪一阵剧烈波动。

战争爆发前,生存主义者有多种含义,从有常识的人到社区意识强的人,最后发展为多疑的反社会持枪歹徒。从某种角度来说,戈登自己也称得上是一个"生存主义者"。但是战争造成严重破坏后,一提到"生存主义者",只会让人想起最后一种含义。

他旅途所到之处，人们也是同样的反应。尽管敌人的炮弹和细菌在"一周战争"中造成了巨大的破坏，但几乎每个受灾的县和小村庄的人们都认为，这些无法无天的壮汉到处惹麻烦才是国家最终崩溃的原因。

其中最可恶的是内森·霍恩的追随者，真希望他下十八层地狱。

但威拉米特河谷不应该有生存主义者啊！在科蒂奇格罗夫镇的时候，有人告诉他，几年前，最后那一大帮生存主义者已经被赶到了罗斯镇南部罗格河村的荒地上！

那这些可恶的家伙在这里做什么？他移近了一点点，开始偷听。

"突击队长，我觉得我们的侦查行动应该到此结束了。我们从这小妞儿口中知道的关于'独眼巨人'的情报已经够多了。我觉得我们应该返回布拉沃河岸的船上去报告情况。"

说话的是个矮个子光头，他很强壮，正在火堆上烘手。他背对着戈登，肩挎一把枪口朝下、装着枪口帽的半自动冲锋枪。

那个被他称为"突击队长"的人，身材魁梧，脸上有一道疤，那疤从一只耳朵一直延伸到下巴，不过有一部分被灰黑色的胡须遮住了。他咧嘴一笑，露出了残缺不全的牙齿。

"你该不会真的相信她说的吧？说什么有一台巨大的计算机会说话？其实就是一台破机器！她告诉我们这些只是想吓唬我们罢了！"

"呃，真是这样吗？那你如何解释那些东西？"

小个子光头向马车示意了一下。戈登从镜中可以看到马车的一个角。马车上装着杂七杂八的东西，无疑是从这大学校园内收集来的，似乎是一些电子设备。

不是农具、衣服,也不是珠宝,而是电子产品。

戈登是第一次看到拾荒者马车里装满电子产品。这其中潜在的含义让戈登听到了自己脉搏剧烈跳动的声音。戈登实在太兴奋了,以至于小个子光头转身从边上的桌子上拿什么东西的时候,他差点忘了低头隐蔽。

"这个该怎么解释呢?"小个子生存主义者问道。他的手中拿着一个玩具,是一个小小的视频游戏机,和戈登在科蒂奇格罗夫镇看到的那个玩具差不多。

屏幕一亮,这个小小的盒子放出了令人愉悦的曲调。突击队长盯着它看了好一会儿。最后,他耸耸肩说:"别瞎扯了。"

另外一个突击队员说:"我觉得小杰姆说得对……"

那个身材魁梧的人吼道:"他是蓝鹰五号! 遵守纪律!"

"是。"第三个人点了点头,刚刚那一吼显然没有吓到他,"那我赞同蓝鹰五号的看法。我觉得我们应该将这种情况汇报给比索上校和将军。它可能会影响我们的入侵计划。如果北方的农民确实拥有高科技该怎么办? 我们可能会遇到一些重型激光设备或者其他什么东西……尤其是如果原来的空军或海军东山再起的话,那我们肯定要完蛋!"

那个突击队长吼道:"那我们更需要继续侦查了,我们要知道更多有关'独眼巨人'的信息!"

"但是你也看到了,就算是那些我们已经掌握的情报,从这女人嘴里问出来也那么困难! 另外,我们继续深入侦查的时候,不能把她留在这里。如果我们现在返回的话,可以把她带到我们的船上……"

"别管这个该死的女人! 我们今晚就干掉这个女人和男孩。蓝鹰四号,你在山里待久了。这些山谷中到处都是漂亮的小妞儿。她可能会喊叫，我们不能冒这个险，所以去侦查的时候，肯定不能带着她！"

他们的争吵并没有让戈登感到吃惊。一旦他们控制了一个村庄，这些战后的疯子就会把村里的女人、食物和奴隶一扫而空。经过最初几年的厮杀，大多数霍恩主义者的窝点都是男女比例严重失衡，男子要多得多。目前，在结构松散、阳气太盛的生存主义者的社区里，女人是宝贵的财富。

所以楼下有几个生存主义者想把那个女人带回去不足为奇。戈登猜测，如果她的伤口痊愈，眼中没有恐惧，她可能相当漂亮。

她怀中的那个男孩非常愤怒地看着那些人。

戈登想，罗格河村那帮强盗最后肯定形成了有一定纪律的组织，或许有一位富有魅力的领袖领导着他们。显然，他们计划从海上入侵，绕过罗斯镇和卡马斯山谷的防线——那里的农民曾多次成功击退他们的进攻。

这是一个大胆的计划，它很可能会灭掉威拉米特河谷中仅存文明的星星之火。

刚才戈登一直在告诫自己，千万要置身事外，别蹚这趟浑水。但在过去的十七年中，几乎所有活着的人都早已在这场特殊的斗争中表明了立场。几乎在所有地方，人们一看到部队剩下的迷彩服和金耳环，就会心生恐惧。戈登是不会离开这个地方的，至少要想办法修理一下楼下的那几个家伙。

雨渐渐停了。有两个人走出去，开始扒那几具尸体的衣服，翻找战利品。转眼天又下起了毛毛细雨，这时候那两个匪徒将注意力转到了马车上，在马车里翻找珍贵的东西。从他们的咒骂中可以听出，他们似乎白忙活了一场。

　　戈登听到，他们踩碎了易碎、完全不可替代的电子零部件。现在屋子里只剩下那个俘房看守者，他背对着戈登和墙上的镜子，正心不在焉地擦着枪。

　　戈登希望他是个傻子，觉得应该把握这个机会。他从地板上抬起头，举起手。这些动作被那个女人抬起头看见了。她顿时目瞪口呆。

　　戈登将一根手指放到了嘴唇上，祈祷她能够明白这些人也是他的敌人。

　　那个女人眨了眨眼睛，戈登一阵心惊胆战，还以为她要说话。但她只是迅速瞟了一眼那个守卫，后者仍然在一心一意地擦枪。

　　当再次和戈登对视的时候，女人微微点了点头。而戈登翘了下大拇指，迅速从阳台缩了回去。

　　戈登觉得嘴巴干得像是吃了两口灰，他马上取出水壶，灌了几大口水。然后他找到个积灰不太厚的办公室，静静等待时机，当然，他不能打喷嚏，更不能嚼克雷斯韦尔镇的人们给他的牛肉干。

　　傍晚时分，他的机会来了。其中三个匪徒出去巡逻，而那个叫小杰姆的则留在屋内于壁炉上烤着鹿的腰臀肉，虽然腰臀肉并没有弄干净。还有个一脸憔悴、戴着三只金耳环的霍恩主义者守着俘房。他一边盯着那个年轻女子，一边慢慢地削着一块木头。戈登猜想，这个守卫正在兽欲和他对突击队长的恐惧之中煎熬。显然，那家伙正在不断地为自己鼓气。

　　戈登已经备好了弓箭。一支箭搭上了弦，还有两支箭横放在面前的地毯上。他的皮枪套已经敞开，手枪击铁也调到了连发六枪的档位。现在万事俱备，只欠东风。

那个守卫放下手中的木头,站了起来。他走近那个女人的时候,她紧紧地抱着那个男孩,把脸别到了一边。

壁炉边的那个匪徒低声警告道:"蓝鹰一号不允许这样做!"

那个守卫站在了女人的面前。她尽力不退缩,但当他摸她的头发时,她还是颤抖了起来。那个男孩则眼冒怒火。

"蓝鹰一号已经说了,我们轮流玩儿了她之后就干掉她。为什么我不先来呢? 或许我还能让她说出一些关于独眼巨人的消息。"

"怎么样,宝贝儿?"他色眯眯地看着她,"如果打你不能让你松口,我知道这一招肯定能让你乖乖听话。"

小杰姆问道:"那个小孩儿怎么办?"

那个守卫不屑地耸了耸肩,"怎么办?"突然,他右手操起一把猎刀,左手则揪住男孩的头发,将他从女人的怀里拽了出去。女人高声尖叫。

在这千钧一发的时刻,戈登根本没有时间思考,他条件反射般地采取了行动。尽管如此,他的行为倒也还算有条不紊。他拉开弓,并没有直接朝那个拿刀的人射去,而是将箭射进了小杰姆的胸膛。

那小个子生存主义者向后一倾,满脸震惊地盯着箭,随后倒在地上,只发出了微弱的响声。

戈登迅速搭上第二支箭,转身刚好看到另外那个生存主义者把刀从那个女人的身体里抽出来。她肯定是用自己的身体为孩子挡了一刀,而男孩则躲在角落里,瑟瑟发抖。

尽管她伤得很重,但还是奋力用指甲去抓那个敌人,可惜,这让戈登的下一箭无法瞄准。那个吃惊的匪徒一开始还笨手笨脚地在那边叫骂。但马上,他就抓住她的手腕撂倒了她。他被指甲抓出了血痕,正在气头上,没有注意自己的同伴已经死了,而是阴狠地一笑,举起刀来。戈登看着他朝那个伤势严重、气喘吁吁的女人走近了一步。

这时,箭支破空而过,擦着迷彩服,在他的背上划了一道浅浅的伤口。箭射到长沙发上,颤抖着发出嗡嗡的声音。

尽管令人憎恶,但生存主义者或许是世界上最优秀的战士。没等戈登拿起最后那支箭,那个人就在不知道发生了什么的情况下,扑到一边,翻滚着拿起了突击步枪。一颗颗子弹飞射过来,精确地击中栏杆,那正是戈登刚才的位置,好在他已经离开了。

步枪上装了枪口帽,那个匪徒只能以半自动模式开枪;但是戈登一连串滚翻取自己那把左轮手枪的时候,子弹已经打到他周围,发出叮叮当当的声音。他迅速跑到了阳台的另一边。

楼下那个家伙的耳朵特别灵。戈登正要再次低头的时候,又有好几颗子弹飞射过来,差一点打中了他的脸。

除了脉搏跳动似乎在戈登耳边隆隆作响外,一点声响也没有。

他想,现在怎么办?

突然传来了一声尖叫。戈登抬起头,从镜子中看到了一个模糊的动作……楼下那个身体瘦弱的女子正举起一把大椅子朝那个身强体壮的家伙砸去!

那个生存主义者迅速闪开,朝她开枪回击。那女子的胸口喷涌出鲜血,倒伏在地,椅子滚到了那个生存主义者的脚边。

戈登觉得自己听到了咔嚓一声,这可能是步枪弹匣没子弹了,但也可能只是他的胡思乱想。反正说时迟那时快,他跳将起来举起点三八疯狂地扣动扳机,直到打空子弹,枪膛冒烟才停下。

敌人仍然站着,他左手拿着弹夹正准备插入弹仓。

但他的迷彩服上有了许多黑色的污点，而且正在不断地扩散。他透过手枪枪管冒出来的烟看着戈登，表情震惊而迷惑。

也许是因为失血无力的缘故，他的突击步枪落到地上，发出了嘭的一声，然后他自己也倒了下去。

戈登跑到楼下，跳过栏杆。先确认了两个敌人已经彻底断气，然后才迅速跑到那个受了致命伤的年轻女子身边。

他扶起她的头，而她艰难地问道："你是——？"

"别说话。"说着他擦掉了她嘴角的零星血迹。

人快要死的时候，瞳孔扩散，表情会非常恐怖。她目光扫过他的脸、他的制服，最后落在了绣着"重建后美国的邮政服务"字样的胸袋上。看起来，她的眼神更加明亮了。

戈登告诉自己，让她信以为真吧，她马上要死了，就让她相信这是真的吧。

但他说不出口。这个谎话带着他翻山越岭，重复了好几个月，但这次就是说不出口。

他摇了摇头说："女士，我只是一个过客。我……我只是一个普通百姓，想出手相助而已。"

她点了点头，似乎只是稍稍有一点儿失望，好像他的出现本身就已经是个奇迹。

她喘着气，"北边……带上孩子……警告……警告库克罗普……"

最后这句话话音未落，她就渐渐断了气，但戈登还是感觉到了其中所包含的意味，尤其在她说出那个名字的瞬间：崇敬、忠诚和信任，还有对最终救赎的希冀……他缓缓放下她的身体，同时下意识地想着独眼巨人。现在找到独眼巨人的理由又多了一个。

这个时候根本没有时间埋葬尸体。匪徒的步枪几乎没有发出声音,但戈登的手枪声若惊雷。其他匪徒肯定听到了。他的时间只够清理现场,还有带走孩子。

但是十英尺之外就是匹马。再往前走上两步,就是那个勇敢的年轻女子认为可以为之牺牲生命的东西。

戈登收集敌人的步枪和弹药的时候想,那是真的就好了。

如果他发现某个地方有人在承担责任——其实就是试着应对这黑暗时代,他会立即放弃他的骗局。他会对其誓死效忠,贡献自己的绵薄之力。

甚至效忠于一台巨大的计算机也心甘情愿。

远处传来了叫喊声……越来越近。

他转向躲在墙角的男孩,后者正抬着头瞪着戈登。

"快过来,"戈登伸出手说,"我们最好骑马走。"

4. 哈里斯堡

那个孩子坐在戈登的前面,戈登搂着他骑在偷来的马上,尽可能快地离开了那个可怕的现场。戈登的眼角余光看到几个人徒步追来,其中一个还跪在地上瞄准。

于是,戈登向前卧倒,像拉锯一般来回移动缰绳并踢着马。子弹击碎他们身后的花岗石时,那匹马打了个响鼻,正好绕经一家遭洗劫的雷克尔药店。花岗石碎片嗖的一声飞到了六号大街上。

他庆幸自己在骑马逃离前,利用最后那点时间放跑了其他的马。但是戈登往后再看一眼的时候发现,一个匪徒居然骑着他那匹小马追了过来!

他莫名地害怕了一会儿。如果他们找到了他的马,那么他们可能也会拿走或毁掉那两只邮袋。

戈登将这个无关紧要的想法抛到了脑后,骑马冲进了一条小街。什么信,管它们呢!不过是一些道具而已。现在重要的是:追上来的敌人只有一个。一对一,不会吃亏。

应该算是不吃亏吧。

他紧紧地抓着缰绳,稳稳地骑在马上,让马沿着尤金市市中心空旷寂静的大街狂奔。他听到了其他的马蹄声,离自己很近,但并没有回头看,而是突然拐入了小巷中。这匹马越过了落在地上的一堆碎玻璃,接着飞快地跑过了另外一条街,又经过了一条到处都散落着乱七八糟东西的小巷。

戈登让马朝着一片绿地奔去,快速通过了一个空旷的广场,最后在一个小公园中茂盛的橡树林后面停了下来。

空中有一种深沉的声音。过了一会儿,戈登才意识到原来是自己的呼吸和脉搏的声音。"你……你还好吧?"他低头看着那个男孩气喘吁吁地说。

这个九岁的男孩咽了一口唾液,点了点头,并没有费力气说话。亲眼看到了这么可怕的场景,他今天真是被吓坏了,但他还有理智保持安静,用一双棕色的眼睛盯着戈登。

戈登在马鞍上直起身,透过在这座城市长了十七年的灌木丛往外观察情况。至少这会儿,他们似乎摆脱了追兵。

当然,那个家伙也可能离他们不到五十米,正在静静倾听。

戈登的手指不住地发抖,但他还是从皮枪套中取出了那把没有子弹的点三八式手枪,一边思考,一边填弹上膛。

如果只有一个追兵要对付,他们还不如待在那里,静静地等。让那个匪徒来找吧,他肯定会摸错方向越走越远。

可惜,其他生存主义者会很快追上来。或许还是冒险发出一点声音好,免得让那些来自罗格河村的追踪和打猎能手在这块区域形成一个包围圈。

他摸了摸马儿的脖子,让它再多喘会儿气。他问那个男孩:"你叫什么名字?"

男孩眨了眨眼睛说:"马……马克。"

"我叫戈登。刚刚在壁炉边救我们命的那个人是你的姐姐吗?"

马克摇了摇头。在这样一个黑暗的时代,孩子能够更好地控制泪水,"不,不,先生……她是我妈妈。"

戈登叹了一口气,有些吃惊。这个时代,生过孩子的女人看上去这么年轻并不多见。马克母亲的生活条件肯定不一般——了解俄勒冈州北部的神秘情况又多了一条线索。

天正在快速暗下来。戈登还是没听到什么声音,他轻轻策动马儿让它再次走了起来,用膝盖示意,让它尽量选择松软的地方走,还密切关注着周围的情况,时不时停下来听一听。

几分钟后,他们听到了一声喊叫。那个男孩紧张起来。但那声音肯定是从几个街区之外传来的,戈登朝着与那声音传来的相反方向前行,想着这个镇南端威拉米特河上的桥。

他们骑着马抵达105号大桥的时候,天色已晚。雨已经停了,但乌云依然笼罩着这片废墟,甚至遮住了星光。戈登睁大眼睛想让目光穿透这黑夜。他早先听说过,南边的桥依然屹立,无人把守。

然而,在这茫茫黑夜里,桥上数不清的横梁间可以隐藏任何东西,包括拿着步枪、作战经验丰富的游击队员。

戈登摇了摇头。他要是冒进,就不可能活到现在。只要有其他选择,他就不会冒险。他本想沿着老州际高速公路,直达科瓦利斯和独眼巨人控制的神秘区域,但现在还有其他的选择。他掉转马头,向西而行。

他骑着马在小巷中穿行,不断转弯。他好几次差点迷路,只能凭感觉走。最后,顺着湍急的水流声,他找到了99号老高速公路。

这条高速公路上的桥,结构非常简单,一目了然,无法设伏。再说,这是他所知的最后一条路了。他弯腰俯在那个男孩的身上,快速通过了这座桥,接着继续一路飞奔,直到确定所有追兵都被远远地甩在后面。

最后,他下来牵着马走了一会儿,让筋疲力尽的马喘喘气。当他重新爬上马时,小马克已经睡着了。他将雨披盖在自己和马克的身上,缓慢朝北前行,寻找灯火。

大概再过一个小时就到黎明了,他们最终来到了四面都是围墙的哈里斯堡镇。

戈登听过一些有关繁荣的俄勒冈州北部的故事,但那些故事中描述的欣欣向荣景象肯定比不上真实情况。这个镇显然已经处于和平状态很久了。城墙前面的禁火区覆盖着茂密的灌木丛,岗楼上还没有哨兵。戈登大喊了五分钟,才有人过来开门。

他在一家杂货店的门廊下告诉他们:"我想和你们的领导谈一谈。你们将面临这些年来最可怕的危险。"

他描述了遭到伏击的那几个拾荒者、那帮难以对付的匪徒,还有他们为日后掠夺侦察防卫薄弱的威拉米特北部的任务。时间非常重要。他们必须快速采取行动,在那几个生存主义者完成这次任务之前干掉他们。

可令他沮丧的是,这些还没睡醒的镇民似乎不太相信他的话,更不愿意在这路上湿漉漉的时候外出。他们狐疑地盯着戈登,当他坚持要他们召集一队人马时,他们有点儿生气地摇了摇头。

小马克已经累坏了,根本无法作为一个目击者来证明他说的话。这些人显然宁愿相信他是在夸夸其谈。有几个人干脆说,他肯定遇到了几个来自尤金市南部的强盗,在那里,独眼巨人还没有什么影响力。毕竟,他们已经好多年没有在周边地区看到生存主义者了。据说,内森·霍恩被绞死后,他们早就相互残杀、自取灭亡了。

他们轻轻地拍了拍他的背，安慰他，纷纷回家去了。杂货店的店主让戈登到他的店里睡觉。

我不敢相信会是这样。难道这群白痴还没有意识到自己的生命危在旦夕了吗？如果侦察小队逃脱，那些凶残的人就会用武力攻过来！

"听着……"他又试了一次，但这些镇民固执己见、闷闷不乐，根本听不进去。他们一个个陆续离开了。

怀着绝望、疲惫和愤怒，戈登掀开雨披，露出了邮政督察的制服。他愤怒地向他们吼道："你们似乎都没弄明白，我并不是来请你们帮忙的！你们觉得我是在诅咒你们这个愚蠢的小镇吗？我最关心一件事。那些家伙偷走了两袋美国人民的邮件，我以联邦官员的身份命令你们集结一队武装人马，帮我把邮件取回来！"

最近几个月，他经常扮演这个角色，但从不敢像这次一样傲慢无礼。这次，他完全控制不了自己。一个目瞪口呆的镇民开始结结巴巴地说话，戈登打断了那个人，告诉他们，要是重建后的国家知道一个愚蠢的小村庄躲在围墙后面，让国家的死敌逃跑，定会对这一耻辱愤怒不已。他说这番话的时候，非常愤怒，声音都有些颤抖。

他眯起眼睛低声威胁道："你们这群无知的乡巴佬，十分钟内集结你们的民兵团，准备出发！我警告你们，不去的后果要比在雨中被迫赶路严重得多！"

镇民们都震惊地眨着眼睛。大多数人一动不动，只是盯着他的制服还有他那顶尖顶帽上闪闪发光的徽章。他们可以对迫在眉睫的危险视而不见，但现在必须直面戈登，做出自己的选择。

好一会儿，人群站着一动不动、默不作声，戈登盯着他们，直到这一局面被打破。

人们一下子开始互相叫喊起来，跑去拿武器。妇女匆忙备好马和需要的相关东西。戈登站在那里——他身后的雨披就像披风在呼啸的风中飞舞——默默地叫骂着，这时，哈里斯堡的守卫已经围在了他的周围。

他最后自问道，到底是怎么回事，是什么控制了我？

或许是他扮演的角色开始影响他。在那紧张的时刻，面对着整个镇子的民众，他真以为自己是邮政督察了！他感受到了邮政督察的力量，感受到了人民公仆在完成崇高任务的过程中被一些微不足道的人阻挠时的暴怒……

这件事让他感到震惊，也对自己的心理状态产生了一点不确定。

只有一件事很明白。他本来希望到俄勒冈州北部的时候，可以放弃邮差的骗局，但现在看来是不可能了。无论情况好转还是恶化，他都得继续这个谎言。

十五分钟后，一切准备就绪。他将男孩交给了当地的一户人家照顾，自己和那队人马一起冒着毛毛细雨出发了。

这次因为换了马，他行进的速度要快一些。戈登吩咐他们派出侦查人员，还安排了侧卫，以防伏击，并将主力部队分成了三个小队。当他们最终到达俄勒冈大学校园的时候，民兵团的人下马包围了学生中心。

尽管跟随他来的人数量至少是那几个生存主义者的八倍，但戈登觉得双方的战斗力其实差不多。笨手笨脚的镇民朝屠杀现场靠近的时候，一听到声响就会退缩。戈登观察着屋顶和窗户，无比紧张。

我听说,在南部他们完全靠意志和决心阻挡霍恩主义者。那里有一位传奇般的领袖,生存主义者四次进犯,被他击退了三次。最后,因为那帮狗娘养的东西通过小型三桅帆船偷偷登陆,才不幸失败。但这里的情况不一样。

如果他们真的入侵的话,这些当地人难逃一劫。

当他们最终冲入学生中心的时候,发现那些匪徒早就走了。壁炉已经凉了。泥泞街道上的足迹表明他们走向了西海岸。

被屠杀的受害者躺在旧自助餐厅里,耳朵和其他……一些东西被割走当战利品了。村民们注视着自动步枪造成的恐怖场景,重新想起了那些不堪回首的往事。在戈登的提醒下,他们才清醒过来,将这些尸体一一埋葬。

这是一个令人沮丧的早晨。要证明这帮匪徒是什么人,别无他法,唯有跟踪他们。戈登并不打算强人所难,让这群镇民跟他一起去跟踪。他们已经迫不及待地想回家了,回到他们那个高高的栅栏围成的地方。戈登叹了口气,坚持要求他们再一起去一个地方。

在那个阴湿、破旧的大学体育馆里,他找到了那两只邮袋——藏起来的那只仍在原地,没有动过,另一只邮袋开着,信件散落在地,满是泥泞的脚印。

戈登故意装出一副极度愤怒的表情给当地人看,他们则匆忙示好,帮他捡起地上的信件并将它们装进邮袋里。他努力扮成一个愤怒的邮政督察,赌咒上帝会惩罚那些竟然有胆践踏邮件的人。

但这次真的纯粹是演戏。戈登心里只感觉到了饥饿和疲惫。

在寒冷的雾中，缓慢地往回走真是折磨人。但在哈里斯堡，还有折磨人的事情等着他。戈登必须再过一遍那一整套程序……发几封他在尤金市南部城镇上收到的信……倾听几个幸运儿得知原本觉得早已不在人世的亲人或朋友还活着时带着热泪的欢呼声……任命当地的邮政局长……再参加一个无聊的庆祝仪式。

第二天，他醒来的时候，全身酸痛，还有点儿发烧。他做了个噩梦——梦到一名奄奄一息的女子用充满质疑和希望的眼神望着他，然后就醒了过来。

无论镇民说什么，他都不想在这里多停留一个小时。吃完早饭后，他换了一匹新马，带上邮袋，立即向北出发。

终于可以去见独眼巨人了。

5. 科瓦利斯

2011年5月18日

传送路线:从谢德出发,途径哈里斯堡、克雷斯韦尔镇、科蒂奇格罗夫镇、盖普河、奥克里奇镇,最后到达松景村。

尊敬的汤普森女士:

我在科瓦利斯南部的谢德收到了您的前三封信,心中的喜悦难以言表。我也很高兴收到阿比和迈克尔的来信,为他们感到高兴,我希望那会是一个女孩儿。

我发现您扩展了当地的邮政路线,将吉尔克里斯特小镇、新本德市和雷蒙德市纳入了其中。随信附寄了您推荐的邮政局长的临时委任书,以后他们将得到正式任命。您采取的行动值得赞赏。

奥克里奇镇制度改革的消息令人振奋。我希望变革能够持续下去。

装修过的客房内相当安静,银色的钢笔在有点发黄的纸上书写着,沙沙作响。透过开着的窗户,可以看到微弱的月光正笼罩着大地。

戈登可以听到远处方形舞舞会的欢歌笑语,而他因为有些累,便提前退场,刚才从那边回来了。

现在,戈登已经习惯第一天到达某地时丰富的庆祝活动了,当地人为这位到访的"政府官员"载歌载舞。这里最大的不同之处在于,自从很久以前食品中心发生暴乱以来,他还从未看到过哪个地方聚集了这么多人。

音乐还是具有标志性的。世界崩溃以后,各地的人们已经重新开始演奏小提琴和班卓琴,吃简单的食物和跳方形舞了。从很多方面来看,庆祝方式还是非常相似的。

但是也有其他的不同点。

戈登的手指转了转钢笔,接着又碰了碰松景村的朋友给他寄来的信。这些信来得正是时候,它们真帮了他一个大忙,帮他建立了诚信。从威拉米特南部来的那位邮差——戈登两周前刚刚亲自任命他——到这里的时候,连他的马都气喘吁吁的,但他在向"督察"汇报情况之前连杯水都不肯喝。

那位年轻人的认真有力地消除了当地人可能存在的疑虑。他编造的故事仍然有效。

至少现在仍然有效。

戈登再次拿起钢笔写了起来。

到目前为止,我只能警告您,罗格河村的生存主义者可能来犯。我知道,您会采取适当措施保护松景村的。不过,在这里——独眼巨人统治的区域,我发现很难让他们认真对待这一威胁。从这里的情况来看,他们已经过了很久的和平生活。这里的人待我很好,但他们显然觉得我夸大了威胁。

明天,我终于要去见独眼巨人了。或许我能够让独眼巨人相信这种危险的存在。

如果这个由一台机器领导的小社会落入野蛮人之手,那将是莫大的悲剧。从离开文明的东部以来,这是我见过的最美好的地方。

戈登在心中完善了一下这句话。威拉米特河下游是他这十五年来遇到的最文明的区域。一台智能计算机和一群乐于奉献的人类忠仆联手创造了这里的和平与繁荣,这简直是个奇迹。

桌上的灯闪了一下,戈登停下手中的笔,抬头望去。一块印花棉布罩着的四十瓦白炽灯泡又闪了一下,不过随着两幢楼之外的风力发电机恢复正常运转,灯泡就不再闪烁了。光线柔和,但戈登每看一会儿灯光,就发现自己眼泪汪汪的。

他还没有适应灯光。抵达科瓦利斯的时候,他在十多年中首次看到了会发光的电灯,尽管当时有许多当地的重要人物聚在一起欢迎他,但他不得不找借口避开一下。他躲到了厕所里,直到再次平静下来。一个所谓"位于圣保罗市的政府"的代表,看到几个闪烁的灯泡就当众哭泣,那成何体统?

科瓦利斯及其郊区分成了几个独立的城镇,每个城镇大约有两三百人。附近的所有土地都种着庄稼或者改造成了农场,采用的是现代农业技术,种的是当地人自己培育的杂交品种。他们保留了几种战前生物工程中的酵母菌,利用它们生产了药物和肥料。

当然,他们还是只能用马耕田,但他们的铁匠都用好钢制造工具。他们甚至开始手工制造水力和风力涡轮机——当然,

147

这些都是独眼巨人设计的。

当地的工匠表示，有意与南部和东部的顾客做交易。他将随信附上他们愿意交换的物品名单。您会抄下这份名单，沿邮政路线传递的吧？

……

战争爆发后，戈登还没有看到过这么多健康快乐的人，也没有听到过这种此起彼伏的欢声笑语。这里有一份报纸和一个可以借阅的图书馆，山谷里的孩子至少可以上四年学。自从十五年前，他所在的民兵队在困惑和绝望中四分五裂，这里就是他一直在寻找的地方——一群善良的人秩序井然地积极参与重建的地方。

戈登希望自己成为他们当中的一员，而不是一个骗子，在他们这里待几天，骗吃骗喝，睡上几晚。

讽刺的是，这里的人本想接纳老戈登·克朗兹成为他们的新成员，但他穿着的这件制服以及他在哈里斯堡的所作所为已经表明他是一名邮差。如果他现在说出真相，他们肯定不会原谅他。

他在他们眼中要么是一个神人，要么什么都不是。如果有人深陷自己的谎言中……

戈登摇了摇头。他不得不继续演下去。或许这些人真的需要邮差。

到目前为止，我仍然不太了解独眼巨人。他们告诉我，这台超级计算机并非直接统治，但坚持要求其服务的所有乡村和城镇都和平共处、民主生活。实际上，它成了威拉米特河下游一路向北延伸直至哥伦比亚所有地区的仲裁者。

当地议会告诉我，独眼巨人对打造正式的邮政线路非常感兴趣，将鼎力相助。我觉得，它似乎渴望与重建后美国政府合作。

当然，听到他们很快将与这个国家的其他地方取得联系，所有人都很高兴。

戈登停下笔，盯着最后一行字看了一会儿，发觉今天晚上这些谎言编不下去了。他意识到汤普森女士能够读懂其中的潜在含义后，它不再令人愉悦。

它让他感到伤心。

他想，不管它了，明天我还有很多事要忙。他盖上钢笔套，起身准备睡觉。

洗脸的时候，他开始回忆上次遇到超级计算机是什么时候。当时是在战争爆发前的几个月，那年他十八岁，还是大学二年级的学生，所有人都在议论刚刚在几个地方新面世的"智能"机器。

那是激动人心的时刻。媒体称，这一重大突破将结束人类长期的孤独。只是与人类共享这个世界的不是来自外太空的"其他智能"，而是我们自己的杰作。

明尼苏达大学展示最新的超级计算机那天，一群玩世不恭的学生和《新文艺复兴》校园杂志的编辑们举办了一场盛大的生日聚会。气球在空中飘荡，空气中弥漫着音乐，人们在草坪上野炊。

在人群的中间，有一个巨大的网状金属法拉第笼①放在气垫

---

①一个由金属或者良导体制成的笼子，用于演示等电势、静电屏蔽和高压带电作业原理。

上面,他们将利用氦气冷却的汽缸密封在法拉第笼内,里面是数以亿计的铬回路。在这种情况下,内部供电,与外界隔离,外界没有任何人可以冒充机械大脑的反应。

那天下午,他排队等了几个小时。最终轮到戈登走上前,面对摄像机的小镜头时,他问了一大串测试性的问题、两个谜语和一个复杂的文字游戏。

那春光明媚、充满希望的一天,已经过去很久了,但戈登仍然记得一清二楚,仿佛就在昨天……那台机器那低沉甜美的声音、友好奔放的笑声。那天,米利克洛姆回答了他的所有提问,而且颇有水平。

对于戈登最近不尽如人意的历史考试成绩,它甚至还小小地挖苦了一下。

这奇迹是由人类亲手创造的,想到这里,戈登就感到无比高兴。

但后来,末日之战爆发了。在这难熬的十七年里,他一味认为,所有超级计算机都报废了,就像国家和世界的希望破灭了一样。但在这里,出现了一些奇迹,还有一台超级计算机在运行!从一定程度上来说,俄勒冈州的技术人员用勇气和真诚让这台机器度过了这些艰难岁月。在他们面前装腔作势,他不禁感到愧疚和不安。

戈登恭敬地关掉电灯,静静地躺在床上。远处一阵欢呼后,科瓦利斯方形舞舞会上传来的音乐消失了,接着是人群散开回家的声音。

最终,夜晚安静下来,只留下树林里沙沙的风声,还有压缩机的吱吱响——它们是用来确保独眼巨人那精巧芯片得到冷却顺畅运行的。

还有其他一些声音。有一种深沉、柔和、悦耳的声音传过来,他几乎无法确定这是什么声音,但他对这种声音有一些印象。

过了一会儿,他想起来了。有人,或许是一位技术人员正在立体声音响设备上播放古典音乐。

立体声音响设备……戈登慢慢地说出了这几个字。他并不讨厌班卓琴和小提琴,但是十五年后……竟然还可以再次听到贝多芬交响乐。

他最终听着交响乐进入了梦乡。曲调抑扬顿挫,最终与十多年前跟他交谈的柔和又美妙的声音夹杂在一起。一只带关节的金属手穿过多年的迷雾,正指着他——

"骗子!"声音柔和而悲伤,"你太令我失望了。"

"我的创造者,如果你对我说的都是谎话,我怎么帮你?"

6. 德　娜

　　"这家旧工厂是我们为'千年项目'回收设备的地方。您可以看到,其实我们几乎还没启动。根据独眼巨人的计划,今后我们将制造真正的机器人,但在开始制造机器人之前,我们必须先恢复一些工业产能。"

　　戈登的向导带他走进了一个大洞穴,里面都是架子,架子上堆满了另外一个时代的工具。

　　"第一步当然是尽我们最大的努力不让这些东西腐烂。这里只放了一部分回收来的东西。近期不大用得到的东西藏在另外一个地方,以备不时之需。"

　　彼得·奥格高高瘦瘦的,一头金发,只比戈登稍微老一点,战争爆发的时候,他肯定是俄勒冈大学的学生。他是独眼巨人最年轻的忠仆之一,穿着有黑色条纹的白衣服,但他也已两鬓花白。

　　奥格是戈登从尤金市废墟中救回来的那个小男孩的叔叔,也是他唯一活着的亲人。这个人并没有重谢戈登,但他明显觉得欠戈登一个人情。当他坚持要给这位访客做向导,展示一下独眼巨人这个让俄勒冈州走出黑暗时代的存在时,独眼巨人的忠仆中地位比他高的人都没有反对。

"我们已经开始在这里修理一些小型计算机和其他一些简单的机器了。"奥格一边对戈登说,一边带他走过了一堆经过分门别类的电子零部件,"最难的部分是替换战争刚刚爆发时烧毁的那些电路。敌人向这片大陆发射了高频电磁脉冲波,您知道的,就是一开始的那几颗炸弹,烧掉了电路。"

他在解说,戈登微笑着。这时奥格脸红了,举起一只手来道歉,"对不起。我已经习惯必须对所有东西做出浅显易懂的解释……当然,对于电磁脉冲波,你们东部的人可能比我们知道的要多得多。"

"我不是技术人员。"戈登回答说,希望自己没吓到他。他还想听更多有关电磁脉冲波的信息。

可是奥格转回了正题,"正如我所说,大多数回收工作都是在这里进行的。这项工作很困难,但只要能够大范围供电,更多基本需求得到满足,我们就会让这些小型计算机重返偏僻的乡村、学校和工厂。这个目标似乎有些遥远,但独眼巨人确信在我们的有生之年能够实现。"

走过满是架子的大洞穴,他们来到了宽敞的车间。车间的屋顶上是一排排天窗,因此不怎么需要用日光灯。不过,仍然可以随处听到用电时微弱的吱吱声。身着白衣的技术人员拉着一车车设备走来走去。每面墙边都堆着周边的城镇和村庄送过来的东西,作为回报,独眼巨人会给他们一些有效的指导。

每天都会有人送来各种机器零部件,给独眼巨人的人类帮手送来一小部分食物和衣服。然而,戈登从听到的情况来看,山谷里的人们很愿意拿出这些东西。毕竟,旧机器对他们来说没有什么用。

因此,他们对机器统治自己毫无怨言不足为奇。这台超级计算机的要求很容易满足。作为回报,这个山谷有了摩西,或者说有了一位领袖带领他们走出这片荒野。戈登记起了很久以前那种温和、智慧的声音,明白了这些人与独眼巨人之间互惠互利的关系。

奥格解释说:"独眼巨人精心安排了这个过渡阶段。您看到了我们水力和风力涡轮机的小装配线。此外,我们还帮助本地的铁匠提高打铁技术,帮本地的农民安排耕种的时间。通过给山谷中的孩子们分发掌上视频游戏机,我们希望到时候他们能够接受更美好的东西,比如电脑。"

他们经过一个工作台,头发花白的工人正趴在明亮的电脑屏幕上编程。戈登看到这一切有点眼花缭乱,感觉自己似乎不经意间闯入了一个充满智慧、令人惊奇的工场,一群热心友善的小矮人正在这里小心翼翼地重拾失落的梦想。

大多数技术人员现在已过中年。在戈登看来,他们似乎想在受教育的一代永远消失之前,取得尽可能多的成就。

彼得·奥格继续说道:"当然,既然现在与重建后美国重新建立了联系,我们希望能进展更快。比如,我可以给您一张我们还没办法生产的芯片名单。这些芯片可以发挥巨大的作用。如果位于圣保罗市的政府能够提供我们需要的东西,一个只有八盎司重的东西就能让独眼巨人的程序进步四年。"

戈登不想与这个家伙的眼睛对视。于是,他将注意力放在一台拆开的电脑上,假装在研究里面复杂的零件。他吞了一口唾液说:"我对这些东西不太了解。不过,在东部,有比分发视频游戏机更加重要的事情要做。"

他这样说是为了尽量不说谎。但是,这位独眼巨人忠仆的脸色一下子苍白起来,似乎遭受了打击。

"对,我实在太蠢了。他们肯定要应对可怕的辐射、瘟疫和饥荒,还有霍恩主义者……我觉得,我们在俄勒冈州或许相当幸运。当然,在其他地方帮助我们之前,我们必须做好自己的分内事。"

戈登点了点头。两个人说的都是显而易见的事实,但只有一个人知道实际情况多么悲哀。

沉默了一会儿,戈登觉得这种气氛很不舒服,这时他想到了一个问题,就赶紧问了出来:"这么说,你分发有电池的玩具是为了做宣传?"

奥格大笑起来,然后说:"对,您也是通过那个有电池的玩具第一次知道我们的吧? 我知道,这样做似乎挺老套,但还是很有效。跟我来,我给您介绍下这个项目的负责人。如果真有人与二十世纪的人很像,那非德娜·司布珍莫属。您见到她就会明白我说的话了。"

到处都是电线,看上去很像一根根常青藤爬在墙壁上。在杂乱的电线中间,有许多小立方体和圆柱体。尽管已经过去这么多年,戈登还是很快便认出了它们,那是各种正在充电的电池。

在一个宽敞的房间里,有三人在听一个披着金发、身穿黑白相间忠仆服的人说话。发现她们都是年轻女子,戈登眨了眨眼睛,非常吃惊。

奥格贴着他的耳朵轻声说:"我必须提醒您,德娜或许是所有独眼巨人忠仆中最年轻的,但也可以说是一个老古董。她是一位名副其实、才华横溢的女权主义者。"

奥格咧嘴笑了一下。许多东西都已随文明的衰落一并消失了，许多以前经常使用的词儿，现在都听不到了。戈登再次好奇地看了她一眼。

德娜个子高挑，尤其在这种人们普遍营养不良的岁月里，她真算得上鹤立鸡群了。由于她背对着他，戈登看不大清楚她的脸，但能听得到她朝其他充满激情的年轻女子说话时低沉而坚定的声音：

"特蕾西，你下次去的时候，我不想你再这么冒险。你听到了吗？费尽心思、辛辛苦苦准备了一年，我们才争取到这项任务。当使者是女子时，偏远地区的村民往往觉得威胁较小，但不要过于相信这一点。如果你们伤害了他们，他们同样不会手下留情！"

一个表情严肃、黑色头发、个子小小的女子抗议说："可是德娜，蒂拉穆克那边的人已经听说过独眼巨人！它离我那个村庄很近。每次带上山姆和荷马，他们都会碍我的事——"

"没关系！"德娜打断她说，"下次你还是要带上他们两个。就这么定了！不过我答应你，马上会让你回到比弗维尔教书，生小孩……"

她注意到助手们的眼神都瞟向她身后，于是停了下来，转身盯着戈登。

"德娜，过来见一下督察。"奥格说，"我肯定他想参观一下你的充电设备并听听你的宣传工作。"

奥格诡异地笑了一下，轻声对戈登说："她的脾气很怪，要么和您做朋友，要么就让您断胳膊。戈登，当心着点儿。"当这位女忠仆走过来的时候，他大声说，"我还有点事要处理。几分钟后，我会过来带您去见独眼巨人。"

戈登点了点头，那个男人离开了。而女人们齐刷刷地盯着他看，让他感到浑身不自在。

"今天我们就先到这儿。明天下午我们再聚一下，好好计划一下下次行动。"其他人一副乞求的表情，不愿离开。但德娜摇摇头，把她们赶了出去。戈登轻轻摘帽向她们打招呼，她们露出了害羞的微笑，同时发出了咯咯的笑声，这和她们的佩刀——要么挂在腰间，要么收在靴上——所带来的严肃感极不相称。当德娜·司布珍微笑着与戈登握手的时候，他才意识到她有多么年轻。

战争爆发的时候，她肯定还不到六岁。

她的握手像她说话那样有力，可是她那只光滑、几乎没有茧子的手表明，她花在看书上的时间比较多，干农活的时间比较少。而那双绿色的眼睛与他的眼睛相遇，审视着他。戈登不知道上次遇到像她这样的人是什么时候。

他想起来了，那还是大学二年级在明尼阿波利斯市。当时，她是大学三年级的学生。过了这么久，我现在还记得她，太不可思议了。

德娜大笑起来，"我来猜一下你的疑问吧。没错，我很年轻，而且是一个女人，其实还不配当一个正式的忠仆，更不用说负责一个这么重要的项目了。"

他点了点头说："对不起，但我确实是这么想的。"

"这个没关系。所有人都说我是老古董。事实上，在反工业暴乱中，父母双亡让我变成了流浪儿，幸运的是，我被拉扎兰斯卡博士、泰格博士和其他一些人收养，他们差点没把我宠坏，在他们那儿，我学会了如何充分利用自己的优势。显然，在我给那些姑娘讲课的时候，你多少猜到了一些。"

戈登最终觉得最好用"貌美如花"来形容她。虽然她的方下巴有点长。可是当她像刚才一样哈哈大笑时,德娜·司布珍的脸上充满了生气。

她指着墙上的电线和小圆柱体,"我们可能无论如何都无法训练出更多的工程师,但学习如何将电子塞到电池中并不难。"

戈登也大笑起来,"你真能折腾,都让我觉得自己最好再去学一遍基础物理了。总之,独眼巨人让你担此重任,肯定心里有数。"

戈登这么一说,德娜的脸涨得通红,低下头说:"嗯,我觉得也是。"

戈登想,这是谦虚吗?真是充满了惊喜,出乎我的意料。

"唉,时间过得太快了。彼得来了。"她用非常柔和的声音说。

他们看到彼德·奥格正在走廊上和几个人说话。戈登看了看自己那块旧式的机械表——一位技术人员已经帮他调过,它以后不会每走一个小时就快半分钟了。

他们再次握手的时候,他说:"看来,再过十分钟我就能见到独眼巨人了。但是,德娜,我希望我们还有机会好好聊聊。"

她又咧嘴笑了起来,说:"嗯,我们一定会有机会的。我想了解一下你战争爆发前的生活。"

不是想了解重建后美国,而是想了解过去的生活。真是不同寻常。可是,为什么要问我呢?关于那个"失去的时代",其他年过三十五岁的人都有一些记忆,什么东西是他们无法告诉她、而我可以告诉她的呢?

他感到困惑,到走廊上与彼得·奥格会合,跟他一起穿过巨穴般的仓库,向出口走去。

奥格对他说:"对不起,这么快来催您,但是我们不能迟到。

我们不希望独眼巨人责骂我们!"他咧嘴笑了一下,但戈登觉得奥格只是在半开玩笑。他们走到出口的时候,拿着步枪、戴着白色臂章的守卫向他们点了点头,然后他们走到了外面不那么明媚的阳光下。

他的向导说:"戈登,我非常希望您与独眼巨人的谈话能够一切顺利。当然,如果能够再次与其他地方联系,我们都会非常高兴的。我肯定,独眼巨人也一定会尽力合作。"

独眼巨人。戈登又要面对现实了,不能再耽搁。但我甚至不知道自己是急切还是恐惧。

他下定决心要把戏演到底,于是说:"我也是这么想的,我会尽力帮助你们。"这话倒是发自真心。

彼得·奥格带他走过整齐的草坪,向独眼巨人大楼走去。但是戈登还是稍稍愣了片刻。刚刚有一瞬间,这位技术人员流露出了混合着悲伤和极度内疚的奇怪眼神,这是他想象出来的,还是看到的呢?

7. 独眼巨人

独眼巨人大楼的门厅曾经是俄勒冈大学的人工智能实验室，很容易让人想起更加讲究的年代。金黄色的地毯只在边缘处有点磨损，看得出刚刚用吸尘器打扫过。在装修过的门厅内，明亮的日光灯照着完好无缺的家具，远近的农民和各村落的主事者在这里等待与这台伟大的机器进行简短的会面，他们当中最远的离这里有四十英里，都捏着皱巴巴的请愿书在紧张地等待。

镇民和农民们看到戈登走进来，一下子都站了起来，几个胆子大一点儿的则走过来与他真诚地握手。他们的手相当粗糙，上面满是茧子。他们的眼神和低沉又尊敬的语气中充满了希望和好奇。戈登不再胡思乱想，微笑着点了点头，但他真希望自己和奥格能去其他地方等着。

最后，那位漂亮的接待员微笑着示意他们从门厅最里面的大门进去。当戈登和他的向导沿着长长的走廊去往接待室的时候，有两个人迎面走来：一个是独眼巨人的忠仆，穿着带黑色条纹的白衣服，这种衣服相当熟悉；另外一个穿着一件褪色但精心保养过的战前西服，他紧锁眉头看着一张长长的电脑打印纸。

"格罗贝尔博士,我还是不太明白。独眼巨人是要我们在北部小山谷的附近挖井,还是不要挖井? 我觉得,它的回答不太清楚。"

"荷博,你回去告诉你的村民,落实到具体细节并不是独眼巨人的工作。它可以缩小选择的范围,但它不能为你做出最后的决定。"

这个农民拉了拉过紧的领口,"这是当然,所有人都知道。但是以前,我们能从它这儿得到更加直接的答案。为什么这次不能再清楚一些呢?"

"荷博,原因是这样的,一方面独眼巨人记忆库中的地质图已经二十多年没更新了;另一方面,独眼巨人是为与高级专家交谈设计的,你肯定也意识到了,对吧? 所以它的许多解释,我们当然无法理解……有时就连我们几个幸存下来的科学家也听不明白。"

"对,可是……"这时,这个农民抬头一看,见戈登正走过来。他抬起手,似乎想摘掉帽子,但他根本没戴帽子,于是,他在裤子上擦了擦手,紧张地与戈登握手。

"督察先生,我是赛欧镇的荷博·卡勒。长官,见到您真是荣幸之至。"

戈登与这个人握手的时候,低声说了一些客套话,感觉自己更像是一个政客。"督察先生,真是荣幸! 我希望您能去我们那里,在我们那里成立一个邮局。如果您真能这样做,我保证给您举行一个您从未见过的招待晚会——"

那个年纪较大的技术人员打断他说:"好了,荷博。克朗兹是来会见独眼巨人的。"他仔细地看了一下电子表。

卡勒满脸通红,点了点头,"克朗兹先生,记住我的邀请。我们会好好招待您的……"他又鞠了一个躬才向门厅走去。其他人似乎没有注意，但这会儿，戈登的脸很烫，火烧火燎的。

"长官，他们在等您。"那个年纪较大的技术人员说完，带着他继续沿着长长的走廊往前走。戈登在荒郊野外生活过，因此耳朵非常灵敏，听力之优秀，可能超出了这些镇民的想象。

他被引导到会议室开着的大门旁时，听到了一些轻微的争论声。这时，戈登故意放慢脚步，似乎要掸掉制服上的几根绒毛。

有人在说："他给我们看的这些文件是不是真的，我们怎么知道！"

"这些文件上是都盖了章，但它们看起来有点粗制滥造。不过，我觉得那个激光卫星的故事相当合理。"

另外一个声音回答道："或许吧。但是这也解释了为什么这十五年来我们听不到任何消息！ 如果他在造假，那他带来的这些信件如何解释？奥尔巴尼市的埃利亚斯·墨菲收到了妹妹的来信，他们早就失去联系了。乔治·西弗斯已经离开在格林伯里的农场，去科廷镇看他的妻子了，这些年，他一直认为她去世了！"

第三个声音轻声说："我觉得这都不重要。人们相信，这才是至关重要的……"

彼得·奥格匆忙向前跨出几步，在门口清了清嗓子。会议室里灯光柔和，戈登进去后，四个穿着白衣的男子和两个女子从光滑的橡木桌子旁站了起来。除彼得外，其他人显然都已过中年。

戈登与他们逐一握手，表示很高兴这么早与他们见面。他努力表现出彬彬有礼的样子，但目光时不时游离到一块宽大的厚玻璃上，那块厚玻璃将会议室分成了两部分。

桌子被那块厚玻璃隔成了两半。尽管会议室的灯光不是很亮，但另外那部分更加昏暗。只有一盏聚光灯发出乳白色的光，就像一颗夜明珠或者夜晚的月亮。

闪闪发光的灰色摄像头透镜后面是个黑色的圆柱体电容器，上面接着两排闪烁的小灯，小灯似乎在以一种复杂的方式频频闪烁，像起伏的波浪。反复闪烁的灯光触动了戈登的内心……他不清楚到底是怎么回事，但几乎没法移开目光。

一团模糊的浓雾包裹着独眼巨人。尽管那块玻璃很厚，但戈登依然感受到了从房间另一端飘来的一丝寒意。

第一个忠仆爱德华·泰格挽起戈登的手，一起面对独眼巨人的玻璃眼睛。

他说："独眼巨人，我想让您见一下戈登·克朗兹先生。他已经递交了材料，证明自己是重建后美国政府的邮政督察和代表。

"克朗兹先生，您可以见独眼巨人了。"

戈登看着珍珠似的透镜、闪烁的灯光以及飘荡的蒸汽，感觉自己就像一个过度沉浸在自己谎言中的小孩，但他必须控制住这种情绪。

"戈登，很高兴见到你。请坐。"

温和的声音拥有完美的人类音质。声音是从橡木桌子一端的音响中发出来的。彼得·奥格给他搬了一把铺了垫子的椅子，戈登坐了下来。沉默了一会儿，独眼巨人再次说话了：

"戈登，你带来的信息令人高兴。这些年，我一直照顾着威拉米特河下游的人们，他们似乎也过上了美好的生活。"

接着，又沉默了一会儿，"我和我那些'忠仆'朋友们一起努力，我们的付出获得了回报。可是想到世界的其他地方仍是一片荒芜，不禁感到势单力薄，前路漫漫。戈登，请告诉我，在东部,还有我的同类幸免于难吗?"

戈登眨眨眼,摇了摇头,"没有了,独眼巨人。对不起。其他大机器都损坏了。恐怕你是唯一幸免于难的。"

尽管他后悔不得不告诉它这个消息,但他希望这是一个开始说真话的好兆头。

独眼巨人沉默了很久。戈登觉得自己听到了一声微弱的叹息,几乎像是啜泣,不过这肯定是自己想象出来的。

沉默的时候,照相机下面的那两排小灯还在闪烁,似乎在以某种无声的语言不断发射信号。戈登知道自己必须继续说话,否则会进入催眠状态,"呃,独眼巨人,其实大部分巨型计算机在战争爆发后的前几秒钟就崩溃了——你知道的,是电磁脉冲波造成的。我有些好奇,你怎么逃过那一劫的?"

像戈登一样,这台机器似乎为了回答问题,停止了悲伤的沉思。

"这个问题问得好。我逃过那一劫是运气好。你知道的,战争爆发那天刚好是俄勒冈大学的公众开放日。当脉冲波飞来的时候,我正好在法拉第笼里展览。事情就是这样……"

独眼巨人的故事让戈登兴趣大增。与此同时,他还产生了胜利感。他在这次谈话中掌握了主动权,就好像自己真的是"联邦督察"那样向它提问。他看了一眼那些忠仆的严肃表情,知道自己取得了一次小小的胜利。他们正在非常认真地看待他。

或许这招挺有效。

不过,他还是不敢盯着那闪烁的灯光。尽管坐在寒冷似冰的玻璃板附近,他还是觉得自己开始冒汗了。

8

尽管只有短短四天时间,但所有会议和商谈都已经结束了。他还没做好离开的准备,却突然到了离开的时候。彼得·奥格帮戈登拎着两个扁扁的挎包,陪他一起朝马棚走去,他们已经为他备好了马。

"戈登,对不起,耽误了你这么久。我知道你一直急着继续去建立邮政网络。独眼巨人只是想为你制订合理的路线,这样你就能最高效地穿过北俄勒冈。"

"彼得,没关系,"戈登耸了耸肩,撒了个谎,"并没有耽误很久,我还要谢谢你们的帮助呢。"

他们静静地走了一会儿,但戈登的心里却在暗流涌动。*如果彼得知道我多么想留下来,如果有办法……*

戈登已经开始爱上独眼巨人大楼对面舒适的客房、食堂里丰盛可口的饭菜和壮观的图书馆(里面有许多完好无损的书)了。或许最让他思念的会是床头的电灯。过去的四天里,他都是读着书入睡的。他年轻时的这个习惯,在漫长的沉寂后,迅速苏醒了。

戈登和奥格转过独眼巨人大楼,穿过一块空地朝马棚走去,两个穿着皮夹克的守卫向他们敬了个礼。

在等待独眼巨人为他制订路线期间,科瓦利斯周边的许多地方,戈登都走了一遍,他与许多人交流科学的耕种、简单而富有技术性的先进手艺,以及为什么这个山谷会形成松散的联盟维持和平。

和平的秘密其实很简单——没有人想争斗。这台大机器承诺有朝一日会创造无数奇迹,而争斗的人将无法享受到这些奇迹。

但是,有一次特别令人难忘的谈话深深地印在了他的脑海里。那就是昨天晚上与独眼巨人最年轻的忠仆——德娜·司布珍的谈话。

德娜和戈登在食堂的火堆边聊到很晚,和他们在一起的还有两个女使者。德娜不停地给他倒茶,不停地问他"末日之战"之前和之后的生活情况,直到他困得睁不开眼睛为止。

戈登已经学会许多避免过于详细地讲述"重建后美国"的技巧,但他对于这种拷问毫无防备。人们对与其他地方建立联系非常兴奋,而她似乎对那个并不怎么感兴趣。显然,与其他地方建立联系要花上数十年的时间。

德娜想知道战争爆发之前和之后的世界。他与范中尉及其民兵队曾一起度过了可怕又悲剧的一年,她对那段经历特别着迷。她想了解民兵队中的每个队员,想知道戈登的弱点,弄明白他为什么在那次战斗失败后,还有勇气固执地继续战斗了这么久。

不……没有失败。戈登又在关键时刻给那次米克县之战创造了一个美好的结局。装甲部队来了。粮仓在最后一刻被救了下来。英雄都牺牲了,他没有详细讲述泰尼·凯勒临死时的痛苦和德鲁·西姆斯的顽强抵抗,但在他的故事中,他们的牺牲获得了回报。

他觉得结局本该如此,这种强烈的愿望令他感到吃惊。这些女子听得入神,就好像这是一个非常精彩的睡前故事,又似乎觉得这些信息有疑点,她们第二天早上要去查证一下。

我希望知道,她们到底在听什么,她们到底想从我这个不堪的小故事中发现什么。

或许是因为威拉米特河下游地区有太长的时间处于和平状态了,德娜特别想了解他遇到的最坏的人……了解他知道的关于劫匪、生存主义者和霍恩主义者的一切。

世纪之末复兴的毒瘤……内森·霍恩,我希望你正在遭受地狱烈火的煅烧。

特蕾西和玛丽·安在火堆旁边睡着后,德娜还在不断地向他问问题。一般情况下,这么一位漂亮姑娘与他靠得这么近,又这么崇拜他,他一定会提起精神的。但这次与在松景村和阿比在一起的感觉不一样。当然,德娜似乎并非对他不感兴趣。只是她似乎更注重他作为信息源的价值。如果他只在这里待几天,她会毫不犹豫地选择如何充分利用有限的时间。

总体而言,戈登觉得她非常强势,甚至有点偏执。但他知道她也舍不得自己离开。

她可能是唯一一个舍不得他离开的人。戈登能够清楚地感觉到,独眼巨人的其他忠仆大都乐见他离开,连彼得·奥格似乎也为他的离开松了一口气。

当然,这是因为我的身份。我的身份让他们紧张。或许,他们内心深处感觉到了一些不对劲儿。我怪不得他们。

尽管大多数技术人员相信他的故事,但他们没有什么理由喜欢一个遥远"政府"的代表,因为他迟早会干预他们已经花费很长时间在制造的东西。他们说渴望与外界取得联系,但戈登感觉到,许多人觉得这只不过是无奈之举。

当然,并不是说他们真的害怕什么。

戈登仍然不太确定独眼巨人的态度。在他们最近的几次谈话中,这台负责整个山谷的伟大机器始终保持着一种若即若离的状态。

它没说过什么笑话或者妙语,虽然说话很流利,但语气相当严肃。而他想起战争爆发前在明尼阿波利斯市发生的事情后,就越来越无法保持冷静了。

当然,随着时间的流逝,他对很久以前另外那台超级计算机的记忆可能有些模糊了。独眼巨人及其忠仆在这里取得了许多成就,他没有资格评判他们。

当戈登和他的随从经过一片烧焦的废墟时,他环顾四周,然后大声说:"这里看起来发生过许多次战斗。"

彼得紧锁着眉头回忆起来,"我们在放设备的旧仓库那边将一群反技术的暴徒赶了出去。你可以看到融化的变压器和老化的应急发电机。那些暴徒炸掉那个仓库后,我们不得不改用风力和水力发电。"

能量转换的机器零件已经变成黑色,尽管仍然堆在那里,但已经不成样子了,技术人员和科学家曾经在那儿努力挽救他们的毕生心血。这让戈登想起了另一件事:

"彼得,生存主义者可能会来进攻你们,你们还应该加强戒备。如果我从侦查人员那里无意中听到的对话是真的,他们很快就要发起进攻了。"

"但是你说只听到了部分对话,所以也有可能误解了他们的意思。"奥格耸了耸肩,"当然,我们会加强巡逻,一有机会,我们就马上进一步讨论这个问题并制订相关计划。可是你必须明白,独眼巨人要考虑消息的可靠性。这十年来,我们还从未有过什么大动作。如果独眼巨人发出警报,结果生存主义者却没有来进攻……"他故意没有往下说,而是让戈登自己去体会言外之意。

戈登知道,当地乡村的领导对他带来的消息感到不安。他们不想让村民错过一年中第二次耕种的机会。独眼巨人也不太相信,霍恩主义者会真的不顾艰难险阻,从几百英里之外攻过来。这台伟大的机器解释说,这不符合生存主义者的思维模式。

戈登最终只能选择相信独眼巨人的话。毕竟,它那超导存储器中有所有心理学的书以及霍恩的所有作品。

或许,罗格河村的侦查人员只是在为一次小规模的突袭做准备,故意夸大其词引起别人注意罢了。

或许吧。

反正,我也只能做到这步了。

几个人接过了他的帆布包,帆布包里装了一些个人物品和三本从社区图书馆借来的书。他们已经为他的新马装上了马鞍,这是一匹阉割过的良种马,非常强壮。还有一匹温和的大母马负责驮干粮和两只鼓鼓的、充满希望的邮袋。如果五十个收信人中有一个还活着,那已经算是奇迹了。但对那几个收信人来说,收到的那封信可能意义非凡,他们会因此开始慢慢回忆往事。

或许他可以借助这个身份做一些好事,所做的好事至少足以弥补那个谎言。

戈登骑到了那匹阉割过的马上。他轻轻拍了拍这匹精力充沛的马儿,让它镇定下来。彼得伸出手,"三个月后,你返回东部的时候,我们会再见面的。"

这话几乎与德娜·司布珍说的一模一样。如果我有勇气告诉你们所有真相的话,可能会回来得更早。

"戈登,到那时,独眼巨人保证会递交一份合适的报告,汇报俄勒冈州北部的情况,让你转交给你的上司。"

奥格又紧紧地握了一会儿戈登的手。戈登再次感到困惑不解。不知道怎么回事,这个家伙看上去似乎因为什么事情不太高兴,戈登也说不上来到底是什么事。"戈登,祝你的重要工作一切顺利。如果有什么需要我帮忙的,我随时为你效劳。"

戈登点了点头。无须多言,感谢上苍。他开始骑着马朝北前行。驮着行李的马儿紧随其后。

9. 布埃纳维斯塔镇

独眼巨人的忠仆告诉他,科瓦利斯北部的州际高速公路已经遭到了破坏,而且不安全,因此戈登选择了一条靠西的乡间小道。路上都是各种碎片,坑坑洼洼的,所以走不快,他不得不在布埃纳维斯塔镇的废墟中吃了一餐午饭。

现在才过正午,但白云已开始聚拢,零零星星的薄雾飘到了满是瓦砾的街道上。凑巧的是,今天刚好是该地区的农民赶集推销自己农产品的日子。集市就设在这个无人居住的小镇中心的一个公园里。戈登一边嚼着从帆布包里取出来的干酪和面包,一边与农民们聊天。

"这里的州际高速公路并没有什么问题,"一位当地人困惑地摇了摇头对他说,"他们那些人肯定不常走这条路。克朗兹先生,他们肯定像你一样不常出门。他们嗡嗡作响的大脑里肯定有团乱麻一样的电线。"这个农民说完这番话后,哈哈笑了起来。

戈登并没有提到是独眼巨人为他制订了路线。他谢过这位农民后,从帆布包里取出了那张他们给他的地图。

这张地图显然运用了计算机制图法,上面做了明显的标记,标出了他在俄勒冈州北部建立邮政网络应该走的路线。他们告诉他,这条路线可以让他最有效地绕过危险区,比如已知的抢劫多发区域和波特兰市附近有辐射的地带。

戈登捋了捋胡子。他越是长时间地仔细看这张地图,越是感到困惑,独眼巨人应该知道自己在做什么。然而,在他看来,弯弯曲曲的路线看上去一点儿都谈不上有效。

他虽然有些不情愿,但已经开始怀疑,这张地图是要让他不断偏离自己的方向,是为了浪费他的时间,而不是为他节省时间。

可是,独眼巨人为什么要这样做呢?

不可能是因为这台超级计算机害怕他的干预。之前,戈登已经知道该如何减轻这种忧虑了……那就是强调"重建后美国"无意干预当地的事务。独眼巨人似乎相信了他。

戈登放下了地图。天色正在变化,白云下沉,笼罩着破旧建筑的顶部。薄雾飘过满是灰尘的大街,在他和一扇完好无缺的商店玻璃窗之间盘旋。这突然让他清楚地记起另外几块玻璃窗,当时有水滴分散在那几块玻璃窗上,折射着光线。

那个死人的头……那个邮差咧嘴笑着,他那个骷髅头的脸覆盖了我的脸。

他又想到其他东西,哆嗦了一下。一缕缕薄雾让他想起了许多东西:格外寒冷的蒸汽;他与独眼巨人在科瓦利斯见面时,他在冰冷玻璃墙上的倒影;还有他看到那两排闪烁的小灯像起伏的波浪般闪烁时产生的怪异感觉……

不断闪烁……

突然,戈登感到一阵惊恐。

"不,"他轻声地说,"求求你,上帝。"他闭上眼睛,觉得必须强迫自己去想其他东西,想想天气,想想纠缠不休的德娜或者松景村漂亮又可爱的阿比,想什么都可以,就是不要想……

他大声反问道:"但是谁会做这样的事呢? 他们为什么要这样做?"

他觉得自己知道原因了,尽管他不太愿意相信这是事实。人们为什么要说谎,他可比谁都清楚。

回想起独眼巨人大楼后面发黑的残骸,他开始对技术人员怎么可能完成他们所说的任务感到纳闷。戈登差不多已经有二十年没有思考过物理问题了,没有考虑过什么是利用技术可以实现的,什么是不可以实现的。这些年,他一直为了生存苦苦挣扎,为了坚守梦想,寻找一个可以让他获得新生的美好家园而努力。他几乎丧失了判断什么可能、什么不可能的能力。

但他必须查证自己的猜测是否正确。不找到答案,他睡都睡不着。

"打扰一下!"他对一个农民说。这个农民朝戈登咧嘴一笑,露出了满嘴残牙,一拐一拐地走过来,摘掉帽子说:"督察先生,需要我帮什么忙?"

戈登指着地图上一个离布埃纳维斯塔镇的直线距离还不到十英里的地方说:"这个叫赛欧镇的地方,你知道怎么走吗?"

"这个知道,长官。如果你抓紧的话,今天晚上就能到那里。"

"我会抓紧的,"戈登肯定地对他说,"我一定会抓紧的。"

10. 赛欧镇

"等一下！我来了！"赛欧镇的镇长喊道。但还是有人在他门上不停地敲。

荷博·卡勒小心地点起了新油灯,这盏油灯是科瓦利斯以西五英里的一个社区制作的。最近,他用两百磅赛欧镇最优质的陶器从奥尔巴尼市那边换到了二十盏油灯和三千盒火柴。他觉得,这桩交易肯定能让自己在今年秋天连任。

敲门声越来越响。"好吧！这肯定是有急事！"他扔掉门闩,打开了门。

原来是今天晚上值班的门卫道格拉斯·基。卡勒眨了眨眼睛问:"道格,什么事情？怎么——"

这位门卫打断了他的话,"荷博,有人要找你。宵禁以后,我本来是不会让他进来的,但你告诉过我们,你在科瓦利斯的时候见过他。我不想让他站在雨中。"

一位穿着光滑雨披的高个男子从下着细雨的黑夜中走了进来。他帽子上耀眼的徽章在灯光下闪闪发光。他伸出了手:

"镇长先生,很高兴再次见到你。我想和你谈谈。"

11. 科瓦利斯

戈登从未想过放弃舒适的床和热腾腾的饭菜,在雨夜骑着马飞奔赶路,但这次,他别无选择。他征用了赛欧镇马棚中最好的马,如果可以的话,他将一路狂奔。

小母马平稳地沿着一条旧县道朝科瓦利斯奔去。它非常勇敢,戈登要在黑夜里以最快速度安全前行,而它的表现几乎无可挑剔。幸运的是,一轮几乎没有缺口的圆月透过散乱稀疏的云层,在路上洒下了柔和的月光。

戈登觉得,从他进入赛欧镇镇长的房间那一刻起,那位镇长就已经完全处于摸不着头脑的状态了。他没说什么客套话,而是直奔主题,要荷博·卡勒马上回办公室取回那张折叠整齐的纸。

戈登将那张打印纸放到了油灯下,卡勒一边看,一边认真思考上面的内容。"镇长先生,这个建议花了你多少东西?"他提问的时候并没有抬起头。

"一点点,督察。"卡勒紧张地回答道,"随着越来越多的村庄加入交易协定,独眼巨人的要求也越来越低了。由于这个建议不太清楚,所以还打了个折扣。"

"到底多少?"戈登又问了一遍。

"呃,我们大概找到了十台旧的掌上视频游戏机,还有五十节旧充电电池,其中有十节可能还能用。哦,对了,还有一台腐蚀不太严重的家用电脑。"

戈登怀疑赛欧镇实际还回收了更多的东西,而且还在继续收集东西,为今后的交易做准备。戈登要是他们的话,就会这样做。

"镇长先生,还有其他什么东西?"

"什么?"

他严肃地说:"问题够清楚的了。你还给了他们什么东西?"

"为什么这么问? 没有其他东西了。当然,除非你说的也包括给忠仆们的一马车食物和陶器。但与另外那些东西相比,食物和陶器不值一提。它们不过是一点儿附赠品,这样科学家们才能在帮助独眼巨人的同时维持自己的生活。"

戈登深吸了几口气,他的脉搏依旧跳得很快。一切都在意料之中,令人心碎。

他吃力地大声读出了那张电脑打印稿:"……板块构造的边界会有水渗透……地下水的储存不同……"这十七年来,他从来没见过、也没想过的一些词语从自己嘴里读了出来,"……地下蓄水层的蓄水量也不同……这只是根据不完全的资料所作出的初步分析……"

卡勒说:"我们觉得我们明白了独眼巨人的意思。在接下来的干燥季节,我们将在两个最佳位置开始挖井。当然,如果我们没有正确解读他的建议,那是我们的错。我们会在它示意的其他地方挖挖看……"

戈登倒吸了几口气,轻声说:"德尔斐①。"

①希腊古代神庙所在地,也是阿波罗神谕的发布地点。

接着他就开始摸着黑匆忙赶路了。

这些年,戈登一直在野外生活,锻炼了自己,而科瓦利斯的人们始终沉醉在繁荣中。他轻而易举就避开了这座城市边界的岗哨。

他沿着空荡荡的小街,骑到了俄勒冈大学的校园,接着又到了早已废弃的莫兰厅。戈登花了十分钟彻底刷了一下湿漉漉的马儿,给它的饲料袋里装满了吃的东西。他希望这匹马能休息好,以便在他需要它的时候能够跑得更快一些。

在毛毛细雨中,跑一小段路就能到达独眼巨人大楼。靠近独眼巨人大楼的时候,尽管他想尽快抵达,但还是强迫自己慢了下来。

两个守卫经过时,他躲到了旧发电房的废墟后面,那两个守卫耷拉着肩膀,穿着雨披,步枪盖在雨披底下。戈登蜷缩在烧掉的发电机后面,湿气钻进他的鼻孔,尽管这么多年过去了,还是可以闻到木材烧焦的味道和电线融化的气味。

当地政府四分五裂,暴乱四起,对于那段令人绝望的日子,彼得·奥格是怎么说的呢?他说,发电房烧毁后,他们改用风力和水力发电。

戈登毫不怀疑,如果发电房抢修及时的话,肯定可以继续发电。但是,真的抢修过吗?

守卫走开后,他立即朝独眼巨人大楼的侧门走去。他特意带了一根撬棍,用力一撬,就把挂锁撬掉了。他听了很长时间都没有人过来,就溜了进去。

俄勒冈大学人工智能实验室的后厅要比公众看到的一些大厅脏。放在架子上被人遗忘的计算机磁盘、书籍和文件都积着厚厚的灰尘。戈登朝中央维修通道走去,在黑暗中绊到的东西比他想象的几乎多一倍。有人吹着口哨经过,他立马躲到了一扇双开门的后面。接着他又起身,借着门缝朝里面看。

有一个戴着厚手套、穿着黑白相间长袍的男子在大厅的门边停下脚步,放下了一个又厚又扁的泡沫橡胶野炊箱。

"埃尔默,来开下门!"那个人在敲门,"我给我们的主人拿来了一箱干冰。快点,快拿去! 独眼巨人要吃东西了!"

戈登注意到了干冰。浓密的蒸气从那个隔热容器的破盖子上飘了出来。

从门里传出来的另一个声音听不大清楚,"别着急,等会儿。独眼巨人再等一两分钟不会有事的。"最终门开了,灯光照进了大厅,同时还传来了早已失传的摇滚乐的鼓点声。

"你在忙什么啊?"

"我正在玩飞弹游戏,正要发射导弹干掉成千上万的敌军。我可不想错过时机——"

门一关上,埃尔默的吹嘘就听不到了。戈登通过松动的双开门,迅速进入走廊。不一会儿,他到了另一个房间。门开着一条小缝,里面透出微光,在这夜深人静的时候,还传来了争论的声音。他辨别出了那些声音,于是停下了脚步。

"我还是觉得应该杀了他,"一个人说,听起来好像是格罗贝尔博士,"那个家伙可能破坏我们在这里创造的一切。"

"尼克,你太夸张了。我觉得他不会对我们构成那么大的威胁。"这是那个最老的女忠仆的声音,他已经记不起她的名字了。她说:"那个人似乎相当真诚,没有恶意。"

"是吗? 难道你没听到他问独眼巨人的那些问题吗? 这么长时间过后,一般的民众都变成了土包子,他可不是。他很精明！他还记得过去的很多事情！"

"或许我们应该争取让他加入我们，怎么样？"

"这怎么可以！任何人都能看出来，他是一个理想主义者。他不会加入我们的。杀了他是我们唯一的选择！而且现在就要杀了他！希望几年后，他们再派其他人来代替他。"

那个女忠仆回答道："我还是觉得你疯了。杀了他，如果最后追究到我们身上，后果将不堪设想！"

"我觉得马乔里说得对。"这是泰格的声音，"如果最后发现是我们杀了他，不仅俄勒冈州的人民要对付我们，我们还要面对整个国家其他地方人民的报复。"

一段长时间的沉默。

"我还是不太相信他真的是……"但是格罗贝尔被人打断了，这次是彼得·奥格柔和的声音：

"难道你忘了任何人都不应该动他或干预他的最大原因了吗？"

"什么原因？"

彼得的声音很严肃，"你这个人啊，难道你不知道他是谁吗？他代表什么吗？我们其实应该忠于他，为他提供力所能及的帮助，我们怎么会变成这样，竟然想要伤害他！"

格罗贝尔还是不相信，"彼得，你就是偏心，因为他救了你的侄子。"

"或许吧。或许德娜说出我这番话才有说服力。"

格罗贝尔不屑地说："德娜！她只是一个沉迷于乱七八糟想法的孩子。"

"好吧。可是就算你说得都对，那些旗怎么解释？"

"旗？"泰格博士的声音中带着一些困惑，"什么旗？"

那个女忠仆焦虑地回答说："彼得指的是,镇民们在各个自治城镇里插着的旗。你知道的,美国国旗;或者说,星条旗。爱德华,你应该多出去走走了,感受一下民众的想法。我从来没有看到过有什么东西可以让乡民们这样,在战争爆发前也没有。"

又沉默了好长时间,才有人再次说话。格罗贝尔轻声说:"我很想知道,对于这一切,约瑟夫会怎么想。"

戈登皱起了眉头。房间里所有的声音,都来自独眼巨人的老忠仆们,他见过他们,但不记得有人叫约瑟夫。

泰格说:"我觉得,约瑟夫很早就睡了。现在我去看看。等我们能够理性分析这个问题的时候再讨论。"

脚步声朝门靠近的时候,戈登迅速躲进了大厅。他被迫离开了刚刚偷听的位置,但他并不稀罕在那里偷听。房间里那些人的看法并不重要,一点都不重要。

此刻,他只想听一种声音,于是他径直朝他上次听到那种声音的地方走去。

他躲在一个角落里,发现自己所在的地方是他第一次遇到荷博·卡勒的那条优雅的走廊。

这个时候,走廊里很暗,但他还是轻而易举地打开了会议室门上的锁。戈登溜进会议室,关上身后的门,感觉口很干。他努力控制住自己的急迫,蹑手蹑脚地往前蹭。

除了会议桌外,柔和的灯光照在玻璃墙另一侧的灰色圆柱体电容上。

他祈祷着:"希望我是错的。"

如果他错了,那独眼巨人肯定会对他一连串的错误推论感到好笑。他多么想和它一起对自己愚蠢的多疑症大笑一场。

他朝隔开这个会议室的巨大玻璃墙和桌子一端的音响设备

靠了过去。

他靠近后清了清自己发紧的喉咙，轻声说："独眼巨人，在吗？独眼巨人，是我，戈登。"

珍珠般质感的透镜中的光亮变得黯淡了。但是那排小灯仍然在闪烁，以一种复杂的方式不停地闪烁着，就像远航的轮船发来了一份有点乱码的紧急电报，看上去还是那么催眠。

戈登心中生出一种极度的恐惧感，这种恐惧感他小时候也有过，当时他发现爷爷躺在门廊的秋千上一动不动，害怕自己深爱的爷爷已经死了。

小灯还在不停地闪烁。

戈登想，不会再有巨型计算机的展览了，过了如此可怕的十七年，有多少人还能记起那次巨型计算机的展览呢？戈登记得，一位研究神经机械学的朋友告诉过他，灯光的闪烁模式就像雪花，每一种都是与众不同的。

他平静地说："独眼巨人。回答我！我要求你出于礼仪回答我！我要求你回答我，因为我是美国——"

他没有说出口。他无法用另一个谎言来证实这个谎言。在这儿，他只能自欺欺人。

房间似乎要比他与独眼巨人谈话时暖和。他到处寻找，最终找到了那些通气孔，从通气孔里出来的冷气可以吹到坐在会客椅上的访客，给人留下玻璃墙另一边相当寒冷的印象。

他轻声说："是干冰。这是为了愚弄俄勒冈州的百姓。"

戈登觉得自己更像是被人背叛了。他本来愿意为这里存在的一切牺牲自己的生命。现在他才发现这一切不过是一场骗局，不过是一群幸存下来的老油条为了诈取邻里的食物和衣服并让他们为自己享有这种特权而心怀感激的一种方法。

通过编造"千年项目"和建立回收电子设备的市场，他们已经让当地人相信，旧电子机器具有巨大的价值。现在，整个威拉米特河下游区的人们都在收集家用电脑、各种器械和玩具，因为他们可以拿这些东西换取独眼巨人的建议。

"独眼巨人的忠仆们"精心设计了这一切，连荷博·卡勒那样精明的人在计算交易的成本时，也把为忠仆们提供的那部分食物和其他用品当作了附赠。

戈登记得，那些科学家吃得很好，但农民从不抱怨。

他柔和地对这台沉默的机器说："这不是你的错。你本来真的会设计工具，弥补所有失传的专业技术，帮助我们找到复兴的道路。你和你的善良是我们最伟大的杰作……"

他呛了一下，记起了很久以前在明尼阿波利斯市听到的那种温暖又睿智的声音。他的视野模糊了，不由得低下头去。

"戈登，你说得对。这不是任何人的错。"

戈登喘了一口气。突然间，熄灭的希望重燃了起来，他觉得是自己误会了！这是独眼巨人的声音！

但这声音并不是从音响设备中发出来的。他迅速转身，看到一个瘦瘦的老人坐在会议室后墙的一个阴暗角落里，正看着他。

"你知道的，我经常来这里。"这个老人用独眼巨人的声音说，声音中透着悲伤，充满了遗憾，"我过来与我朋友的鬼魂坐坐，它很久以前就死了，就死在这个房间里。"

这个老人向前倾了倾。珍珠色泽的灯光照到了他的脸上。"戈登，我叫约瑟夫·拉扎勒斯基。很多年前，就是我建造了独眼巨人。"他低头看着自己的手，"我监督它的编程和学习，我爱它像爱自己的儿子。和所有好父亲一样，我知道它将比我更加优秀、更加善良、更有人性时,我感到非常骄傲。"

拉扎勒斯基叹了一口气,"你知道的,战争刚爆发的时候,它确实得以幸存。那部分故事是真的。独眼巨人放在法拉第笼中,没有遭受脉冲波的袭击。我们努力抢救它的时候,它仍然在法拉第笼中。发生反技术暴乱的那天晚上,我杀了一个人,那是我平生第一次杀人,也是唯一的一次。我去帮忙保护发电房,拿着枪就像疯子一样乱射,但无济于事。虽然民兵队最终赶到,将那群疯子赶了出去,但太晚了,发电机被毁了。就差了几分钟,一切就都无法挽回了。"

他摊开手,"戈登,你似乎看出来了,正如你想的那样,那之后,我什么也没有做……就是坐在独眼巨人的身边,看着它死去。"

戈登站在可怕的黯淡灯光下仍然一动不动。拉扎勒斯基接着说:"你知道的,我们创造了巨大的希望。在反技术暴乱发生之前,我们已经制订了'千年计划'。或者我应该说,是独眼巨人制订了这项计划。它已经有了重建世界的大致思路。它说,它需要两个月敲定相关细节。"

戈登感觉自己的脸就像石头一样僵硬。他静静地等待着。

"戈登,你知道量子泡沫储存器吗?与量子泡沫储存器相比,约瑟夫森结①就像木棍和烂泥组成的一样。这种泡沫像思维一样轻盈而脆弱。它们的反应速度比神经细胞快一百万倍。但是,它们只能在非常寒冷的状态下存在,而且一旦破坏就无法复原。

"我们想救它,但无能为力。"老人再次低下了头,"我宁愿那天晚上死的人的是我。"

---

① 电子能通过两块超导体之间薄绝缘层的量子隧道效应。

戈登讥讽道："因此你决定自己实行这个计划。"

拉扎勒斯基摇了摇头，"当然，你很清楚，没有独眼巨人，这个任务不可能完成。我们只能做做表面功夫，制造一种幻觉。这在接下来的黑暗年代为我们提供了一条活路。我们周围充满了混乱和怀疑。我们这些可怜的知识分子拥有的唯一法宝就是这种微弱又缥缈的东西，也就是所谓的希望。"

"希望！"戈登苦笑了一下。拉扎勒斯基耸了耸肩。

"来请愿的人过来与独眼巨人谈话，与他们谈话的就是我。通常给他们提供一些好建议，查一下书中的一些简单技术或者用常识调解纠纷并不难。有些事情他们永远不会相信一个活人，但他们相信电脑是不会偏袒任何人的。"

"无法用常识找到答案的时候，你就故弄玄虚。"

拉扎勒斯基又耸了耸肩，"戈登，德尔斐和以弗所①都是这样做的。说实在的，那又有什么关系呢？在过去二十年，威拉米特河谷的人们看到过许多渴望权力的恶徒在某个人或一帮人的领导下结成联盟。但人们还依然记得机器！他们也记起了你穿着的这件古老制服，尽管在战争爆发前，他们通常对邮差都不大尊重。"

大厅里传来了声音。声音先是越来越近，接着又逐渐消失了。戈登有些不安，"我要离开这里了。"

拉扎勒斯基大笑起来，"别担心其他人。他们只是说说而已，不会采取行动的。他们一点都不像你。"

戈登咆哮道："你不了解我！"

"不了解你？我冒充'独眼巨人'与你聊过好几个小时。我收养的女儿和年轻的彼得·奥格也和我详细讲过你的情况。我

①希腊爱奥尼亚古城，是阿耳忒弥斯神庙所在地。

对你的了解可能超出你的想象。戈登,像你这样的人实属罕见。不知道怎么回事,在荒郊野外生存,你却保留了现代人的思想,与此同时,还练就了一身适合在这个时代生存的本领。即使外面的那群人要害你,你也能智胜他们。"

戈登走到门边,停了下来。他回头最后看了一眼那台死机器发出的柔和光芒,那些小灯还在绝望地闪个不停。

"我没有那么聪明。"他感到呼吸有点困难,"你看到了,我也相信了!"

他与拉扎勒斯基对视了一会儿,最后那位老人低下了头,没有回答。随后他走了出去,离开了冰冷刺骨的地下室,以及他身后死去的机器。

12. 俄勒冈州

东方初露晨光,他回到了拴马的地方,然后爬上马鞍,用脚后跟示意坐骑沿老邮路向北前行。

他空虚又悲伤,似乎有一股寒气封住了他的心。他不敢多想,担心再想下去某种本就摇摇欲坠的东西会粉碎。

让那些蠢货沉浸在骗局中吧。他必须离开这个地方,他清醒了!

他不想回赛欧镇了,尽管邮包还留在那里。对现在的他来说,一切都已成过去。他开始解开制服的扣子,打算将它扔到路边的水沟中,让谎言也永远随它而去。

一句话不停地在他的脑海里回响:

现在,谁将负起责任……

什么?他摇了摇头,想甩掉这个念头,但做不到。

现在,谁将为那些愚蠢的孩子负责?

戈登一边咒骂,一边稳稳地骑在马上。马儿向着北方小跑,离开了昨天早上他还依依不舍的地方……现在,他知道这一切只是徒有其表,中看不中用。

谁将负起责任……

186

这句话深深地印在他的脑海里,不断翻涌,就像一首挥之不去的曲子。他最终意识到,这与那台废机器灯光闪烁的节奏一模一样。

……为那些愚蠢的孩子负责?

晨光照耀下,马儿经过一个拿废旧汽车当栅栏的果园。此时戈登突然产生了一个奇怪的想法。要是在最后几滴液氦蒸发、致命的热量导致机器死机的瞬间,它的思考不知怎么进入了循环,被保存在了外围电路中,不断无望地闪烁,会怎么样?

这可以算是鬼魂吗?

独眼巨人最后的想法和遗言会是什么?

机器的鬼魂也会纠缠人类吗?

戈登摇了摇头。他累了,要不然怎么会想出这么荒唐的事情。他不欠任何人的!就算是"独眼巨人"那堆破铜烂铁和锈蚀的吉普车上坐着的干尸邮差,我也不欠他们什么。

"见鬼!"他在路边吐了一口痰后,干巴巴地大笑起来。

那些话还在他的脑海里不停回荡。现在,谁将负起责任……

他沉浸在思绪中,过了一会儿才意识到自己身后微弱的喊叫。戈登拉缰驻马,回望身后,一只手放在了左轮手枪的枪柄上。此刻过来追他的人非常危险。但正如拉扎勒斯基所说,戈登知道那群人不是自己的对手。

远处的独眼巨人大楼前一片混乱,但是……这次骚乱显然与他没有关系。

朝阳射出了刺眼的光芒,戈登眯眼远眺,只见两匹马气喘吁吁,蒸发的汗液几乎形成了小团雾霭。一位精疲力竭的男子拖着脚走在通往独眼巨人大楼的台阶上,对匆忙向他跑过来的人大声嚷嚷着什么。

另外一个报信的人显然受了重伤,正躺在地上等待抢救。

戈登听到了他们大声喊出来的词语,瞬间明白了一切。

"生存主义者!"

他咒骂道:"妈的!"

但他只是转回头,拉缰策马向北而行。

换作是前一天,他会过去帮忙。他愿意为了挽救独眼巨人的梦想牺牲自己的生命,而且,他差点就这样做了。

他差点就要为一个毫无意义的闹剧、诡计和骗局牺牲生命了!

如果霍恩主义者真要开始入侵,尤金市南部村民们的抵抗会非常顽强。那些匪徒将转向抵抗能力最弱的北部。而面对罗格河村的霍恩主义者,北威拉米特河下游柔弱的村民简直不堪一击。

不过,霍恩主义者的人数大概不会多到能占领整个山谷。科瓦利斯肯定会沦陷,但还有其他地方可去。或许,他可以沿着22号高速公路向东走,绕回松景村,再次与汤普森女士相见。或许阿比生孩子的时候,他已经在那儿了。

马儿小跑着。叫喊声在他身后渐渐消失,就像被慢慢忘掉的不堪回首的往事。今天天气不错,晴空万里,好几周没这种旅行的好天气了。

戈登骑着马前行的时候,一缕寒冷的微风吹过他解了一半扣子的制服。从路边水坑的倒影中,他看到自己的手放在扣子上,慢慢地扣上又解开,解开又扣上。

马儿散漫地走着,越来越慢,最后干脆停了下来。

谁将负起责任……

这些话挥之不去,就像在他脑海里闪烁的灯光。

马儿摇摇头,打了一个响鼻,用蹄子刨着土。

谁?

"可恶!"戈登大喊了一声。他掉转马身,向南跑了回去。

马蹄的嘚嘚声回响在独眼巨人大楼的门廊时,议论纷纷、心惊胆战的人群顿时退到一边,他们在前后来回踱步的马儿面前安静了下来。戈登静静地盯着人群看了很长时间。

最后,他重新穿上外套,扣紧制服的扣子,戴上邮差帽。明亮的骑马者铜徽在东升太阳的照耀下熠熠生辉。

他深深地吸了一口气,开始发号施令。

为了生存,为了"重建后美国",科瓦利斯的人们以及独眼巨人的忠仆们迅速服从了命令。

插　曲

　　高空灰霾，浪尖泛沫，高速气流颤动。冬天再次来临，寒风凛冽，呜咽着刮过北太平洋，像是在诉说悲凉的回忆。

　　不到二十年，一朵朵巨大的黑色蘑菇云便扰乱了空气的正常模式，就像众多怒喷的火山在同一时间将土石抛向空中。

　　如果这一幕不立即结束，所有生命都可能消失，冰雪将永存。现在，尘埃云已经遮蔽了地球好几个星期，随后尘泥从天而降，就像下起了脏雨。更细的岩粒和煤烟则扩散进平流层，散射阳光。

　　几年之后，春天终于再次来临。

　　春天真的来临了。缓慢复苏的大洋刚好聚集了足够的热量，让寒冬难以继续。浸透蒸发的海水的温暖云朵再次笼罩这片大陆。大树抽出新芽，杂草从破裂道路的裂缝中萌发，尽情生长。

　　不过，还是有许多尘埃悬浮在高空中，随风飘动。寒风时常重临南方，让人想起漫长的冬日。水蒸气在尘粒上结晶，形成复杂又不规则的六面体。雪花不断累积，随后飘落。

　　寒冬已至，黑暗降临。

第三部

辛辛纳图斯[①]

---

①辛辛纳图斯(前519—前430),古罗马政治家,曾任执政官,其事迹带有神秘色彩,是品德和意志的化身。

1

　　雪花飞舞,阵阵疾风犹如旋转的魔鬼,从灰色的雪堆中窜起,又如幽灵般在结满霜的树下呼啸。

　　一根堆满积雪的树枝,因无法再承受一片污雪的重量而断裂,发出的声音像低沉的枪声回荡在林间小径。

　　雪片覆盖了一只鹿呆滞的双眼,填满了它突出的肋骨间隙。就在几个小时前,它为了觅食还在冰冻的大地上刨出一道道浅痕,但那些浅痕很快也被抹去了。

　　飞舞的雪花还在继续埋葬其他死者,以前雪地上深红色的污点也被一并遮掩了。

　　所有尸体都很快被白雪悄悄覆盖,仿佛睡着了一般。

　　戈登在白雪堆积的雪松树荫下发现特蕾西的尸体时,新一轮的风雪已经抹掉了她挣扎的痕迹。这不幸的姑娘被割开的喉咙已不会再涌出血来。

　　戈登尽力不去回想特蕾西留给自己的简短印象:乐观、勇敢,对她从事的、毫无希望的工作有点过于热情。他紧紧抿着双唇,撕开她的羊毛衫,伸手去触摸她的腋下。

　　身体还是温的,这说明她被杀不久。

戈登朝西南方向瞥去,看见有足迹通向刺眼的冰天雪地,不过足迹正逐渐被飞雪覆盖。这时,一个穿白衣服的人几乎无声无息地出现在他身旁。

菲利普·博库托轻声说:"妈的! 特蕾西这么好! 我本来以为那帮混蛋不会……"

戈登打断了他的话:"他们还是下了狠手,时间不超过十分钟。"

他抓住这个女孩的皮带扣,将她抱起来给另外那名男子看。这名穿着白色皮大衣、有着一张深褐色脸庞的男子点了点头,没有发出任何声音。特蕾西没被强奸,身上甚至没有留下霍恩主义者的记号。这一小队生存主义者走得太匆忙,甚至没停留片刻,只是取走了展现他们残忍的战利品。

博库托轻声说:"我们能抓到他们。"他的双眼燃烧着熊熊怒火,"我能在三分钟内将其余的巡逻人员带到这里来。"

戈登摇了摇头说:"不要这样做,菲尔。我们已经追得太远,超出防御范围了。等我们追到,他们早已设好了埋伏。现在,我们得先把特蕾西的尸体带回去。"

博库托咬紧牙关,青筋紧绷。他大声道:"我们能抓到那些狗杂种!"

戈登有些恼怒。菲利普凭什么这样对我说话?二十年前世界尚未崩溃之时,博库托曾在海军陆战队里当过中士。本该是他而不是戈登,做出不那么令人满意但切实可行的决定……去肩负责任。

他摇了摇头,"不行。照我说的做。"他低头看着那个女孩,今天下午之前,她一直是威拉米特河谷军队排名第二的优秀侦察兵……但显然还不够优秀。"菲尔,我们需要活着的战士。我们需要愤怒的士兵,而不是更多的尸体。"

两个人沉默了一会儿，谁也没看谁。随后，博库托把戈登推到了一边。

"你带其余的巡逻人员上来前，先给我五分钟时间。"博库托一边对戈登说，一边将特蕾西的尸体拖到了雪松背风一侧的树荫下，接着抽出了他的刀，"长官，你说得对。我们需要愤怒的士兵。特蕾西和我将让你获得愤怒的战士。"

戈登眨了眨眼睛，"菲尔。"他走上前去制止，"不要。"

博库托一脸痛苦，他没有管戈登的制止，一把将特蕾西的羊毛衫扯得更开了。他没有抬头，但能听到他苦涩的声音，"你说得对！我们必须让那些老实巴交的农民疯狂到足以去战斗！这是德娜和特蕾西教我们使用的方法之一，如果我们必须……"

戈登简直不敢相信这一幕，"菲尔，德娜疯了！你到现在还没有意识到这一点吗？求你了，别这样做！"他抓住博库托的胳膊往外拽，但马上被明晃晃的刀子逼得退了回去。博库托的眼中满是怒火，但也流露出万分痛苦。

"戈登，别再为难我了！你是我的长官，只要有杀掉那些狗杂种的更好的方法，我就听你的。但这是最糟糕的时期，相比之下，你太软弱了！明白吗？别想用二十世纪的愚蠢思想来束缚特蕾西、德娜和我的意志！"

"别在这儿碍手碍脚，督察先生……长官。"博库托的声音显得有些激动，"别忘了，在你带人来之前，至少给我五分钟时间。"

他怒视着戈登，直到他转身离开。接着他往地上吐了口痰，擦擦眼睛，开始专注于手头的可怕任务。

戈登跌跌撞撞地朝后走着，他一开始感到困惑，接着又有点震惊。菲尔·博库托以前从来没有这样对待过他，晃刀子、瞪眼睛、违抗命令……

随后，戈登记起来了。

其实，我也从来没有命令过他不要这样做，不是吗？我请求过，也恳求过，但我没有命令过……

在这件事上，他真的有错吗？难道在内心深处，我真的相信德娜和她疯狂的跟班反复宣传的那些事情吗？

戈登摇了摇头。在战场上瞻前顾后是愚蠢之举，菲尔在这一点上肯定是对的。现在活下去都是个问题。每晚在梦中，他都在进行另外一场战争，照现在这情形，那场"战争"只能先靠边站了。

他小心翼翼地沿着下坡的灰色草地走着，紧握拔出的刺刀。在这种天气下，刺刀远比步枪和弓箭可靠……这惨痛的教训也是凶残又狡猾的敌人赐予的。

他和博库托距离其他巡逻人员只有五十余米，但由于需要处处留意陷阱，这五十米颇有种咫尺天涯的感觉。呼啸的风雪似乎是有形的魔鬼，像是哪支虚幻军队派出的侦察兵，在静寂又致命的战争中保持着微妙的中立。

它们似乎在对戈登耳语，"谁将负起责任"这几个字一直纠缠着戈登，自从他在现实和注定要破灭的希望之间做出选择的那天早上起，这几个字就从未离开过他。

至少这个由霍恩生存主义者组成的特别突袭队没有以往那么厉害，当地农民和村民的表现相当不错，完全出乎意料。此外，戈登以及他的巡逻人员一直在附近地区侦查。只要有必要，他们能立刻投入战斗。

其实，他的威拉米特河谷军队已经取得了小小的胜利，只牺牲了二十多个人就干掉了五个敌人。因此，向西逃跑的亡命小队可能只剩下三四个人了。

不过,即使疲惫不堪,缺少弹药,四个这样的魔鬼也够搞破坏的了。现在,他的巡逻队只有七个人,后援还未赶到。

放他们走。他们会再回来的。

前方传来了角鸮的叫声。这是雷夫·莫里森发出的暗号。戈登想,他越来越厉害了。要是活过了这今天,他的叫声或许能以假乱真。

他撅起嘴唇,努力模仿着叫了两声来回应莫里森的三声。接着,他迅速冲过一片林间空地,滑进了巡逻队藏身的山沟中。

莫里森和另外两名男子紧紧地靠在一起。他们的胡子和羊皮大衣上覆了一层雪,正紧张地摸着自己的武器。

戈登问道:"乔和安迪?"

高大的瑞典人雷夫向左右点了点头。他简洁明了地说:"哨兵。"

戈登点了点头,"很好。"他打开自己的背包取出了保温瓶。不用经过别人的许可,他就可以随时给自己倒一杯热的苹果酒,这也算是身份带来的特权之一。

其他人回到各自的原位,但不断回过头来看,显然是在想"督察"这个时候回来要干什么。莫里森本是个农民,去年九月份从格林利夫镇的洗劫中侥幸逃脱,他现在怒视着戈登,眼里似乎要喷出火来,样子就像刚刚失去了他所爱的一切。

戈登看了一下表——这块科瓦利斯技术人员给他的战前手表结实而精确。博库托要的时间已经过去了。现在他应该正在赶回来。

"特蕾西死了。"戈登说道。他们的脸色顿时一片煞白。戈登盘算了一番他们可能的反应,然后继续说:"我猜,她试图绕到那群狗杂种的前面拖住他们。但她事先没有征求我的同意。"他耸了耸肩，"他们干掉了她。"

众人震惊的表情变成了一连串歇斯底里的愤怒咒骂。戈登想，有进步。但是伙计们，下次霍恩主义者是不会等你们慢慢变疯狂的。他们会在你们还在决定要不要害怕时先杀了你们。

对说谎已经驾轻就熟的戈登继续用平静的语调说："再早到五分钟，我们或许能救她。实际上，他们还花时间拿了战利品。"

这次，他们的脸上又多了几分愤怒和厌恶，但强烈的耻辱感盖过了这两种情绪。莫里森几乎叫了起来："他们走不了多远！我们还能赶得上！"其他人轻声表示同意。

但戈登觉得，已经来不及了。

"不可能。你们走到这里就已经花了这么长时间，前面还要对付他们设下的陷阱，速度只会更慢。我们将以作战的队形前进，但取回特蕾西的尸体以后就直接回家。"

追击呼声喊得最响的那个农民仿佛松了一口气。但其他人对戈登怒目而视，对他的这番话表示极度厌恶。

戈登痛苦地想，如果我是个真正的领袖，应该早就找到更好的方法唤醒你们的勇气和决心了。

他收起了保温瓶，没有给其他人倒苹果酒——潜在的含义很明显，他们不配喝。他一边将轻飘飘的背包甩到肩上，一边说："准备出发。"

这次，他们的动作的确挺快的。队伍很快就收拾好装备，开始在雪地里前行。戈登看了看左边，又看了看右边，发现乔和安迪在侧翼隐藏得并不好。换作自己，肯定不会这样轻易被人发现，但他当初接受的训练要比这些勉为其难上阵的士兵多。

持刀的士兵走在前面，举枪的士兵为他们掩护。戈登轻松地跟在散兵线后面。没过一会儿，博库托来到了他的身边，他似乎是从一棵树的后面钻出来的。尽管前头这些农民都在认真地观察风吹草动,但他们没有一个人发现他。

这位侦察兵面无表情,但戈登知道他的感受。他没有与博库托对视。

前方突然传来了愤怒的叫声。走在最前面的那个人肯定看到了特蕾西残缺的尸体。菲利普对戈登轻声说:"想象一下,如果他们发现了真相,或者说发现了我们的侦察兵大多数是女子的真正原因,他们会是什么感受。"

戈登耸了耸肩。这是一个女人的主意,但是他同意的。这是他一个人的错。明知道这是一项毫无希望的事业,他还是为这项事业一错再错。

然而,甚至连博库托也不知道全部的真相。于是,戈登继续装了下去。

他告诉自己的助手:"你了解原因。你完全知道德娜的理论和独眼巨人的承诺是为了什么。"

博库托点了点头,过了一会儿,他几乎恭敬地轻声说:"为了重建后美国。"

戈登想,谎中谎。我的朋友,如果你有一天发现真相……

他大声地说:"没错,为了重建后美国。"

接着,他们一起走上前去指挥那群惊惧而狂怒的战士。

2

"这样不好,独眼巨人。"

在那块厚玻璃的后面,一截高高的圆柱体周围萦绕着一团清冷的雾气,圆柱体上有着珍珠般光泽的乳白色透镜正盯着他看。两排闪烁的小灯还在以复杂的模式不断闪烁。这是戈登的心魔……至今已经缠了他数月……这是他遇到的、唯一能与自己那个可恶的骗局不相上下的谎言。

他觉得这间黑屋子相当适合思考。在外面的雪地上,村里的栅栏边,孤寂阴暗的树林里,人们正在为他们流血牺牲——一个是戈登声称所代表的东西,一个是玻璃另一侧的机器。

为了独眼巨人,为了重建后美国。

若没有这两根希望支柱,威拉米特河谷的人现在很可能已经崩溃;科瓦利斯或许已变成了一片废墟,其藏书、脆弱的工业、风车、闪烁的灯光,这一切都已永远消失在日益沉沦的黑暗时代;来自罗格河村的侵略者已经在河谷上下圈定了势力范围,正像他们在尤金市西部地区所做的那样。

农民们和年老的技术人员正在与经验和能力高出他们十倍的敌人做斗争。但他们毕竟奋起反抗了,与其说是为了他们自己,还不如说是为了两个象征:一个是多年前其实就已毁坏的精密高智能机器;另一个是现实中早已不复存在、如今只存在于他们想象中的国家。

可怜的傻瓜。

"没有用。"戈登对制造骗局的同伴说。那排小灯以复杂的方式闪烁着回应他,这种灯光在他的梦中一直挥之不去。

"现在,严冬阻碍了霍恩主义者的行动,他们正在去年秋天占领的城镇里养精蓄锐。但回春后,他们会来攻打我们,烧杀抢掠,直到一个个村落来寻求'保护'。"

"我们努力战斗,但每个霍恩主义者都像魔鬼一样,一个能抵我们十来个可怜的镇民和农民。"

戈登沿着那块厚玻璃瘫坐到了一把软椅上。即使在这里——独眼巨人的大楼里,尘埃和岁月的味道也很浓郁。

如果我们有时间训练、准备,如果这里没有过那么久的和平生活,该多好。

如果我们有一位真正的领袖,像乔治·波瓦坦那样的领袖,该多好。

透过关着的门,他能听到微弱的音乐。在大楼里的某个地方,立体音响正在放一首二十年前的曲子——帕赫贝尔①的《卡农》,旋律轻柔又动人。

他记得,第一次重温这种音乐的时候,自己流下了眼泪。他一直希望这个世界还有勇敢和高尚,也非常愿意相信他在科瓦利斯找到了这两样品质。但事实证明,"独眼巨人"是一个骗局,很像他自己编造的"重建后美国"。

---

①约翰·帕赫贝尔(Johann Pachelbel,1653—1706),德国音乐家,《卡农》为其代表作。

令他困惑的是,在生存主义者入侵的阴影下,这两个传奇故事比以往任何时候更加盛行。

它们在鲜血和恐惧中演变成了人们每天为之牺牲的东西。

"没有用。"他再次对那台损坏的机器说,没有期待它会回答,"我们的人奋起反抗,不断牺牲。但不管我们做什么,等到夏天来临,那些穿着迷彩服的狗杂种都会攻到这里。"

他听着优美凄凉的音乐,想科瓦利斯沦陷后,是否还有人能在某个地方听到帕赫贝尔的乐曲。

身后的双开门后响起了微弱的敲门声。戈登坐了起来。除了他之外,晚上只有独眼巨人的忠仆可以进这幢大楼。

他说:"进来。"

楼道狭长的灯光照了进来。铺着地毯的地板上出现了一名女子的身影,个子高高的,留着长头发。

是德娜。如果说他现在不想看到什么人,那就是她了。

她的声音又轻又快:"戈登,对不起,打扰你了,但我觉得你一定希望立即知道这件事。约翰尼·史蒂文斯刚刚回来了。"

戈登站了起来,脉搏加快,"我的天啊,他成功了!"

德娜点了点头,"遇到了些麻烦,但约翰尼确实到了罗斯镇并且回来了。"

"真不错!他带了——"他看到她摇头,就停了下来。她的眼神中已经流露出了失望。

她说:"十个。戈登,他将你的信带给了南方人,他们派了十个人。"

奇怪的是,她的声音中似乎更多的是耻辱而不是恐惧,不知怎么回事,好像所有人都令她失望了一样。

随后发生的事戈登没有料到。她的声音变了:

"对了,戈登,他们根本不是成年人!他们是孩子,只是孩子!"

3

末日之战爆发后不久,约瑟夫·拉扎勒斯基以及科瓦利斯幸存下来的其他技术人员收留了德娜。当时她才刚刚学走路,她是在独眼巨人的忠仆们的呵护下长大的。因此,她的个子在这段时期长大的女性中算得上高挑,受到的教育也让他人望尘莫及。这也是他一开始就被她吸引住的原因之一。

不过,最近,戈登发现自己倒是希望她读过的书少一些,或者再多一些。她沉迷在自己提出的理论之中,更糟糕的是,她还在向自己周围那群盲目而轻信的年轻女子和其他人传播这个理论。

戈登对此感到害怕,不经意间,他在这个过程中起到了推波助澜的作用。他仍然不清楚自己为什么会被德娜说服,让她的一些女同伴加入部队当侦察兵。

小特蕾西·史密斯的尸体平躺在风吹成的雪堆上……挣扎的痕迹被狂风暴雪淹没。

他和德娜穿着冬衣,经过守在独眼巨人大楼入口处的守卫来到室外。夜空格外明朗。德娜轻声说:"戈登,如果约翰尼真的失败了,那我们只剩下一个选择。"

"我不想讨论这个问题。"他摇了摇头,"现在不是讨论的时候。"天很冷,他想赶快到食堂听取约翰尼·史蒂文斯的报告。

德娜紧紧抓住他的手臂不放,逼戈登正视她,"戈登,你要相信,对于这件事,我比任何人都要失望。你觉得我希望约翰尼失败吗?你觉得我们有那么疯狂吗?"

戈登并没有因为冲动马上回答她。今天早些时候,他看到德娜从威拉米特河谷各个村庄招来的一群年轻女子,她们的声音充满激情,像是狂热的宗教信徒。她们穿着侦察兵的鹿皮装,屁股上、手腕上还有脚腕上都别着刀,围成一个圈坐着,腿上还摊着书本,这景象看起来很奇怪。

苏珊娜:不,不,玛丽亚。你搞混了《吕西斯特剌忒》①与达那俄斯②的故事一点都不像!她们两个都错了,但原因不同。

玛丽亚:我不理解。是因为一个用性,另一个用剑吗?

格蕾丝:不,不是这样的。是因为二者都缺乏远见,缺乏信仰……

这些女子看到戈登就突然停止了争论。她们迅速起身敬礼,看着他有些不安地匆匆走过。她们的眼睛炯炯有神,让戈登感觉自己被当作了一个典范、一个象征,但到底是什么,他也说不出来。

特蕾西当初也是这种表情。不管这种表情意味着什么,他都不希望她们有事。男人们为他的谎言而死,他已经够难受的了;现在却还要让女人……

他摇了摇头,答道:"我觉得你们不会像她们那么疯狂。"

她大笑着挽起他的手臂,"就是嘛。我们不会那样的。"

---

①古希腊戏剧作家亚里士多芬创作的讽刺喜剧,主要讲述吕西斯特剌忒及其姐妹们通过性罢工赢得和平。

②源自希腊神话,代指丹尼亚斯的五十个女儿,她们杀死了自己的丈夫。

但戈登知道,事情不会像她说得这么轻巧。

进入食堂后,一个守卫拿走了他们的外套。德娜还挺识相的,没有跟戈登一起去听坏消息,任他独自前行。

初生牛犊不怕虎。戈登记得,末日之战快要爆发的时候,他才十二三岁。当时,他连走路都是大步流星的,没什么能让他为之驻足,哪怕是发生了车祸。

大概两周前,约翰尼·史蒂文斯和其他几个男孩一起离开了俄勒冈州。那几个男孩的遭遇可能更惨,约翰尼自己也肯定像是在地狱走了一趟。

不过,他看起来还是十七岁的样子,坐在火堆旁边,煮着一罐肉汤。这个年轻人需要洗个热水澡,或许还需要睡上四十个小时。他那棕黄色的长头发和稀疏的胡子下是无数擦伤,他的制服上只有一个地方完好无损——就是那枚精心缝补好的徽章,徽章上有"重建后美国邮政服务"的字样。

"戈登!"他咧嘴笑着站了起来。

"我就知道你会安全回来的。"戈登一边说,一边与约翰尼抱在了一起。他将这位少年从油布袋中取出来的一捆急件放到了一边……毫无疑问,为了保护这些急件,约翰尼愿意付出自己的生命。

"我去看一下他们,你先坐下喝汤。"

戈登朝大壁炉那边看了一会儿,食堂的员工正在那边照顾着从南部招来的新人。一个男孩有条胳膊用绷带挂在胸前;还有一个男孩躺在桌子上,头上有一道很深的伤口,部队的医生皮尔希正在照顾他。

其他人小口喝着热气腾腾的汤,盯着戈登看,充满了好奇。

显然，约翰尼给他们讲过许多故事。他们看起来已经做好了战斗的准备，随时准备出发。

但他们都还不到十六岁。

戈登想，他们并不是我们最后的希望。

俄勒冈州中南部的人们与罗格河村的生存主义者斗了将近二十年，过去十多年间，他们甚至打得那些野蛮人不敢来犯。罗斯镇周围的农场主和农民可不像戈登那边的北方人，他们并没有被这些年的和平生活消磨掉抗争的力量。他们非常了解自己的敌人，从不手软。

他们也拥有真正的领导。戈登听说，有一个人一次次击退了前去突袭的霍恩主义者，让他们溃不成军。毫无疑问，这是敌人制订新计划的原因。霍恩主义者大胆地选择了水路，绕过宿敌，从最北边的佛罗伦萨海岸登陆。

明智之举。现在，他们已势不可挡。南部的农民只派了十个男孩过来帮忙。只有十个男孩。

戈登走过去的时候，这些新人站了起来。他挨个问了他们的名字和家乡。他们真诚地与他握了握手，每个人都称他为督察先生。毫无疑问，他们都希望获得最高荣誉。他们这么年轻，根本就不知道成为邮差之类的国家公务员是怎么回事。

但戈登知道，即便如此，即便所谓"国家"早就不复存在，他们仍愿意为之牺牲。

菲尔·博库托坐在角落里吹着口哨。这位前海军陆战队员没说一句话，但戈登知道这个黑人正在打量这些南方人。无论德娜和她的女同伴说过什么，就算他们这些人一点技能都没有，他也可以把他们训练成侦察兵。

戈登发现德娜正在这个房间的另一边看着他。她知道他永远不会同意她的新计划。至少在他担任威拉米特河下游地区的部队总司令期间，是绝对不会同意的。

只要还有一口气在，他就不会同意。

他与那些新人聊了几分钟。当他再次回头朝门口看的时候，德娜已经走了，或许是给她那群准亚马逊女战士传话去了。

戈登目光回移，看到约翰尼·史蒂文斯指了指那只油布袋。这次，这位年轻人一定要让他看那些急件。他将这么远送过来的邮包递给了戈登。

"戈登，对不起。"他低声说，"我尽力了，但他们就是不听！我将你的信交给他们了，但是……"他摇了摇头。

两个多月前，戈登写了几封求助信，现在他翻看着对那些求助信的回信。"他们都想加入邮政网络，"约翰尼补充说，声音中夹杂着些许讽刺，"即使我们这里沦陷了，我觉得等重建后美国的力量壮大到这里的时候，俄勒冈州还有一小块区域是自由和做好战斗准备的。"

在发黄的信封上，戈登认出了罗斯镇周边那些城镇的名字，他们的一些传奇故事甚至传到了那里。他浏览了其中的几封回信。他们非常有礼貌、好奇，甚至对"重建后美国"的故事充满了热情，但都没有做出承诺，也不会派部队过来。

"乔治·波瓦坦呢？"

约翰尼耸了耸肩，"所有其他镇长、县治安官和首领都在看他。只有他行动了，他们才会采取行动。"

"我没有看到波瓦坦的回信。"他已经翻完了所有的信。

约翰尼摇了摇头，"戈登，波瓦坦说他不相信文件。总之，他的回答只有三个字。他让我直接转告你。"

约翰尼压低声音说："他让我告诉你'对不起'。"

4

戈登回到房间时已经很晚了,房间门下的缝隙中透出了烛光。离门的圆把手只有几英寸的时候,他犹豫了一下。他清楚地记得,他是吹掉蜡烛才去和独眼巨人交谈的。

他的门刚打开一小半,一股温柔的女人味儿便飘了过来。谜团解开了,是德娜坐在他的床上。她的腿缩在被子里,身上穿着一件手工自制的宽松白衬衫,正拿着一本书借着床边的蜡烛看。

他将约翰尼装急件的袋子放到桌子上,说道:"这对你的眼睛不好。"

德娜并没有抬起头来,眼睛仍然盯在书上,"对,没错。可是要我提醒你吗?这幢楼的所有房间都有电灯,就是你把这个房间变回了石器时代的。我猜,像你这种战前长大的人思想保守,可能仍然认为烛光要浪漫点。是这样吗?"

戈登也不知道为什么自己会拿掉房间里的灯泡,小心地把它们收起来。他刚到科瓦利斯那几周,每次有机会像少年时代那样打开开关让电流流动,他都会感到一阵喜悦。但在自己的房间里,他却无法忍受这种灯光带来的舒适。

戈登往牙刷上倒了点儿水，接着又往上面放了点儿苏打粉，"你自己的房间里也有一盏四十瓦的电灯，"他提醒她说，"你可以在自己的房间里读啊。"

德娜没有理他这句针锋相对的话，而是用手拍了一下她正在看的那本书，有点恼怒地说："我不明白！这本书里说，在末日之战快要爆发的时候，美国正在经历文化复兴。没错，内森·霍恩是在宣扬他那疯狂的大男子主义、国外的斯拉夫主义和宗教神秘主义也有很多为世人所诟病的地方，但总体而言，那还是一个相当不错的时期！艺术、音乐、科学，似乎一切都将融合起来。然而，世纪末的那些调查表明，那个时期的大多数女性仍然不相信科学！我不相信！是真的吗？她们都是傻瓜吗？"戈登往脸盆中吐了一口水，然后抬头看了一眼那本书的封面，上面印着几个显眼的字："我们是谁：20世纪90年代的美国。"

他清洗了一下牙刷，"德娜，没那么简单。几千年来，人们一直认为技术行业应该由男性来承担。即使到了90年代，也只有一小部分工程师和科学家是女性，尽管越来越多优秀的……"

德娜打断他说："这并不重要！"她合上书，用力甩了甩她那淡棕色的头发，"重要的是谁受益！尽管技术行业几乎是属于男人的，但女人从中所受的益处比男人多得多！比较一下你那个时期的美国和如今的世界，你敢说，我说错了吗？"

他同意道："对女人来说，现在不是个好时代。"戈登拿起水壶，往毛巾上倒了点儿水。他感到很累，"男人过得不容易，但女人过得更是不容易。她们生活艰苦，寿命也更短。真是惭愧啊，我得将你的女伴置于最糟糕、最危险的——"

德娜是不想让他说完这句话，还是她感受到了他对小特蕾西之死的内疚，所以想换一个话题？"别放在心上！如果这本荒唐的书上写的是事实,我还想知道,战争爆发前,如果说科技对她们的帮助那么大,其余的选择又都那么糟糕,女性为什么害怕技术?!"

戈登把湿毛巾挂起来,摇了摇头。那都是很早以前的事了。在到处漂泊的那些日子里,他看到过许多恐怖的场景,即使只是说出来,那些场景也肯定会让德娜震惊。

文明开始衰落的时候,她还只是一个婴儿。被独眼巨人技术员收留的那段时光肯定非常艰难,但毫无疑问,她早已忘记了那段日子。她长大的这个环境,或许是目前世上仅存的还留有旧时代种种舒适条件的地方。因此,她到了二十二岁头发还没有变灰就不足为奇了。

"有人说,正是技术破坏了文明。"他坐在床边的椅子上,闭着眼睛,希望她能善解人意,过一会儿就离开。他说话的时候一动不动,"那些人说的或许有些道理。炸弹、细菌、三年寒冬、相互依赖的社会网络被毁……"

这次她没有打断他。他自己卡住了,无法将那一大堆东西大声地背出来。

……医院……大学……饭店……能将自由的公民送到他们想去的任何地方的飞机……

给草坪洒水的装置,在草坪上玩耍、充满欢声笑语、天真无邪的孩子……从木星和海王星上发回来的图片……整个星球的梦想……还有绝顶聪明、妙语连篇、令我们感到骄傲的机器……

……知识……

德娜有点儿不屑地回应:"反技术就是无理取闹。摧毁这个世界的是人而不是科技。戈登,这你是知道的。是某些人摧毁了这个世界。"

戈登甚至不愿意耸耸肩。现在,这一切又有什么关系呢?

她再次说话的时候,声音变柔和了,"过来。我帮你把身上汗湿的衣服脱掉。"

戈登不愿意。今晚,他只想蜷着身子,与世隔离,沉浸在放空的状态中,以便推迟明天要做出的决定。但德娜就是不肯。她用手指解开了他衣服上的扣子,将他推到床上,让他斜靠在枕头上。

枕头上还留着她的香味儿。

她一边帮他脱衣服,一边说:"我知道这个世界为什么会崩溃了。这本书上说得对!就是女性不够关注。女权主义者关注的至多算是边缘问题,她们忽视了真正的核心,那就是男人。你们这些男人做得够好了,竭尽全力打造更美好的生活。男人们要是都这样就好了。但任何有理智的人都知道,有四分之一到一半的男人是疯子、强奸犯和谋杀犯。照看你们、培养优秀的男人才是我们女人的事。"

她点了点头,对自己的这种逻辑非常满意,"是我们这些女人失败了,没能阻止世界崩溃。"

戈登低声说:"德娜,你肯定是疯了,你自己知道吗?"他已经意识到她想做什么了。这只不过是试图变相让他同意另一项疯狂的计划去赢得这场战争,但这次她是不会成功的。

他只希望这位亚马逊女战士能够离开,让他一个人待着。

但她的香味已经深入他的脑海。尽管闭着眼睛,可他还是听到了她衬衫悄然滑落,吹熄蜡烛的声音。

"我可能是疯了,但我知道自己在说什么。"她说着掀开被子,钻到了他的身边,"我知道,这是我们女人的错。"

碰到那光滑的肌肤,戈登感觉就像触了电。他闭着眼睛,试图坚持自己的自尊,想直起身子,逃离这张床。

"但我们女人不会再让这样的事情发生。"德娜轻声说。她的头紧贴着他的脖子,手从他的肩膀抚摸到手臂上的二头肌,"我们已经了解了男人,了解了英雄和畜生的区别。我们也在了解自己。"

她的身体很烫。戈登的手臂抱着她,让她躺到了自己的身边。

德娜叹了口气说:"这次,我们女人将发挥作用。"

戈登用嘴紧紧地封住了她的嘴,不为别的,就是不想让她再说了。

5

"小马克将给大家展示我们结合了激光定位光束的最新款红外线夜视仪,它能在漆黑的环境下找到目标,而且简单到连小孩也能使用。"

在老俄勒冈大学校园最大的报告厅里,彼得·奥格在展示独眼巨人的忠仆们在实验室里研发出来的"秘密武器",威拉米特河谷防御委员会的人坐在台上的一张长桌子后面看着。

当所有电灯都关掉,所有门都关上的时候,戈登几乎看不到那位身材魁梧的技术人员。但奥格的声音响亮而清晰,"在报告厅的后面,我们在笼子里放了一只老鼠,它代表敌人的渗透人员。马克,换到狙击观测模式。"接着在黑暗中传来了轻轻的咔嗒一声,"现在他在寻找老鼠放出的热辐射……"

"我看到了!"那个孩子大声说。

"好样的。马克,将激光光束照到老鼠身上……"

"照到它身上了!"

"……一旦光束锁定位置,我们的监视人员就会改变激光的频率,让我们其他人看到那个可以看见的东西,也就是那只老鼠!"

戈登朝报告厅后面的黑暗区域看了一眼,什么都没看见,还是一片漆黑。

观众中有人呵呵地笑了。

有人突然说:"或许那只老鼠被吃掉了!"

"对,没错。或许你们这些技术人员应该用这个设备去找猫!"有人发出了喵喵的声音。

尽管委员会的主席敲着小槌,但戈登还是和台下那些聪明人一样哈哈大笑了起来。他也很想说几句,但所有人都能听出他的声音。这会儿,他无法发挥积极作用,只会伤害某些人的感情。

左边一阵忙乱,应该是一群技术人员聚在一起,轻声紧急商量着什么。最终,有人要求打开电灯。日光灯一闪一闪亮了起来,防御委员会的委员为了重新适应灯光,眨了眨眼睛。

马克·奥格摘下夜视头盔,抬起了头。他就是几个月前,戈登从尤金市废墟中救回来的那个九岁小男孩。他坚持说:"我看到那只老鼠了。是真的。我还用激光光束照到了它的身上。可是它没有变色显现!"

彼得·奥格看上去相当尴尬。这名一头金发的男子与技术人员们一样,都穿着白底黑纹的衣服。他靠在那个没有试验成功的设备边上,解释说:"昨天做的五十次试验都成功了。或许是参量变频器出了问题。有时是会这样的。当然这只是一个模型,毕竟我们有二十多年没造过这种东西了,不管怎么说,在最终量产之前,必须解决各种故障问题。"

三个不同的群体组成了防御委员会。两名男子和一名女子同情地点了点头,他们像彼得一样,都穿着忠仆的长袍。其他委员似乎不太理解。

戈登右边的两名男子穿着蓝色的紧身短上衣和皮夹克,与他穿得非常相似。他们的袖子上缝着徽章,徽章上是一只老鹰从一堆火葬用的柴堆上展翅飞起,还有几个大字将图案圈了起来:重建后美国的邮政服务。

戈登的"邮差们"互相看来看去,有一个邮差厌恶地翻着白眼。

中间坐着两女三男,包括委员会的主席,他们代表联盟中不同的地区:这些县之所以抱团,过去是出于对独眼巨人的尊重,最近是因为不断扩大的邮政网络,现在则是因为害怕共同的敌人。他们穿着各种各样的衣服,但每个人都戴着闪闪发光的徽章,上面有一个 W 和 V①叠加在一起的图案,代表着威拉米特河谷。镀铬徽章是从被人遗弃的汽车中找出来的,多得足以让部队里人手一枚。

有一个平民代表率先发问:"到了春天,你认为你们这些技术人员能够弄出多少这样的设备?"

彼得想了一会儿后说:"这个嘛,如果我们竭尽全力的话,我觉得到三月底,我们应该可以修理好十来个。"

"我猜,它们都需要电。"

"当然,我们会提供手动发电机。整套装备的总重量应该不超过五十磅。"

农民们面面相觑。代表喀斯喀特印第安人社区的一位女子似乎说出了他们所有人想说的话:

"我确信这些夜视仪可能有助于保护重要的阵地免受偷袭。但是我想知道,积雪融化后,那些霍恩主义者的探子到我们的村子里烧杀抢掠时,它们还能起什么作用。你知道的,我们不

①W 和 V 是威拉米特河谷的英文首字母缩写。

可能将所有人都转移到科瓦利斯，否则我们过不了几周就会饿死。"

另外一个农民补充道："没错。你们弄出这些超级武器打算用到什么地方？你们关掉了独眼巨人还是怎么了？"

这次轮到忠仆们面面相觑了。忠仆的领袖泰格博士开始反击：

"这不公平！我们几乎没有什么时间。独眼巨人设定的程序是用于和平时期的，要想让它应对战争，必须重新设定它的程序。不管怎么样，它还是可以想出伟大的计划，但必须要让人去实施计划，而人又容易犯错误！"

在戈登看来，这太不可思议了。实际上，泰格似乎受到了伤害，公开为独眼巨人辩护……这个山谷里的人们仍然像尊重伟大的奥兹①一样尊重它。北部镇区的代表恭敬又固执地摇了摇头。

"现在，我最不想做的就是批评独眼巨人。我相信，它正在尽快想办法。但我看不出这个夜视仪比你们一直在提的气球、气弹和稀奇古怪的小地雷好多少，这些东西根本没什么用处！如果在末日之战爆发前的越南和肯尼亚战场上，我们与真正的部队交战，它们可能会发挥巨大作用，但它们在可恶的生存主义者面前几乎毫无用处！"

尽管没有说话，但戈登非常同意他的看法。泰格博士低下头看着自己的手。十六年来，大家一直过着和平的生活，生活在善意的谎言中。泰格和他的技术人员给这个地区的农民分发一小部分回收来的二十世纪的神奇东西，让这些农民沉醉其中，现在他们终于要泰格和他的技术人员创造真正的奇迹了。修理玩

①阿摩司·奥兹（1939—　　），以色列作家，曾在以色列陆军服役，后来成为和平主义领导者。

具和风力发电机已经完全无法满足当前的需要。

坐在戈登右边的人激动起来了。他是埃里克·史蒂文斯,年轻的约翰尼·史蒂文斯的爷爷。这位老人穿着与戈登一样的制服,代表威拉米特河上游区,这几个位于尤金市南部的城镇也加入了联盟。

埃里克·史蒂文斯说:"所以我们应该回到最初的问题上来。独眼巨人的办法可以在各地起到一定作用。大多数情况下,那些办法是锦上添花。但我觉得我们都一致认为,这样充其量只能给敌人制造一些小麻烦。正如戈登告诉我们的那样,我们近期不可能从文明的东部获得帮助。重建后美国的部队到我们这里也还需要十来年。或许,在与外界建立真正的联系前,我们至少要坚持十来年。"

这位老人激动地看着其他人,"要坚持十来年,只有一个办法,那就是战斗!"他用力敲了一下桌子,"一切又再次回到了基本问题上。是男人发挥作用的时候了。"

台下传来了人们纷纷表示赞同的声音。但戈登敏锐地注意到了德娜,她正在等着向防御委员会发表演讲。她坐在台下的座位上,不住地摇头,戈登似乎觉得自己能够读懂她的心思。

她在想,不仅仅是男人……这位个子高高的年轻女子虽然穿着忠仆的长袍,但戈登知道她真正忠于谁。她与她的三个女学生坐在一起,她们都穿着鹿皮装。她们是威拉米特河谷军队的侦察兵,也是她那个神秘组织的所有成员。

正常情况下,防御委员会会立即拒绝她们的计划。实际上这个依然文明的山谷还算好的,至少还潜藏着一点儿上个世纪的男女平权思想,防御委员会甚至勉强允许了这些女子入伍。

但是今天,戈登感觉坐在桌子旁边的人越来越绝望了。约翰尼·史蒂文斯从南部带来的消息让他们受到了巨大的打击。过不了多久，雪就会停了，回暖之后，落下来的便只是雨点了，想必届时委员们会病急乱投医，采取极其愚蠢的行动。

趁一切还没失控，戈登决定参与讨论。他举起手来，主席立刻让他发言。

"我相信防御委员会希望向独眼巨人和它的技术人员表达我们对他们不懈努力的谢意。"人群中传来了一阵赞同的声音。泰格和彼得·奥格都没有看他的眼睛。

"等恶劣天气结束，敌人才会有重大行动，我们大概还有六到八个星期的时间。听取军队训练委员会和军械委员会的报告后，我们接下来要做的工作很明确了。"

实际上，菲利普·博库托的总结报告是今天早上一连串坏消息的开始。戈登吸了一口气，"去年夏天霍恩主义者开始入侵的时候，我告诉过你们，不要指望从其他地方获得任何帮助。这片大陆重新团结起来是一个漫长的过程，在你们的帮助下，我一直在建立邮政网络，但这只是漫长过程中的第一步。今后几年，俄勒冈州基本上还是要孤军奋战。"

他面不改色地往真相中掺杂了许多谎言。虽然不值得骄傲，但他这样做的技能已经非常娴熟了。

"我就不跟你们兜圈子了。罗斯镇地区的人们只提供微不足道的援助，这对我们来说是最大的打击。南部的人拥有经验和技能，最重要的是，拥有我们需要的领导人。在我看来，说服他们帮助我们是当务之急。"

他停了一会儿后说："我必须亲自去一趟南部，争取让他们改变想法。"

这句话马上引来了一阵喧闹声。

"戈登,这太疯狂了!"

"你不能……"

"这里需要你!"

他闭上眼睛。四个月中,他建立起了强大的联盟,足以延缓侵略者入侵甚至让他们感到沮丧。能够建立起联盟,主要靠的是他说故事、作姿态和说谎的能力。

戈登并没有幻想自己真的成为领袖。组建起威拉米特河谷的军队靠的是他的形象……他作为邮政督察(这代表着这个国家已经重生)拥有的巨大威信。

如果不迅速采取行动,这个国家仅存的星星之火将很快熄灭。

我无法领导这些人! 他们需要一位将军! 一位勇士!

他们需要像乔治·波瓦坦那样的领袖。

他打手势示意人群安静下来。

"我去走一趟。我希望你们能够答应我,我不在的时候,你们不会同意任何疯狂的计划。"他直接盯着德娜。她和他对视了一会儿。但她紧闭着嘴,眼神中流露出一丝忧伤,然后将头扭到了一边。

她这是在担心我,还是担心她的计划?

"我会在春天来临前回来。我会争取到帮助的。"

他又小声补充了一句:"没回来的话,那我肯定是死了。"

6

准备工作花了三天时间。期间,戈登多少有些不耐烦,希望
自己能够简简单单地上路。

但这次出行变成了探险,防御委员会坚持让博库托和其他
四名男子陪戈登一起上路,至少陪他到科蒂奇格罗夫镇。约翰
尼·史蒂文斯和一名来自南部的志愿者在前面骑马开路。毕竟,
邮政督察要好好保护才对。

在戈登看来,这一切都没多大意义。他与约翰尼花一个小
时好好研究过战前的地图,只要知道如何到达目的地就够了。
一匹快马和另一匹替补的马甚至比一整支小队保驾护航更靠
谱。

戈登特别不想带上博库托,组织防御需要他。但防御委员
会就是不肯。戈登不答应他们的条件,他们就不准他离开。

所以在一个寒冷的清晨,他们一队人离开了科瓦利斯,当他
们大口哈着白气的马经过老俄勒冈大学运动场的时候,有一队
新兵列纵队从旁边经过。早上的雾霾让人看不清楚,但听她们
喊着的口号,应该是德娜的女兵。

我不嫁抽烟的男人,不嫁乱抓的男人,不嫁打嗝的男人,不嫁大声说无聊笑话的男人。

我或许永远不嫁,永远不嫁,

我或许永远不嫁!

我宁愿坐在阴凉处,

做一位挑三拣四的老处女,

我或许永远不嫁,永远不嫁,

我或许永远不嫁!

这些男人骑过的时候,纵队的新兵做了一个"向右看"的动作。由于太远,虽然看不大清楚德娜的表情,但他感受到了她的目光。

他们的道别既有身体上的激情,又有情绪上的紧张。戈登不确定战前美国有没有恰当的名词能形容他们之间的这种关系。虽然离开德娜让他松了一口气,可戈登知道自己也会想念她。

随着那些女兵的声音在他身后渐渐消失,戈登感到喉咙发紧。他努力把自己喉咙发紧归结为从某种程度上对她们无比的勇气感到骄傲。但即使这样,他的忧虑也无法完全排解……

他们一小队人骑过荒芜的果园和地面结霜的乡村,在太阳下山前赶到了罗兰镇用栅栏围成的防御区。他们选了一条近路,从文明的脆弱中心来到这里只花了一天时间。从这里再往前走,就是强盗横行的地方了。

在罗兰镇,他们听到了新的谣言:一个霍恩主义者的小分队已经在尤金市的废墟中建立了据点。逃难的人说,一帮穿着白色衣服的歹徒在乡间游荡,在小村庄里纵火,抢夺食物、女人和奴隶。

如果这是真的话,尤金市就成了一个问题。他们必须闯过那座破烂不堪的城市。

博库托坚持不冒任何风险。他们要沿着结了霜的弯弯曲曲的柏油路,绕到斯普林菲尔德偏远的东部,接着再转往南部,最终到达戒备森严的科蒂奇格罗夫镇,这样走要浪费整整三天时间。戈登气得几乎说不出话来:尤金市南部的几个城镇与北部较繁荣的社区才重新连接起来不久;现在,侵略者再次将它们隔开了。

在戈登心中的地图上,俄勒冈这个大州东部三分之二的地区,由荒地、高海拔沙漠、古老的熔岩流以及喀斯喀特山脉中的残垣断壁组成。

西部的海岸山脉耸立在氤氲的雨气中,一侧是灰蒙蒙的太平洋。

俄勒冈州北部和南部的边缘地区实际上是与世隔绝的。炸弹让波特兰遭受了重创,摧毁了许多重要河流的堤坝,而北部的哥伦比亚山谷在遭到轰炸后正在恢复生机。

从加州的某个地方向俄勒冈州的南部边缘地区走上一百英里,便会在群山环绕的峡谷地带中央发现罗格村。

即使在和平时期,梅德福市周边的地区也以某种"奇怪"的现象著称。据估计,在末日之战爆发前,罗格河谷拥有的秘密仓库和非法枪支比埃弗格莱兹之外的任何地方都多。

十六年前,当局政府仍在苦苦挣扎坚持的时候,生存主义者到处横行霸道,是他们的最后一击导致了整个文明世界的崩溃。在俄勒冈南部,内森·霍恩的追随者尤其残暴。无人知晓该地区可怜的平民命运如何。

还有两个小地方，它们虽然夹在沙漠和太平洋的中间，有辐射，还有一群不要命的霍恩主义者，但那里的人们挺过了"三年寒冬"，他们没有放任自流，还在继续奋斗……那两个地方就是北部的威拉米特河谷和南部罗斯镇周围的城镇。原本，最南部的地方被一群暴徒所控制，那里的人们似乎免不了沦为奴隶或者承受更糟的命运。

后来，在罗格河和安普瓜河中间地带的某个地方，发生了出人意料的事情。内森·霍恩这个大毒瘤被抓了起来，敌人也被击退。但威拉米特河谷的人们习惯了和平，不堪一击。戈登希望能在生存主义者完全掌控那里之前为了心中渺茫的希望放手一搏。

在戈登心中的地图上，有一条可恶的红线已经从入侵者位于尤金市西部的据点延伸向了内陆地区。现在，科蒂奇格罗夫镇几乎与外界隔离了。

走出罗兰镇还不到一英里，他们就看到了惨烈的一幕。六名男子的尸体挂在路边倾斜的电线杆上，尸体上还留下了一些标记。

他命令道："把他们放下来。"戈登的心剧烈跳动，感觉口干舌燥，敌人故意制造这样的恐怖景象，就是要获得这种反应。显然，科蒂奇格罗夫镇的人们已不在这么远的地方巡逻了。这可不是什么好兆头。

一个小时后，他们来到了科蒂奇格罗夫镇，与上次他访问这里的时候相比，他看到了巨大的变化。新建的城墙入口处设了岗楼。城墙外，战前的建筑已经夷为平地，变成了一块宽阔的禁火区。

由于难民的到来，人口增加了三倍。大多数难民都住在离大城门不远的小屋内，小屋既拥挤又简陋。孩子们依偎在一脸憔悴的妇女身边，来自北部的人骑着马经过的时候，孩子们不住地盯着他们看。男人们挤在一堆堆火堆旁烘手。烟气与从没洗过澡的人身上散发出来的气味混杂在一起，奇臭无比。

其中一些男人看上去相当凶恶。戈登觉得，其中有不少是渗透进来的霍恩主义者，他们只是在假装难民而已。以前出现过这种情况。

还有更糟糕的消息。他们从镇议会那里得知，就在几天前，彼得·凡·克里克镇长带领一支巡逻队去营救一个受困的小村庄时遭伏击牺牲。他的死造成的损失无法估算，也让戈登备受打击。这也正好解释为何街上冷冷清清，安静得出奇。

晚上，在人山人海的广场上，他发表了振奋人心的演讲。但人群的欢呼声稀稀拉拉的，似乎没什么精神头儿。他的演讲两次被微弱的枪声打断。枪声是从树林外面传来的，穿过城墙传到了广场上。

第二天，当他们骑着马走出科蒂奇格罗夫镇的时候，博库托轻声说："雪化以后，只要该死的生存主义者们愿意，用不了两个月，甚至只要两周，他们就能占领这里。"

戈登根本不用回答。该镇是联盟在南部的要塞。一旦这里沦陷，敌人就会在通往威拉米特河谷中心地带和科瓦利斯的路上畅通无阻。

他们冒着阵阵小雪向南前行，翻过威拉米特河的河岸岔口，向河流的源头挺进。深绿色的松树林在白雪的覆盖下闪闪发光。河流中结着一些冰，香桃木随处可见，它那鲜红色的树皮映衬着灰色的河岸。

还有几只顽强的秋沙鸭在冰冷的水中捕鱼，它们想活下去，迎接春天的到来。

他们在荒芜的伦敦镇南部离开了这条浅流，随后经过了一条狭长的无人区。这里只有长满灌木的农田和一个摇摇欲坠的临时加油站。

一路走来，他们没有发出一点声音。但是现在终于安全点儿了，连生性多疑的菲利普·博库托也觉得他们走出了霍恩主义者可能巡逻的范围，到了可以说话、甚至高声谈笑的地方。

他们所有人都三十多岁，因此他们玩起了"记忆游戏"……说说旧时的玩笑（这些玩笑对新一代人来说毫无意义），自由自在地争论一些模糊记起的体育怪事。当亚伦·希梅尔模仿九十年代电视红人的鼻音时，戈登捧腹大笑，差点从马背上摔下来。

"我们记得这么多青少年时期的往事，太不可思议了。人们经常说，变老的一个标志就是你对二十年前的事情比最近的事情记得清楚。"戈登说。

"没错。"博库托咧嘴笑着，故意卖乖，"我们刚刚在说什么？"

戈登也轻轻地拍了拍自己的脑袋，"呃？你说啥呢老哥……刚才摇滚乐太响了没听清。"

他们的笑声和嘚嘚的马蹄声混在了一起，这些人已经习惯了冬日早晨的清寒和州际高速公路上丛生的杂草。这片土地正在恢复生机，鹿已经回来了，但即使再过更长时间，也不会有几个人重回这片荒野。

一天后，他们翻过几座小山，来到了一条新河流的岸边。

他们的向导肯定地说："这是安普瓜河。"

这些北方人盯着河看。这条寒冷的河流没有汇入平静的威拉米特河，因此也不会流经哥伦比亚。它向西奔流进了太平洋。"欢迎来到阳光明媚的南俄勒冈。"博库托低声说道,随后又陷入了沉默。这里天空蔚蓝,树木似乎也要比北部茂盛。

他们开始再次经过用栅栏围成的小小居住区时,对这里的印象依然没有改变。住在山坡小屋里的人们眯着眼睛静静地看着他们经过,一言不发。显然,这些人在没看到戈登一行人之前就听到了他们的声音。虽然对邮差没有敌意,但他们显然也不太关心外人。

在萨瑟林村过了一晚,戈登近距离观察了南方人的生活。他们的住处非常简单,几乎没有什么东西,不像在北部,家里还有一些家用设施。几乎所有人的身上都有因为疾病、营养不良、过度劳累或战争而留下的明显伤疤。

尽管这些人没有盯着他们看,也没有说一些不礼貌的话,但不难猜出这里的人是怎么看威拉米特河谷人的。

软弱。

他们的领袖表达了同情,但隐藏的想法显而易见。如果霍恩主义者离开南部的话,我们为什么要干预呢?

一天后,在罗斯镇的交易中心,戈登会见了周边地区的领袖。满是子弹孔的窗户几乎能让他们想象出十七年来与罗格河村那帮残暴之徒激战的场景。丹尼咖啡店上那块黄色的塑料招牌已经倾斜并烧化了,差不多在十年前,敌人攻到这里就退了回去,这里是敌人入侵的最远位置。

此后,野蛮的生存主义者从未深入到这么远的地方过。戈登觉得选择在这里会面肯定是为了突出这一点。

情绪和个性的不同显而易见。这里的人们对传奇般的独眼巨人和不稳定的技术重生不怎么好奇,甚至一个国家正在遥远的东部从灰烬中东山再起的故事也不能让他们产生多大兴趣。

他们并不是怀疑这些故事，来自格莱德、温斯顿和罗基拉斯的领袖似乎根本就不关心这些东西。

菲利普对戈登说："这是浪费时间。这些乡巴佬在这场小小战争中战斗得太久了，他们只想怎么活下去，对其他东西一概不关心。"

戈登想，或许这才是聪明的做法？

但菲利普说得对。首领、镇长、县治安官或酋长怎么想其实并不重要——他们狂妄自大，认为自己下辖的区域固若金汤。但对戈登来说，他只要知道一个人的看法便足矣。

两天后，约翰尼·史蒂文斯骑着一匹气喘吁吁的马从西部回来了。他没有左顾右盼，而是直接跳下马喘着粗气奔向戈登。这次他带来的消息只有三个字：

"过来吧！"

乔治·波瓦坦同意倾听他们的请求。

7

罗斯镇的卡马斯山谷与太平洋相距七十英里，卡拉汉群山紧邻卡马斯山谷。在卡拉汉群山的脚下，小贝壳河的大部分河水向西奔流，穿过支离破碎的桥梁框架，最终在舒格洛夫山峰的晨影中与来自北方和南方的支流汇合。

卡马斯山谷的北侧，有一片新篱笆墙圈起的牧场，场中四处覆盖着松软的积雪。炊烟从山顶临时立起的栅栏围墙中升起。

南侧什么都没有，只有慢慢被黑莓丛占领的焦土废墟。

贝壳河的浅滩上没有任何防御工事。戈登他们对此感到不解，因为这个山谷应该是防御霍恩主义者来袭的最后一道屏障，理应重点防御。

卡尔文·刘易斯努力进行解释。自上次约翰尼·史蒂文斯去俄勒冈州南部以来，这位精瘦结实、眼睛乌黑的年轻人一直为他指路。卡尔文一边说，一边左右示意。

他像当地人一样，讲话慢吞吞的："用不着建造牢固的据点。我们可以通过不间断的巡逻，观察另一侧的动静来保护北面的河岸。"

菲利普·博库托哼了一声，点了点头，表示赞同。显然，他也会这样做。约翰尼·史蒂文斯之前已经听过了，没有多加评论。

戈登不断朝树林扫视，纳闷哨兵都躲到哪里去了。毫无疑问，他没看出什么端倪来。他偶尔可以瞥到有人在动，或者被位于高处的双筒望远镜的镜片反光刺到眼睛。但总的来说，这些哨兵非常厉害。或许除了菲尔·博库托，这些人的观察能力要比威拉米特河谷军队中的任何人都强。

南部的战争似乎并不是大规模作战，也不是包围战，没有战略性。它更像是美国印第安人间的争斗……胜利是通过血腥的迅速突袭以及剥下的头皮数量来衡量的。

生存主义者擅长这类突袭和游击战。威拉米特河谷的人不习惯这种恐怖行动，正是他们理想的攻击对象。

不过，这里的农民设法阻挡了他们。他没有资格评论他们的战术，因此他基本上让博库托提问。戈登知道，他可能要穷尽一生才能在这些技能上有所成就。

他来这里有一个目的，也只有一个目的——他不是来学习的，而是来游说的。

他们沿着舒格洛夫山的旧山路向前行进，贝壳河交汇口的景色相当壮观。白雪覆盖的松树林没有任何异样——过去十七个年头的寒冬只能让短暂的生命感到恐惧，对亘古不变的地球来说不值一提。

卡尔文·刘易斯说："有时那些畜生想乘大划艇偷偷溜进来。南部的那条支流几乎是从罗格河村笔直奔流而来，在交汇前水流湍急。"

这个年轻人咧嘴笑了一下，"但乔治似乎总是知道他们想要做什么，事先就能做好准备。"

提到这位卡马斯山谷社区的领袖时，戈登的敬畏之情再次油然而生。他真有传说中那么强悍吗？他的战士真的侵掠如火、不动如山吗？听了这么多事迹后，戈登愿意相信有关乔治·波瓦坦的一切传说。

博库托的大鼻孔鼓了起来，他突然拉住缰绳，用左手臂拦住戈登，保护住他。这位前海军陆战队员已经无意识地举起了手提轻机枪。

"菲尔，怎么了？"戈登一边扫视树木丛生的斜坡，一边取出卡宾枪。马儿躁动地打着响鼻，感觉到了主人的焦虑不安。

博库托吸了几口气，闻了闻，"这是……"他眯起眼睛，露出一副难以置信的样子，"……我闻到了熊脂！"

卡尔文·刘易斯抬起头朝路边的树林看了看，微笑了一下。这时，从上面的斜坡上传来了低沉的笑声。

戈登和其他人朝上面的斜坡看，在午后太阳的照耀下，一个巨大的身影在道格拉斯冷杉林中穿梭。戈登一阵激动，那是人，而且还是传说中的萨斯科奇人——西北部的大脚野人。

随后，那身影来到大家面前，原来是一位满脸皱纹的中年人，一头披到肩上的灰发用嵌着珠子的头巾绑着。家里自制的短袖衬衫让大腿一般粗的肩膀露在外面，但他显然并不觉得冷。

他露出了笑容，"我就是乔治·波瓦坦。欢迎各位来到舒格洛夫山。"

戈登咽了一口唾液。这个人的声音中有些东西与他的外形格外相配。他说话颇有气势，根本无须咆哮或故作姿态。波瓦坦摊开手说："上来吧，你的鼻子真灵。你们其他人穿着的制服真是引人注目！你闻到了一阵熊脂的味道？既然这样，来看看我们南部具有特色的气象站吧！你们会发现这个东西带来的好处的。"

　　这些访客放松下来,收起了武器,安心地发出了笑声。戈登告诉自己,不是萨斯科奇人,只是一个强壮的山里人而已。

　　他轻轻地拍了拍胆小的北方马,告诉自己,它肯定也是因为融化的熊脂味道才有异常反应的。

8

这位舒格洛夫山的乡绅利用一罐罐熊脂来预测天气,结合传统技术和细致而科学的记录,提高了预测的准确性。他养了奶牛和绵羊,从而获得了更优质的牛奶和羊毛。他的温室通过生物产生的沼气调节温度,一年四季都能产出新鲜的蔬菜,即使在最恶劣的严冬也不例外。

乔治·波瓦坦在展示他的酿酒厂的时候特别自豪,这家酿酒厂生产的啤酒是四个县中最好的。

他家的房子非常宽敞,墙上挂着精致的草编挂饰,还自豪地展示着孩子们的艺术作品。戈登原以为会看到武器和战利品,但根本没有看到那些东西。实际上,当通过围着带刺铁丝网的高大栅栏时,戈登几乎找不到任何关于那场长期战争的痕迹。

第一天,波瓦坦没有谈正事。一整天他都带着客人们到处走动,指导为他们举办的赠礼活动的筹备工作。快到傍晚的时候,作为主人的波瓦坦将他们带到休息的房间后就消失了。

当戈登问到波瓦坦时,菲利普·博库托说:"我好像看到他往西边去了,朝那边的悬崖峭壁去了。"

戈登谢过他后,沿着林间一条砾石铺成的小路,也朝那个方向走了过去。几个小时下来,波瓦坦巧妙地避开了所有关于正经事儿的讨论,总是借口带他们去看新东西或者通过给他们讲述他那显然无穷无尽的乡间传说来转移话题。

今天晚上的情况应该也差不多,到时候会有许多人过来见他们,可能根本不会有谈正事的机会。

当然,他知道自己不应该这样没耐心。但戈登不想再见更多的人,他想单独与乔治·波瓦坦谈一谈。

他发现那位高个子端坐在峭壁的边缘,面朝悬崖。悬崖下面,正是贝壳河与支流的交汇之处,水势汹涌。西面,海岸山脉的群山在紫色薄雾中时隐时现,飞快地融入了橘黄色和土黄色的暮色中。天空飘浮着的云朵充满了秋天的色调。

乔治·波瓦坦在一张简陋的芦席上打坐,掌心朝天放在膝盖上。战争爆发前,戈登见过类似的表情——那是在一些似笑非笑的佛像脸上。

好吧,原来我还不是最后一个嬉皮士呢。戈登心想。

这个山甲汉的无袖短袍露出了他那宽大的肩膀上面一个褪色的蓝色文身——他单指前伸,其他手指都屈向手心,在那根伸着的手指上停着一只鸽子,文身下面可以清晰地看到"空降兵"三个字。

如此文身其实并没有令戈登吃惊,波瓦坦脸上平和的表情也没有令他吃惊。从某种程度上来说,两者似乎挺配的。

他知道自己无须出于礼貌离开,只是那个人坐在那里,他也不该打扰他。他在波瓦坦右边几英尺处静静地清理出了一块地方,弯下身子也坐到地上,面朝着同一个方向。戈登根本没想打坐。十七岁之后,他一直没有练习过打坐。但他确实挺背坐着,面对太平洋方向闪烁和变化的色彩,努力让自己静下心来。

一开始,他只能想到,自己感觉多么僵硬,以及骑马奔波、睡在又硬又冷的地上多么痛苦。太阳躲到了山后,没有了阳光的温暖,阵阵寒风带来寒意。他的脑海里浮现出声音、忧虑和记忆,一团混乱。

但是没过多久,不经意间,他的眼皮开始变得沉重,一点点往下沉,大概沉到一半又停了下来,睁不上去,也沉不下来。

如果他不知道发生了什么,他肯定会感到惊慌。但这只是比较入神的沉思状态而已,他熟悉这种感受。他想,管它呢,随它去吧。

他这样做是想与波瓦坦比一比,还是想让他知道他并不是唯一一个在美国文艺复兴时期出生、还记得一些东西的孩子?

或者只不过因为他累了,而日落又如此美丽?

戈登感到内心澄澈。肺叶似乎在污浊的废土中沉寂了太久,不愿意敞开自己。他努力深呼吸,但他的身体似乎出离了他的控制。和煦的微风拂在他脸上,又一点点深入了他的喉咙,就像女人的手指轻轻抚过紧绷的肩膀,敲击他的肌肉,直到肌肉自动放松下来。

*颜色……*他看着天空,心在胸中怦怦跳动。

他上次这样心无旁骛地坐着是什么时候?感觉就像是上辈子的事情。是因为他无能为力的事情太多了吗?

它们……

在自然放松的状态下,他的肺叶慢慢复苏,开始吐故纳新。

"*颜色……*"他的左边传来了平静的声音,"我过去经常想,这些落日是不是上帝最后的礼物……与他给诺亚的彩虹相配,只是他要说的是……'再见'……他抛下了我们。"

他没有回答波瓦坦。没有回答的必要。

"但是经过对它们的多年观察,我觉得大气正在慢慢地自我净化。它们与战争刚刚结束时相比已大不相同。"

戈登点了点头。为什么人们提到落日,总觉得那是在海岸边上的事呢?大草原上不也有日落景象吗?他还记得那是"三年寒冬"之后,天空放晴,终于能看得到日升日落了。这就像上天的调色板满溢而出,各种颜色绚丽多彩,异彩纷呈。

戈登不用转头看也知道,波瓦坦并没有动。他还是以原来的那个姿势坐着,静静地微笑着。

这位灰头发的乡绅说:"有一次,大概是十年前,当时我正在养伤。就像现在一样,我坐在这里,面对落日沉思,突然看到下面的河边有什么在移动。一开始,我觉得应该是人。我立即跳出沉思,向下追过去想探个究竟。尽管很远,但有种直觉告诉我,那不是敌人。"

"在靠近的过程中,我尽量不发出声音,距离目标仅几百米的时候,我取出了经常放在袋子里的单筒迷你望远镜,开始仔细观察。"

"它们并不是人。它们手挽着手在河岸上行走,他扶她走过石子遍布的河岸,她背着一捆东西,嘴里轻轻念叨着什么,当我看到这一幕的时候,你可以想象我有多吃惊。"

"真的是两只黑猩猩,或者说可能一只是黑猩猩,另外一只是较小的类人猿,甚至可能是一只猴子。我还没能确定它们到底是什么,它们就消失在了热带雨林中。"

十分钟以来,波瓦坦第一次眨了眨眼睛。那个画面在戈登的想象中非常清晰,好像他从波瓦坦的记忆中亲眼看到了很久以前的那一天。他为什么要告诉我这个故事?

"它们以及如今在喀斯喀特山脉中活动的美洲豹肯定是从

波特兰动物园里逃出来的。这是最简单的解释……它们一路向南行走了多年,寻找食物,避开人们的视线,互相帮助,它们肯定是想去更加暖和的地方。"

"我意识到,它们正向贝壳河的南部支流走去,正好会进入霍恩主义者的领域。"

"我能做什么呢？我考虑过试图赶上它们,或者说至少改变它们的去向。但我似乎除了吓跑它们外,什么也做不了。总之,如果它们能够一路走到这里,它们又怎么会需要我警告它们靠近人类很危险呢？

"它们原本被关在笼子里,现在获得了自由。当然,我不会蠢到觉得它们更加开心了,但它们至少逃脱了别人的摆布。"

波瓦坦停顿了一下,"这一点弥足珍贵。"

他又顿了一下,"我让它们走了。"说完,他结束了这段故事,"我坐在这里看落日、反思自己的渺小时,常常会猜想它们现在过得怎么样。"

戈登最终完全闭上了眼睛。一阵沉默后他吸了几口气,努力将那份忧伤抛到一边。他明白了波瓦坦想通过这个奇怪的故事告诉他的东西。

他反过来也有话对波瓦坦说。

"帮助其他人未必等同于受人……"

感到有些不对劲,他闭上嘴睁开眼睛,却只看到波瓦坦离去的身影。

那天晚上,各地的人们都聚到了一起,男男女女的数目超出了戈登的预期,他原本觉得这个人烟稀少的山谷中不会有这么多人。他们为这位来访的邮差以及他的同伴举办了一场庆祝活动,不但有孩子们的合唱,还有小剧团表演的滑稽短剧。

与北方常常唱的那些在电视和电台中播放的流行歌曲不同，这里没有煞费苦心回想起来的广告歌曲，也没有什么班卓琴和原声吉他演奏的摇滚乐。这里的音乐可以追溯到更加古老的年月。

留着胡子的男人、穿着长长的连衣裙的家庭主妇在火堆和灯火旁边唱歌——这很像是一场两百多年前的聚会，那时白人第一次来到这个山谷定居，大家聚在一起做伴，抵御冬日的寒冷。

在民谣歌唱大会上，约翰尼·史蒂文斯成了北方人的代表。他带来了自己视如珍宝的吉他，他弹吉他的天赋令这里的人们赞叹不已。观众们不停地报以掌声，甚至激动得直跺脚。

一般情况下，这样的活动是非常有趣的，戈登可能会欣然参与其中，从自己的旧节目单中选一个来表演。在机缘巧合成为"邮差"前，他一直是到处流浪的游吟诗人和歌者，一路上靠卖唱和讲故事换取一日三餐。

在离开科瓦利斯的前夜，戈登听过了爵士乐以及德彪西①。那是否会是他最后一次听到这种音乐？

但戈登知道了乔治·波瓦坦想通过这个活动达到的目的。他在推迟冲突的发生……让威拉米特河谷焦急地等待……然后做出自己的判断。

他在悬崖边给戈登留下的印象并未改变——长头发，诙谐，波瓦坦就是嬉皮士老去后的形象。九十年代早已结束的运动正是这位乡绅领导风格的最好写照。

比如，在卡马斯山谷，显然每个人都是独立和平等的。

---

①阿希尔-克劳德·德彪西（Achille-Claude Debussy，1862—1918），欧洲音乐界颇具影响的作曲家、革新家，同时也是近代"印象主义"音乐的鼻祖。

乔治哈哈大笑的时候，其他人也会大笑起来。这似乎很自然。他无须居高临下发号施令，便能令人们信任与折服。在这样和谐的气氛下，戈登连皱一下眉头的欲望都没有。

在曾经称为"软"技术——即那些不需要金属和电的技术方面，这些人与威拉米特河谷中忙碌的技工一样厉害。从某些方面来说，或许他们还要更厉害一些。这无疑是波瓦坦坚持要展示一下他那农场的原因：让访客们看到，他们并不是在与一个部落社会打交道，这里的人们也是文明的，只是表现形式不同。戈登计划的一部分是要证明波瓦坦是错的。

终于，是时候拿出他们一路带过来的"来自独眼巨人的礼物"了。

约翰尼·史蒂文斯在一个被科瓦利斯的技术人员修好的彩色屏幕上展示了卡通绘图的游戏，这里的人们看得目瞪口呆。他又给他们看了一个视频，放的是一场有关恐龙和机器人的木偶戏。那些形象和响亮的声音顿时让包括大人和孩子在内的所有人都开怀大笑起来。

然而，戈登再次察觉到他们的情绪中有一种莫名的东西。人们欢呼了，也大笑过了，但他们的掌声似乎是献给一个聪明的把戏。把这些机器带过来是为了激起他们的兴趣，让他们再次对高科技产品产生需求。但戈登在观众的眼中并没有发现渴望的眼神，也没有发现他们想要再次拥有这类神奇东西的迫切感。

轮到菲利普·博库托展示的时候，一些人确实端坐了起来。这位前海军陆战队员提着一个磨损的皮制小旅行包走到了他们面前，从包中取出了一些新式武器。

他展示了毒气弹和地雷，还告诉他们如何使用它们来防守重要的据点。菲利普还描述了即将从独眼巨人的车间里出厂的夜视仪。不安的情绪从一个人蔓延到另一个人,他们都是这场长期战争中的老兵,为了对抗可怕的敌人,有些人还留下了累累伤疤。博库托说话的时候,人们不停地朝站在角落里的那个高个子看。

波瓦坦没有明确表示什么,也没有明确做什么。他一副彬彬有礼的样子,只是打了一次哈欠,还端庄地用手捂住了嘴。一件件武器展出的时候,他尽情微笑着,戈登有些害怕,觉得单从肢体语言来看,那个人似乎认为,这些礼物稀奇古怪,或许还挺精巧……但其实没什么用。

可恶。但戈登真的不知道如何回击。过了一会儿,屋里充满了这种敷衍的微笑,他明白是时候放弃这一招了。

德娜让他带上了她的礼物:针线、中性肥皂以及新式半棉内衣(敌人入侵前,她们已经开始再次在塞勒姆织这种内衣了)。

"戈登,它们能够让女人们动心。它们要比你那些小口径的超高速炮弹和一些花里胡哨的东西有用。相信我。"

不过,上一次他相信她,结果一具瘦弱、令人悲痛的尸体躺在了覆盖着白雪的雪松下面。那时,他已经受够了德娜的伪女权主义。

不过,反正情况还能糟成什么样呢?是我过于草率了吗?或许我们应该带更多的普通东西过来,比如说牙粉、卫生纸、陶器和新的亚麻床单。

他摇了摇头,过去的就让它过去吧。他示意博库托将小旅行包收起来,开始用第三招。他拿出挎包,将它递给了约翰尼·史蒂文斯。

人群顿时安静下来。戈登和波瓦坦在屋内对望着,约翰尼自豪地穿着制服站在摇曳的火光前。他翻着信封,为了将信送出去,开始大声读出信封上的名字。

戈登在威拉米特河谷依然文明的地方进行了广泛的动员,只要谁在南部有认识的人,戈登他们就请他向南部的人写信。当然,大多数目标收信人肯定早已不在人世。但是,有几封信必定会送到收信人或者其亲戚的手上。理论上来说,可能会重新建立起旧联系。求助的请求将不会再那么抽象,会变得更加与个人相关。

这个主意不错,但还是没有出现预期的反应。无人接收的信一封封增加。约翰尼读出了一个又一个名字,却始终无人回应,戈登发现这引发了不同的联想。

这让卡马斯山谷的人们想起了多少人已经牺牲,在艰难的时代,幸存下来的人是多么的少。

现在他们似乎最终过上了和平的生活,显而易见,他们不想为几乎一点都不认识的人(那些人已经过了几年的安逸生活)再次牺牲。少数几个来认领信的人在接信的时候似乎有些不情愿,连信的内容都没读就将它们折了起来。

当听见自己的名字被叫到时,乔治·波瓦坦看上去相当吃惊。但他只是耸了耸肩,取走了一个包裹和一封薄薄的信后,那丝困惑就迅速消失了。

戈登意识到,事情进展得一点儿都不顺利。约翰尼完成了他的任务,看了他的领导一眼,似乎在说,现在怎么办?

戈登只剩下最后一招了——他最讨厌的一招,但也是他最擅长的一招。

可恶,但别无选择了。

他走到火堆的前面,面对着沉默的人们,深深地吸了一口气,接着开始说谎。

他说:"我来这儿是想告诉你们一个故事。我想告诉你们很久以前的一个国家。它可能听起来相当熟悉,因为你们当中许多人都是在那里出生的。这故事应该会让你们感到吃惊,因为我自己就常常为之惊讶不已。

"这是一个奇怪的故事,有一个国家拥有二点五亿人口,该国人民的声音曾经响彻苍穹,正如今天你们让自己的歌声充满了这个完好的大厅。

"他们是一个强大的民族,是世界上出现过的最强大的民族。但这似乎对他们来说并不怎么重要。当他们有机会征服整个世界的时候,他们忽视了那次机会,似乎他们要做的事情要比征服整个世界有趣得多。

"他们惊人的疯狂。他们开怀大笑,发明创造,还争论不休……作为一个民族,他们总觉得自己犯下了许多错误:这么做的潜在目的是要让他们自己更好,让别人更好,让地球更好,让人类一代比一代更好,你们若是不了解这一点,会觉得这种行为很奇怪。

"你们都知道,夜晚仰望月亮或者火星是为了看那些人在这两颗星球上面留下的足迹。你们当中有些人还记得坐在家里,看着那些足迹留在星辰上的瞬间。"

今晚,戈登第一次感觉到自己吸引了他们的全部注意力。他看到有人将目光移到了自己制服上的徽章以及他那顶邮差帽顶部明亮的骑马者铜像上。

他告诉他们:"那个国家的人们确实很疯狂,而且他们的疯狂无人能望其项背,他们的疯狂前无古人。"

一个脸上有伤疤的人在人群中格外显眼。戈登仿佛看到了一道道从未愈合的旧刀伤。

戈登说话的时候，直盯着那个人看。

他说："如今我们过着刀上舔血的日子，但在曾经的那片土地上，人们大都通过和平的方式消除分歧。"

他转向了妇女们，她们准备食物，打扫卫生，为这么多人摆放食物，已经筋疲力尽，倒在了长凳上。火光下，她们布满皱纹的脸庞轮廓分明，有几张脸上显露出了伤疤，可以看出那是水痘或者严重的腮腺炎、战争时期的疾病，还有在卫生设施破坏后卷土重来的瘟疫造成的。

"他们认为干净、健康的生活理所当然。那种生活比我们这些难挨的年份安稳美好得多。"

他又低声补充说："或许也要比今后的生活美好。"

现在，人们不再看波瓦坦，而是全看着他了。不仅那些年纪较大的人眼中闪着泪花，一个还不到十五岁的小男孩也大声哭了出来。

戈登展开双臂，"那些被称为美国人的家伙到底是群什么样的人呢？你们还记得他们是如何自我审视的，通常他们都批评得很对。他们傲慢自大、争论不休，还常常目光短浅……

"但他们不应该承受发生在他们身上的一切！

"有人说他们僭越上帝之职——创造能够思考的机器、赋予肉体新的力量，改变自然环境；有人说击倒他们的是他们自己的骄傲。"

他摇了摇头，"一派胡言！人们怎么可能会因为追求梦想、追求进步而受到惩罚？不可能是这样。"

他紧握拳头，"人类不能像动物那样度日！我们能从过去的失败中学到很多——"

戈登话没说完，突然停了下来，这超乎了他的意料。他正要开始说谎,向波瓦坦讲述编造的故事时,喉咙哽咽了。

但他的心在剧烈跳动。戈登觉得口干舌燥,几乎说不出话来,他眨了眨眼睛。怎么回事?他想,告诉他们,现在就告诉他们!

"在东部……"戈登发现博库托和史蒂文斯正盯着他看,"在东部的群山和沙漠中,这个伟大国家正在从灰烬中东山再起……"

他再次停了下来,艰难地吸了一口气。感觉就像是有谁攥住了他的心,如果继续说下去,他的心脏就会被挤压得停止跳动。某种东西正在阻止他用那种熟练掌握的调子讲述虚构的故事。

所有人都围着他,等着他继续往下说。他们被完全迷住了,这些可都是成年人啊!

摇曳的火光下,戈登看到乔治·波瓦坦那张悬崖般棱角分明、无动于衷的脸庞时,一下子明白了问题所在。

他这是第一次尝试着在一个显然比自己强大得多的人面前,讲述"重建后美国"的虚构故事。

戈登知道,故事的可信度至关重要,但讲述人的人格魅力也不可或缺。他能让他们相信,东部的群山之中,这个国家正在复兴,但如果乔治·波瓦坦只是微微一笑、随意点点头、打个哈欠,却没有明确表态,最终结果不会有任何不同。

仿佛那只是一段尘封的往事,无关当下,也不甚要紧。

戈登闭上了半开的嘴巴。人们抬起头期待地看着他。但他摇了摇头,不再讲述那个虚构的故事以及那次灭世的战争。

他低声说:"东部太遥远了。"

接着他抬起头,声音恢复了一些力量,"如果我们活得够长的话，那里发生的情况可能会影响到我们。但当务之急不是东部，而是俄勒冈，我们得在这里独自支撑，得把它当成另一个一息尚存的美国。

"我们的国家还在战火余烬中灼烧，如果你们伸出援手，它就会再次绽放光芒，给这个灰暗的世界带去光明。相信我，未来取决于今日的行动。如果说美国象征着什么的话，那就是在最艰难的年代，人们依然能够表现出最好的一面，在最紧要的关头，人们依然可以互相帮助。"

戈登转身直视乔治·波瓦坦。他放低了声音，但依然铿锵有力：

"如果你们忘记了这一切，如果我所说的一切对你们来说都不重要，那我只能说，你们真是可怜。"

时间似乎在这一刻停留，该说的都已经说了。波瓦坦纹丝不动，像尊正在冥思苦想的雕像。他脖子上凸起的青筋十分显眼，就像打结的绳子。

无论这个人的脑子里在做什么斗争，那也不过只有几秒钟而已。波瓦坦悲伤地微笑了一下。

他说："我明白。督察先生，你说的可能是对的。我想不出一个很好的回答，只能说我们大多数人都在不断地奉献，直到我们被消耗殆尽。

"当然，你可以再次招收志愿者。我不会禁止任何人参加。但我觉得不太会有人愿意去。"他摇了摇头，"我希望你相信，我们说对不起的时候，我们是有苦衷的。我们真的没有办法。你要求得太多了。我们刚为自己争得了和平。当下，和平甚至比荣誉感和同情心更为重要。"

戈登想，远道而来，我们这样远道而来，一无所获。

246

波瓦坦从膝盖上拿起两张纸,将它们递给了戈登。

"这是我从科瓦利斯那边收到的信,放在你的袋子里一路带过来的。虽然信封上写着我的名字,但并不是写给我的。它是写给你的……在第一页信的开头就是这么说的。

"不过,我希望你能原谅我读了里面的内容。"

他的语调中充满了同情,戈登伸手接过了发黄的信纸。

"对不起,"他第一次听到波瓦坦重复着自己的话。声音很轻,别人根本无法听到,"对不起,我也始料未及。"

9

最亲爱的戈登：

你读到这封信的时候，阻止我们已经太晚了，因此请保持镇定，让我试着给你解释一下。如果你仍然无法容忍我们的所作所为，我只能希望你能够设法真心原谅我们。

我和苏珊娜、乔以及其他女兵反复讨论过。我们在时间允许的范围内阅读了尽可能多的书，还缠着各自的妈妈或者姑姑，让她们回忆往事。最后，我们得出了两个结论。

第一个结论非常简单。显然，几个世纪以来的经验告诉我们，不应该让男性统治这个世界。无疑，你们当中有许多人非常优秀，但也有不少是残暴的疯子。

男人可以简单地分为两类，善良的那一类可以给我们带来力量、启示、科学、理智、医学和哲学，而邪恶的那一类却在花时间谋划难以想象的可怕计划并付诸实施。

戈登，有的旧书中暗含了这种奇怪分类的原因，末日之战爆发前科学可能即将要给出答案了。当时，有的社会学家（大多数是女性）正在研究这个问题，提出了各种难以解答的问题。

但无论他们研究出了什么，现在我们都找不到了，只有一些最简单的事实。

写到这里,戈登,我几乎能听到你的回答,说我又在夸夸其谈,过分简化情况,"根据微乎其微的资料进行归纳"了。

但有一点很明显,"男人"们在取得伟大成就和胡作非为的过程中都有许多女人参与。

同样明显的是,大多数男人都处在我所说的好坏两个极端之间。

然而戈登,处在中间的那些人没有什么力量!他们无法改变这个世界,无法让这个世界变得更美好或更糟糕。他们无关紧要。

你瞧,戈登,我觉得你似乎就在我身边,我很清楚你又会说些什么。尽管我从未忘记生活带给我的艰辛,但对于这个时代的女性来说,我想必算是受过良好教育的了。过去一年中,我从你那儿更是学到了许多东西。认识你让我相信自己对于男人的看法是对的。

我的挚爱,面对现实吧。单靠你们这些好男儿不足以赢得这场战争。你以及像你这样的人是我们的英雄,但那些狗娘养的东西在占上风!他们随时可能前来突袭,单靠你们无法阻止他们。

戈登,人性中还有另一种力量。早在末日之战爆发前,这种力量就打破了你一直以来参与其中的斗争的平衡。但这种力量是慢性或者说隐性的……我也不知道。不过,不知怎么回事,这种力量无法以直接的方式发挥作用。

威拉米特河谷军队的女兵认识到的第二点就是,我们还有最后一次机会,去完成过去女性没有完成的使命。

戈登,我们自己将去阻止那帮狗娘养的东西。我们将最终完成自己的使命……从男人中选出"疯狗"并杀掉他们。

请原谅我。其他人要我告诉你,我们会一直爱着你。我永远忠于你,一如既往。

德　娜

"不要!……我的天啊……不要!"

戈登突然从噩梦中惊醒,发现自己已经迷迷糊糊地站起了身。夜晚的篝火还在闷烧,离他光着的脚趾只有几英寸距离。他展开的双臂似乎正在抓什么东西,或者什么人。

他的身体摇晃着,觉得今晚自己的梦散到了森林的各个地方。刚刚还在睡梦中的时候,缠着他的鬼魂再次出现。那台死去的机器一直对他喋喋不休,还变得越来越不耐烦。

……谁将为那些愚蠢的孩子负责?

一排排不停闪烁的灯,低温下机器发出的悲叹,为活着的人类不断失败而感到的绝望。

"戈登?怎么了?"

约翰尼·史蒂文斯坐在铺盖上揉了揉自己的眼睛。天空阴沉,篝火还有余烬,夜空中点缀着几颗不太耀眼的星星,微弱的星光穿过相互交错的树枝。

戈登摇了摇头,部分原因是为了掩饰自己的颤抖,"我只是想去看一下马和放哨的人。约翰尼,你继续睡吧。"

这位年轻的邮差点了点头,"好。告诉菲利普和卡尔,换岗的时候,让他们叫醒我。"

约翰尼躺了下去,披了披肩膀处的被子,"戈登,小心。"

没过一会儿,他就再次发出了轻微的鼾声,一脸安详。约翰尼已经习惯了艰苦的生活,这一点让戈登吃惊不已。就算已经苦挨了十七年,他还是无法适应。尽管快到中年,他还不时幻想,自己将在明尼苏达州的学生公寓里醒来,所有的污垢、死亡和疯狂都是一场噩梦,那样的世界永远不会真实出现。

在一堆木炭的附近,一排波浪般起伏的铺盖紧紧地靠在一起。那里是八个正靠在一起取暖的人,其中就有约翰尼、亚伦·希梅尔和从卡马斯山谷招来的所有战士。

志愿者中,有四个是男孩儿,连胡子都没长出来,其余的都是老头儿。

戈登不想思考,但当他穿靴子和羊毛外套的时候,记忆情不自禁涌现出来。

尽管乔治·波瓦坦几乎完全取得了胜利,但他似乎急不可耐地想看到戈登和他那群人离开。这些访客让这位舒格洛夫山的领袖相当不舒服。他们不离开,他管理的这块区域就会发生变化。

除了那封疯狂的信外,德娜另外还发了一个包裹。尽管戈登不同意,但在另外那个包裹中,她给波瓦坦这边的妇女送了一些礼物,还是以"美国邮政"的名义寄送的,里面是一块块小肥皂、针、内衣、油印的小册子;此外,还有一小瓶一小瓶戈登在科瓦利斯的中心药房中看到过的药丸和药膏。他也曾看到过她那封信。

这一切让波瓦坦感到困惑不解。德娜的信和戈登的演讲一样令他感到不安。

戈登匆匆收拾东西准备离开的时候,波瓦坦跨坐在一把椅子上，"真是奇怪，这姑娘显然非常聪明，但她怎么会有这么古怪的一套想法？难道没有人去关心她，给她灌输些理智吗？以她们那群小女生的娇弱躯壳对抗霍恩主义者，她们觉得能取得什么成果呢？"

戈登知道不回答会让波瓦坦难受，但他还是懒得回应。反正，他急着离开。他仍然希望能在她们做出自末日之战爆发以来最愚蠢的行为之前，及时赶到，阻止那群侦察兵。

但是波瓦坦还在继续探究，他似乎真的很困惑。他也不习惯拖拖拉拉。最终，戈登发现自己其实已经在为德娜说话了：

"乔治，要是你，你会让人给她灌输什么'常识'？在卡马斯山谷，一群面如死灰的女人为洋洋自得的男人们烧饭，难道要灌输这种思想吗？还是她应该在别人和她说话的时候才能说话，就像罗格河村和目前尤金市的可怜女人一样，活得像牛马一般？

"她们或许错了，甚至可能疯了，但至少德娜以及她的同伴不只关心她们自己，而是有勇气为目标而奋斗。乔治，你呢？你有这种勇气吗？"

波瓦坦低头看着地面。戈登几乎听不到他的回答："一个人应该只关心重要的东西，什么地方写到过这一点？很久以前，我为许多重要的东西奋斗过……比如重大问题、原则和国家。这些东西如今在何方？"

他抬头看着戈登，蓝灰色的眼睛睁得不大，眼神中流露出了悲伤，"你知道，这些年的经历让我悟出了不少。我发现这些'重要的东西'不会反过来眷顾你。它们只知道不断索取，从不回馈。如果你永不放手，它们将榨干你的血，让你心力交瘁。

"我外出为重要的东西而战时，失去了妻儿。他们需要我，但我必须离开他们，努力去拯救世界。"波瓦坦说到"拯救世界"

这个词的时候哼了一声，"如今，我为我的人民、我的农场以及一些我能够掌控的、不那么重要的东西而战。"

戈登看见波瓦坦结着硬茧的大手弯曲着，好像要使劲抓住生命一样。那个瞬间，他发现波瓦坦也会害怕，他之前从未意识到这一点。

他的眼神中流露出了某种罕见的恐惧。

在戈登所住的客房门边，波瓦坦转过身来，动物油脂制成的蜡烛烛光摇曳着，映照出他轮廓分明的脸庞，"我觉得我知道你那个疯狂的女人为什么要这么做了——和她信中写的'英雄和恶人'理论无关，那不过是胡扯。

"至于其他女子，她们不过是因为在绝望之中需要一个领袖罢了。她带领着那群可怜的同伴去发起进攻……"波瓦坦摇了摇头，"她觉得自己这样做是为了大局，但其中也多少带有私利。

"她这样做是出于爱，督察先生。我认为她是为了你一个人才这样做的。"

他们最后互相看了看，戈登意识到，因为他将愧疚感硬塞给了波瓦坦，后者开始对这位来访的邮差产生了兴趣。

戈登向这位舒格洛夫山的乡绅点了点头，收下了预付的邮资。

他离开温暖的木炭堆，摸索着朝马匹走去。小心翼翼地上路之后，一切似乎都挺顺利，尽管这些马儿还有点不安——毕竟，今天它们赶了一天的路。他们走过了战前里莫特镇的废墟，接着又将贝尔格里克露营地甩在了身后。如果他们明天真的继续保持这速度的话，卡尔文·刘易斯觉得他们可能在夜幕降临后不久就到达罗斯镇。

波瓦坦非常慷慨,为他们的旅途提供了充足的补给。他还将最好的马匹给了他们。这些北方人想要的东西,他们都可以满足。当然,乔治·波瓦坦本人不会跟他们走。

戈登轻拍嘶叫的马儿,走出树林。他还是无法相信他们远道而来竟会白跑一趟。失败的滋味尝起来无比苦涩。

……闪烁的灯……早已死去的机器的声音……

戈登微笑了一下,但并不高兴。

"独眼巨人,如果我让你的鬼魂缠上他,难道你觉得我还会空手而归吗?但你想缠上像他那样的人可不容易!他要比我强大。"

……谁将负起责任……

周围一片漆黑,他急忙轻声说:"我不知道! 我不想再管了!"

现在,他离露营地已有四十英尺。戈登突然觉得,如果愿意的话,他可以一直这样走下去。即使现在就这么走掉,他的状况也比十六个月之前要好上不少。当时他遭到抢劫又受了伤,在一个布满尘埃的高地森林中遇到了那辆古老破旧的邮政吉普车。

他拿走制服和邮包只是为了生存,但在那个奇怪的晚上,他仿佛被鬼魂附了身,那景象在他心中日夜萦绕,挥之不去。

在松景村,他无意间开始了自己的传奇故事。从那以后,他这个像"苹果佬约翰尼"①一样的"邮差"便一发不可收拾,无论他愿意与否,"重建后美国"这个荒唐的故事都迫使他承担起了整个文明的责任。他的生命已经不再只属于他个人。但是现在,

---

①约翰·查普曼(John Chapman,1774—1845),美国西进运动中的传奇人物,在苹果的种植和传播过程中发挥了重要作用,绰号"苹果佬约翰尼"。

他可以改变这种状况！

只需要一走了之。

戈登对于在林中穿行早已驾轻就熟——凭着对小路的认识和方向感，他在漆黑的环境中摸索着。他感受着脚下的树根和小沟，走得非常平稳。

在这种几乎漆黑的环境下行走需要注意力特别集中……就像是在坐禅修炼，要像两天前在落日下沉思，俯瞰贝壳河奔流交汇时那样超然物外，但又要比那更机敏。他渐渐觉得自己似乎越走越高。

无须睁眼细看，无须侧耳倾听，自有拂过的风指引着他。此外，还有红雪松的味道以及远处太平洋散发出的若有若无的咸腥味指引着他。

只需要一走了之……他欣喜地意识到自己找到了一个对抗鬼魂的咒语！这个咒语能够消除他脑海中不断闪烁的小灯。

他在黑暗中大步流星地走着，几乎忘却了脚下的土地，那句咒语随着他的重复越来越响。只需要一走了之！

上行的旅程突然中断，他绊到了完全不在意料之中的东西上，森林的地上本不该存在的东西。

他倒在地上，除了压断了一些白雪覆盖的松针外，几乎没发出什么声音。戈登向四周摸了摸，但还是不知道绊倒他的是什么东西。不过，那东西碰上去软软的。他拿开手的时候感觉手上黏糊糊、暖烘烘的。

突如其来的恐惧让戈登的瞳孔顿时放得很大，这是前所未有的。他俯身前倾，一张死人的脸突然出现在他的眼前。

年轻的卡尔文·刘易斯正盯着他，这男孩一脸惊讶，脸部已经冻僵。他被割断了喉咙，手法老道。

　　戈登赶紧往回跑,却被附近的一截树干绊倒。恍惚中,他意识到连绑在皮带上的刀和袋子都没带在身上。不知道怎么回事,或许是因为乔治·波瓦坦所辖山区的神奇氛围,使他放松了警惕。这可能是他此生所犯的最后一次错误。

　　黑暗中,贝壳河分岔口的河水哗哗奔流。敌人的大本营在河的对岸。但他们已经渡过河了。

　　敌人的伏兵还不知道我在这里。否则他这样一路走来,还喃喃自语,断然不可能活到现在,所以对方的包围圈可能存在缺口。

　　又或许他其实依然处于监视中。

　　戈登非常熟悉他们那一套。先干掉哨兵,然后迅速突袭毫无防备的露营地。现在,那些男孩和老人睡在篝火边上,乔治·波瓦坦已经不在他们身边。他们本不应该离开波瓦坦的山头的。

　　戈登弯下了身子。只要他静静地躲在这棵树的根部,来突袭的人永远不会找到他。屠杀开始后,趁霍恩主义者忙着收集战利品的时候,他可以不留痕迹地钻入茂密的树林中逃走。

　　德娜说过,两类男人至关重要……处在这两类男人之间的男人无关紧要。

　　他想,没事,让我也成为中间这类男人的一员吧。无论如何,活着总比当个"至关重要"的死人好。

　　他蹲了下来,尽量不发出声音。

　　露营地那个方向传来了一根小树枝断裂的声音,非常轻,几乎听不到。一分钟后,一只"夜鸟"在稍远一些的地方发出了叫声。鸟叫声传过来,有所减弱,但完全可以听到。

　　戈登静静地听着,发现自己其实可以听到那个致命包围圈的缺口正在被封上。他所在的这棵树已经脱离包围圈,完全不在那个不断缩小的死亡圈内。

他告诉自己,别出声,静静等待就会一切平安。

他努力不去想象隐匿的敌人,那些脸上涂着伪装的畜生肯定正一边挥舞着抹了油的刀,一边咧嘴笑呢。

不要想它!他努力闭上眼睛,倾听自己怦怦的心跳声,同时摸着戴在脖子上的细链子,那上面有阿比的口哨。自离开松景村以来,他一直戴着它。

对啊,想想阿比。他想象着她微笑、开心的模样,但他内心仍在挣扎。

霍恩主义者在封死包围圈的缺口前,肯定要干掉所有哨兵。就算他们还没有干掉另外那个哨兵——菲利普·博库托,那也快了。

他紧紧地握着阿比的礼物。挂在脖子上的那条链子被拉紧了。

博库托……保护他的指挥官从不含糊……在下雪天,为戈登做脏活儿……全心全意为一个虚构的故事服务……为一个早已灭亡并且永远不会复兴的国家服务。

博库托……

戈登发现自己不知道什么时候站了起来,这已经是今晚第二次出现这种情况了。无暇他顾,戈登用力吹起了阿比送给他的哨子,刺耳的哨声穿透黑夜,接着他在嘴旁把手掌窝成喇叭状大喊:

"菲利普,当心!"

……当心……当心……当心……回声四处传播,似乎惊动了整个树林。

有那么一会儿,夜仍然静悄悄的,但突然出现了六次巨大的响动,一次接着一次,速度非常快,喊叫声四起。

戈登眨了眨眼睛。无论刚刚是什么东西控制了他,现在后悔都已经太晚了。他必须继续下去。

他尽可能大声地喊道:"他们进入了我们的圈套!乔治会去对付河那边的敌人!菲尔,掩护右边!"

好一场即兴表演!尽管他的话可能淹没在了喊叫声、枪声以及生存主义者作战的号角声中,但这种混乱的局面打乱了他们的作战计划。戈登不停地喊叫、吹哨子,试图迷惑伏兵。

那些人喊叫了起来,一个个黑影努力钻入矮树丛中。拨弄过的篝火蹿起了高高的火焰,将林木投射成纠结的影子。

如果战斗持续整整两分钟后还没结束,戈登知道那意味着还有一线生机。他喊叫着,似乎自己正带着所有的增援人员。

他喊道:"别让那些畜生逃到河的另一边!"似乎确实有人往那个方向匆忙逃跑。尽管他没有武器,但他不断从一棵树的下面躲到另一棵树的下面,向战斗的地方靠近。"把他们困住!别让他们……"

这时,旁边那棵树下突然出现了一个身影。他距离戈登只有十英尺,但由于那脸上抹的灰泥黑白相间,令人看不真切。那人咧嘴笑着,露出了有缺口的牙齿。那张带着恶毒微笑的面孔下是一副健硕的身躯。

这个生存主义者说:"你可真够烦的。"

"内特,应该让他安静点,对吧?"他黑色的眼睛瞟向了戈登的背后。

虽然这可能是个诡计,根本不存在另一个霍恩主义者,戈登还是下意识地转过了身。

　　他的走神只有一瞬间,但对敌人而言已经足够长。那个穿着迷彩服的家伙动作快得惊人。比戈登大腿还粗、比岩石还硬的拳头落到了他身上,戈登应声倒地。

　　一阵剧痛,眼冒金星。怎么会有人动作这么快? 他自问道。

　　这是戈登昏过去前的最后想法。

10

天气寒冷,薄雾笼罩,雨水将本就泥泞的道路变成了泥沼,俘虏们在泥沼中拖着脚步。他们低垂着头,在泥里艰难前行,努力跟上马儿和骑马的人。这三天来,他们的所思所想几乎都是加快步伐,以免遭到更多毒打。

现在,胜利者已经卸下了作战时的伪装,但看上去仍然令人害怕。他们穿着冬季迷彩皮大衣,骑在卡马斯山谷的那些被他们缴获的马上。那位最年轻的霍恩主义者骑在最后面,耳朵上戴了只金耳环。他不时转过头来怒吼俘虏,拉扯绑在第一个俘虏手腕上的绳索,迫使所有被绑成一串的俘虏大步向前。

沿途到处都是一波波难民留下的垃圾。经过无数小规模的战斗和屠杀,最强的人占领了这块的地方的高处。那就是内森·霍恩的天堂。

这支队伍经过了多个从战争中幸存下来的居住区,那些地方又脏又挤。他们每经过一个残破村庄,都会有一群可怜的人出来低着头表达他们的敬意。不时会有一个不幸的人无缘无故地遭到骑在马背上的人的鞭打,最后不得不蜷成一团。

这群强盗离开后,村民们才敢再次抬起头来。他们看着喂得饱饱的马儿渐渐远去,但疲惫的眼中并没有流露出仇恨,只有饥饿。

农奴们几乎没有看新的俘虏一眼。俘虏们也没有看他们一眼。

俘虏白天一直赶路,几乎没有休息。晚上则被分开,以防他们相互交谈。他们没有篝火,只能倚着马取暖。接着,黎明到来的时候,喝一点稀粥,就又开始徒步前行。

第四天的时候,两个俘虏死了。还有两个因为身体太虚弱,无法继续上路,留在了霍恩主义者控制的一个小庄园里,那个小庄园是胡乱搭建而成的。让他们留下来是为了代替被处死的农奴,后者的尸体还钉在路边的十字架上,以警示那些意图造反的人。

这几天,戈登几乎只能看到他前面那个人的背。他越来越讨厌绑在他腰后面的那个俘虏。每次那个人一绊倒,突然猛地一拉,他的手臂以及两侧的肌肉就会抽搐。终于,那个人也消失了,只剩下两个俘虏跟着缓慢而行的马儿。尽管他不知道那个人是否已经死了,但戈登对他颇为羡慕。

道路似乎没有尽头。几天前,他就迷迷糊糊地意识到了这一点,不过那以后,他一直没有完全清醒过来。虽然非常痛苦,但他有点儿喜欢这种昏昏沉沉、一成不变的状态。没有鬼魂缠着他,不需要面对复杂的情况,没有罪恶感。其实一切都相当简单。一步步往前走,给什么吃什么,一直低着头。

有时,他发觉另外那个俘虏在帮自己,他们在泥沼中艰难前行的时候,那个人会用肩膀去承受他的部分重量。在半清醒状态中,他纳闷儿为什么会有人这样做。

最后他眨了眨眼睛,看到自己的手已经松绑了。他们站在一片杂乱无章、臭气熏天的简陋小屋附近。在不远处,还可以听到湍急的水声。

其中一个声音比较刺耳的男子说:"欢迎来到阿格尼斯镇。"有人用手在他背上推了一把,俘房们被推搡着倒在了一摞脏兮兮的稻草堆上,随之而来的是大笑声。

他滚到稻草堆上懒得动。这是一个睡觉的机会。这会儿,睡觉才是最重要的。这次也没有做梦——在这天余下的时间里、晚上还有第二天早上,损伤的肌肉都无法动弹,只是不时地抽搐。

当太阳高高在上,刺眼的阳光照到眼睛的时候,戈登才醒过来。他滚到一边,呻吟着,一个身影走了过来。

戈登的眼皮像生锈的百叶窗一样跳动,几秒钟后才停止抽搐。又过了一会儿,他才认出来人。他首先想到的是,那熟悉的微笑中少了一颗牙。

他用嘶哑的声音说:"约翰尼。"

这位年轻人的脸上有水泡,还青一块紫一块的。但约翰尼·史蒂文斯还是欢快地咧嘴笑着,露着牙齿上的缺口,"好啊戈登。欢迎重新成为倒霉蛋——或者说还活着的人——中的一员。"

他帮助戈登坐了起来,还舀了一勺冰冷的河水给他喝。与此同时,约翰尼说:"角落里有食物。我听到一个守卫说,我们很快就会换上整洁的衣服。所以说我们的睾丸没有作为战利品挂在某个混蛋的腰带上是有原因的。我猜,他们这么大老远地把我们带到这儿来,是要让我们见某一个大人物。"

约翰尼干巴巴地大笑了一声,"戈登,你等着好了。无论那个人是谁,我们都将说服他。或许我们可以让他当邮政局长或者其他什么职位。你教我学习实用权术的重要性时,你指的就是这个吧?"

戈登太虚弱,无法驳斥约翰尼这不可思议又令人不快的笑声。相反,他也努力微笑了一下,但破裂的嘴唇一阵痛楚。

他们对面的那个角落里传出一阵快速移动的脚步声,这表明这里并非只有他们俩。在这个棚子里,还有另外三个犯人跟他们关在一起,那几个人穿着脏兮兮、破破烂烂的衣服,眼睛中充满了怒火,他们显然在这里待了很长时间了。他们的眼睛睁得格外大,显然有些神志不清。

"有……有人从埋伏中逃脱吗?"这是戈登在神志清醒的状态下第一次有机会发问。

"我觉得有。你的警告肯定打乱了那群混蛋行动的计划。这为我们打出相当漂亮的一战提供了机会。我肯定,在被困住前,我们干掉了他们中的好几个。"约翰尼的眼睛亮了一下。这小子似乎越来越感到自豪。戈登将目光移动了别处。今晚,戈登不想表扬他的英勇表现。

"我相当确定,我杀了那个打碎我吉他的混蛋。还有一个——"

戈登打断道:"菲尔·博库托怎么样了?"

约翰尼摇了摇头,"我不知道。我没看到那些家伙割下他的黑耳朵或者其他什么黑色的东西当战利品,他或许逃脱了。"

戈登瘫软地靠在了这道围栏的木板上。湍急的水声从不远处传来,一整晚都陪伴着他们。他转身,通过又宽又厚的木板间的空隙往外看。

　　大概二十英尺外就是悬崖的边缘了。穿过零零散散漂浮的云雾,他可以看到一道峡谷,周围树木茂盛,还有一条流水很急的小河经过。

　　约翰尼似乎读懂了他的心思。这位年轻人第一次放低声音严肃地说:"戈登,没错。我们目前在中心位置。下面就是那些混蛋的基地——该死的罗格河村。"

11

接下来那一周,薄雾笼罩、阴雨绵绵的湿冷天气又变成了大雪纷飞。有的吃,又有的休息,这两名俘虏慢慢恢复了一些体力。他们两个只能相依为伴。守卫以及其他俘虏不会跟他们说一句话。

不过,了解一些霍恩主义者控制区的生活并不难。他们的一日三餐是附近破旧城镇的苦力送过来的,那些苦力没说过一句话,总是一副担惊受怕的样子。除了戴着耳环的生存主义者外,他们看到的唯一有精神气的人是那些供霍恩主义者玩乐的女人。不过,连她们白天也得干活:从冰冷的小溪中取水,或者为马厩中吃得饱饱的马儿梳洗。

这种模式似乎非常稳定,好像已经成为一种习惯的生活方式。然而,戈登相信,这个新封建社区还在不断变化中。

一天下午,他们看到一队人马来到他们这里的时候,他对约翰尼说:"他们正在为一次大行动做准备。"更多受到惊吓的农奴拖着脚步来到了阿格尼斯镇,他们推着车子,在这个日益拥挤的地方搭起了帐篷。显然,这个小山谷无法让这么多人在这里住太久。

"他们把这个地方当作了临时驻扎地。"

约翰尼说:"如果我们找到逃离这里的办法,这群乱民或许可以助我们一臂之力。"

戈登回答道:"嗯。"但对依靠这些奴隶逃离这里,他没抱什么希望。他们没有任何精气神,自身都难保。

一天午饭过后,有人命令戈登和约翰尼走出棚子并脱掉衣服。两个穿得破破烂烂、沉默不语的女人走过来收走了他们的衣服。当这两个北方人的背转过来的时候,一桶桶冰冷的河水浇到了他们的身上。戈登和约翰尼倒吸着凉气,语无伦次。守卫们都哈哈大笑起来,直到他们低着头离开,那两个女人眼睛连眨都没眨一下。

霍恩主义者们穿着黑绿相间的迷彩服,耳朵上戴着金耳环。他们在搭伴练刀,看起来似乎懒洋洋的,但实际上那动作又快又狠。这两个北方人裹着滑溜溜的毯子在一个小火堆前取暖。

当晚,他们干净整洁的衣服被还了回来。这次,一名女子稍微抬了一下头,戈登趁机看到了她的脸。她可能只有二十岁,但她的眼睛上已经有皱纹,看上去要老得多。她棕色的头发中已经夹杂有灰发。戈登穿衣服的时候,她盯着他看了一会儿。但当他想笑一下时,她迅速转身,头也不回地走了。

晚餐要比平常的馊稀饭好点儿。炒饭中还有点像鹿肉的东西,或许那是马肉。

约翰尼竟敢要第二份。其他犯人惊讶地眨了眨眼睛,缩到了自己的角落里。一名沉默的守卫吼了一声,拿走了他们的盘子。但令他们吃惊的是,那守卫给每个人又拿了一份。

天黑以后,三个戴着柔软贝雷帽的霍恩勇士跟在一个拿着火把的驼背仆人后面走了过来。那个头头儿告诉他们："过来，将军想见你们。"

戈登看着约翰尼，后者身着邮差制服，再次骄傲地站起身来。这位年轻人的眼中充满了信心。他的双眼似乎要说，毕竟，这些蠢蛋有什么东西能与戈登作为重建后美国的官员的权威性相提并论呢？

戈登记起了在贝壳河一路南行的漫长旅途中，这个年轻人是如何半背着他的。他已经没什么心思继续假装了，但为了约翰尼，他愿意再试一次那个老骗局。

他告诉这位年轻的朋友说："好吧，邮差。"戈登使了一个眼色，"无论雨雪、冰雹还是漆黑的夜晚……"

约翰尼咧嘴笑了一下，"穿过强盗横行的鬼地方，穿过枪林弹雨……"

他们一起转身，比守卫更早一步离开了这处由棚子改造的牢房。

12

"先生们,欢迎你们!"

戈登注意到的第一样东西是噼啪作响的壁炉。这个末日之战爆发前的突击队员驻地是用石头密封起来的,既舒适又暖和。他几乎已经忘记了这种感觉。

他注意到的第二样东西是丝绸摩擦发出的沙沙声,是一名长腿金发的女子从炉床的坐垫上站起身的时候发出的。这名女子与他们在这里看到的绝大多数其他女子大不相同,她穿着干净整洁、身姿挺拔,还戴着许多闪闪发光的宝石,那些宝石在战争爆发前价格不菲。

然而,她的眼周也有皱纹,她看着这两个北方人,好像他们是从遥远的月球来的一样。她一言不发,站起来,穿过一副珠帘,走出了这个房间。

"我刚说了欢迎你们,先生们。欢迎来到自由王国。"

最终,戈登转过身来,看到一个瘦瘦的、修着整齐胡子的光头。他从一张杂乱不堪的桌子后起身与他们打招呼。他的一只耳垂上戴着四只闪闪发光的金耳环,另一只耳垂上戴着三只,这是他身份的象征。他走过来和戈登握手。

"我是查尔斯·韦斯廷·比索上校,以前是俄勒冈州的律师,杰克逊县的共和党议员。我现在是美国解放军的军事检察官。"

戈登挑起一边眉毛,没有去握伸过来的手,"世界崩溃后,出现了许多'部队'。你再说一遍你属于哪个部队?"

比索微笑了一下,随意地放下了手,"我知道有人给我们取了其他的名字。我们先不说这个了,当我是沃尔西·麦克林将军的助手就可以了,他想见你们。将军马上就过来。这会儿,你们要喝点我们山村里酿的酒吗?"他从刻有花纹的橡木餐柜中取出了一只雕花玻璃瓶,"无论你们听说过什么关于这儿的野蛮生活,我相信你们至少会发现,我们完善了一些古老的技术。"

戈登摇了摇头。约翰尼盯着那个人的头看。比索耸了耸肩。

"不要? 真是可惜。或许应该另外选个时间。我希望如果我真的醉了,你们不要介意。"比索给自己倒了一杯棕色的酒,向壁炉边的两把椅子示意了一下,"先生们,请坐,你们赶了那么长的路,体力肯定还没恢复。随意点,我想知道很多事情。

"比如,督察先生,沙漠和群山另一边的东部各州情况怎么样?"

戈登坐下的时候,连眼睛都没眨一下。看来"解放军"有情报系统。比索知道他们是谁……也知道俄勒冈州北部的人们是怎么称呼戈登的。

"比索先生,那里的情况与西部差不多。人们努力生存,进行重建。"

戈登试图在脑海中重新创造出那幅幻景图——美化的圣保罗市、奥德萨市和格林湾——在一座座生机勃勃的城市的带领下,一个勇敢奋进的国家正逐步实现着它的伟大复兴,而不是他记得的那一个个狂风肆虐、被一群群机警的生存主义者洗劫一空的鬼镇。

说到那些想象出来的景象时，他的声音很严肃，"有些地方的居民比其他地方的居民幸运。他们获得了更多的东西，也希望他们的孩子能够获得更多东西。在其他一些地方，复苏一直……受阻。二三十年前，几乎毁掉我们国家的人仍然在搞破坏，仍然在抢我们邮差的东西，破坏通信。"

戈登冷冷地继续说道："既然说到这儿，我问你，你们把偷来的邮件怎么样了？"

比索戴上了一副铁框眼镜，从他旁边的一张桌子拎过来一个鼓鼓的小包裹，"我猜，你说的是这些信吧？"他打开那个小包裹。许多灰色发黄的纸张干巴巴地滑了出来，沙沙作响，"你看到了吧？我都没有否认拿了这些邮件。我想，如果接下来我们要谈点儿什么的话，应该彼此坦诚相待。"

"没错，我们的一个先遣侦查小队确实在尤金市的废墟中找到了一匹驮马——我想，那是你的——挎包里面装了些奇怪的东西。讽刺的是，我们的侦查人员拿这些东西时，你在那破镇的其他地方杀了他的两名同伴。"

戈登还没来得及说话，比索就举起一只手，"不要担心报复。我们霍恩主义者的理念不允许我们相信这一套。你连着打败了两个生存主义者，这让我们把你看成了和我们一样的人。你被抓后没有像农奴或绵羊一样遭到阉割，而依然得到尊敬，你以为是什么原因？"

比索亲切地微笑了一下，但戈登心中的怒火在燃烧。去年春天，在尤金市，霍恩主义者杀死了无辜的拾荒者，他曾见过遭到他们践踏的尸体。他记得，小马克·奥格的母亲以英雄般的姿态救了他以及她儿子的命。比索表达了自己的意思，但在戈登看来，那种逻辑既恶心又讽刺。

这个光头摊开手，"督察先生，我们承认拿了你的邮件。请恕我们无知，可以吗？毕竟，在这些信到我手里之前，我们没有一个人听说过'重建后美国'！

"当我们看到这类东西的时候，可以想象我们有多吃惊……从一个镇不远千里送到另一个镇的信、新邮政局长的委任状，还有这些，"他拿起一捆看起来挺官方的传单，"这些来自圣保罗市临时政府的宣告。"

这些话都用了安抚人心的语气，听起来相当真诚。但这个人的语调中隐藏着某种东西……戈登不知道到底是什么，但无论是什么都令他感到不安。

戈登道："那你们已经知道我是谁了，侵略却还在继续。你们入侵北部以来，我们有两个邮差失踪了，没有留下任何线索。比索上校，目前，'美国解放军'已经与美国交战好几个月了。这不是说无知就可以解释过去的。"

这段谎言编造得轻而易举。毕竟从本质上来说，这些话说的都是事实。

那场大战刚"胜利"那几周，美国还有政府，在高速公路上运输的食物和物资仍然有人保护。那几周过后，真正的问题一直是国内的混乱，而不是残余的敌人。

地窖中满满的谷物成批腐烂，农民们因为接连的瘟疫一个个相继死去。城镇中有疫苗，所以饥荒才是导致人们大量死亡的原因。暴乱和现有机构的瓦解、贸易的破灭和人与人之间的不再相互信任要比炸弹和细菌，甚至"三年寒冬"造成的死亡人数还要多。

正是像他们这样的人实施了致命一击,让数百万人的最后希望破灭。

"也许吧,也许。"比索喝了一点儿有刺激性气味的酒微笑着说,"话说回来,许多人都声称是美国领土的真正继承人。这么说,你的'重建后美国'控制着大片领土和众多人口,领袖是几个老家伙,以前还靠着砸钱在电视上登台亮相过啥的。这是不是说,那就是真正的美国?"

那张沉着冷静、相当理智的脸似乎立即变了个样,戈登看出了其中暗藏的疯狂,这么多年下来,这种疯狂的态度一直没变,甚至还在一直增强。戈登听到过这种语调……那是很久以前,那位生存主义者的"圣人"被吊死前,内森·霍恩在广播中的讲话就是这样。他被吊死后,他的追随者也这样说话。

纳粹主义的浪潮都是自我中心论作祟的结果。黑格尔、霍宾格和霍恩从本质上说是同一类人,他们都相信自己手握真理,而且根本无须现实检验。

在八十年代北美文明时期,霍恩主义的论调一直处于边缘地位。但同样邪恶的"斯拉夫神秘主义"在另一个半球掌握了大权。那种狂热最终让世界陷入了末日之战。

戈登面色凝重地浅笑了一下,"这么多年下来,谁能说什么是合法的? 但有一点可以肯定,比索,'真正的美国精神'似乎变成了对生存主义者的仇视。你们对强者的崇拜遭到了人们的憎恨,不仅在重建后美国是如此,几乎在我所游历过的所有地方都是如此。听说只要看到你们的人,长期不和的乡村就会联合起来。任何穿着部队留下的迷彩服的人都会被当场绞死。"

当时,他知道自己占了上风。这个戴着耳环的军官张了下鼻孔,"如果你喜欢,那个吊死的人可以是比索上校。督察先生,我敢打赌,有些地区并非如此。或许佛罗里达州就不是如此?还有阿拉斯加州?"

戈登耸了耸肩。第一批炸弹降临后的第二天,那两个州就没动静了。还有其他地方,比如说俄勒冈州南部,即便是很多民兵一起也不敢进入那个地区。

比索站起来,走向一个书架。他取出了一卷厚厚的书,声音再次缓和下来,"你读过内森·霍恩吗?"戈登摇了摇头。

比索质疑道:"但是,先生! 不知道你的敌人是怎么想的,你怎么能了解他? 请看看这本《失落的帝国》吧……霍恩亲自为那位伟人——亚伦·伯尔①撰写的传记。它可能会改变你的想法。

"克朗兹先生,你知道的,我相信你可以成为霍恩主义者。通常,强者只需要睁开他们的眼睛就能看到他们不过是被弱者的宣传欺骗了而已,只要伸出自己的手去争取,他们就可以拥有世界。"

戈登没有答话,拿起了推荐给他的那本书。过分激怒那个人可能并不明智。毕竟,只要他一句话,他们这两个北方人就可能会没命。

他相当镇定地说:"好吧。它或许可以帮我消磨时间,这段时间,你可以为我们安排返回威拉米特河谷的行程。"

约翰尼·史蒂文斯第一次开口说话:"对。另外,既然你们承认拿了邮件,我们将把你们偷来的邮件送回去,付我们额外的邮费怎么样?"

约翰尼冷冷地笑了一下,比索也向他还以微笑,但他还没来得及回答,就听到了从前突击队员驻地的木制门廊那边传来的

①亚伦·伯尔(Aaron Burr, 1756—1836),美国政治家,第三任美国副总统。曾被指控试图将美国新购得的土地据为己有并自立为帝,被以叛国罪起诉。

脚步声。门开了，进来了三个留着胡子、穿着黑绿相间传统军装的人。

他们当中有一个人最矮，但显然最引人注目，他只戴着一只耳环，那只耳环闪闪发光，上面嵌着一颗大宝石。

比索站起来说："先生们，请允许我介绍一下美国后备军的准将麦克林将军，他也是将俄勒冈州所有霍恩追随者联合在一起的美国解放军总司令。"

戈登麻木地站了起来。有那么一会儿，他只能盯着看。这位将军和他的两名助手是他看到过的最奇怪的人。

他们的胡子、耳环……还有每个人戴着的那串短短的干枯"战利品"——一般庆祝仪式上才会佩戴——这些并没有什么不同寻常的地方。但制服遮盖之外的颈部和手臂让人害怕。很久之前的手术留下的模糊伤疤下面，肌腱似乎古怪地隆了起来，变成了一块块硬疙瘩。

戈登突然觉得他过去似乎也看到过类似的情况。不过，他不大记得是在什么地方、什么时候了。

难道这些人遭受了一种战后瘟疫？或许是超级腮腺炎？还是什么甲状腺肥大？

戈登认出，麦克林最高大的那名助手就是那个像猪一样丑陋的突袭者，在那天晚上贝壳河岸的伏击中，就是他用力一拳将自己击倒在地的，自己根本来不及闪避。

这几个人都不是新一代的生存主义者，年轻的暴徒都是从俄勒冈州南部招来的。与比索一样，显然刚刚进来的这几个人在末日之战爆发前已经是成年人了。然而，时间似乎一点都没有减缓他们的动作。麦克林将军移动起来像猫一样迅速，看上去挺吓人的。他没有浪费时间寒暄，而是晃了下头，看了一眼约翰尼,然后把自己的意思告诉了比索。

比索五指并拢说:"哦,好的。史蒂文斯先生,请你跟着他们回到你的,呃,住处吧? 将军似乎想和你的长官单独聊聊。"

约翰尼看着戈登。显然,如果听到指示,他就会战斗。

这位少年的眼神让戈登的内心感到害怕。他从来不想从任何人那里获得这样的忠诚。他告诉这位年轻的朋友说:"约翰,回去吧。我等会儿过来。"

那两名彪悍的助手陪着约翰尼出去了。当门关上,脚步声在黑夜中逐渐消失的时候,戈登转身面向这位霍恩主义者联军的司令。他的内心无比坚定,在这里不用为伪善感到内疚和担忧。如果他的谎话说得能好到唬住这些狗杂种,他一定会那样做。他穿着邮差的制服,自信满满,准备上演他一生中最精彩的表演。

麦克林严厉地说:"省省吧。"

这个留着一把黑胡子的人用一根长而有力的手指着他说:"你敢再胡说什么'重建后美国',我就将你的'制服'塞入你那可恶的喉咙!"

戈登眨了眨眼睛。他望了比索一眼,看到那个人咧嘴笑了。

"我恐怕对你并没有那么坦诚,督察先生。"这次,比索说最后那四个字的时候显然带有讽刺的味道。这位霍恩主义者的上校弯腰打开了他那张桌子的抽屉,"当我第一次听到你的时候,我马上派出了多个小分队回去追踪你的行踪。顺便说一下,你说得对,霍恩主义在某些地方确实不太受欢迎,至少现在是这样。的确有两个小分队始终没有返回。"

麦克林将军捻了捻手指说:"别把那个扯出来,比索。我很忙,叫那个家伙进来。"

比索马上点了点头，拉了一下墙上的一根细绳，而戈登在想他要从抽屉里找什么。

"总之，在喀斯喀特岭火山湖北面的一条路上，我们的侦察小队遇到了一帮与我们志同道合的人。出于一些误会，大多数可怜的当地人都死了。但我们最终说服了一名幸存者——"

一阵脚步声传来，接着，一位苗条的金发女子面无表情地拉开珠帘，一名憔悴不堪、头部绑着绷带的男子跌跌撞撞地走进了房间。他穿着一件有补丁的褪色迷彩服，腰带上别着一把刀，戴着一只简陋的小耳环。他的眼睛低垂。这位生存主义者似乎并不高兴到这儿来。

比索说："我向你介绍下我们最近招收的成员，督察先生。但我相信你们两个是老相识了。"

戈登摇了摇头，完全蒙了。这是怎么回事？他觉得在自己的生活中，从来没有见过这个人！

比索戳了一下刚刚低着头进来的人，于是这人抬起了头。这个走路不太稳的霍恩主义新成员盯着戈登说："我不能肯定。他可能就是那个人。那是过去的事了，真的太……当初来看太微不足道了……"

戈登突然握紧了拳头。这个声音——

"是你，是你这个狗杂种！"

没了神气活现的登山帽，但现在戈登认出了斑白的鬓角和发黄的脸色。罗杰·普蒂安似乎远没有戈登上次在极其干燥的山坡上看到的时候那样镇定自若。当初他高高兴兴地拿走了戈登在这个世界上拥有的大部分东西，还不忘冷嘲热讽，差点让戈登活不下去。

比索满意地点了点头，"你可以走了，列兵普蒂安。我相信你的长官今晚给你安排了合适的任务。"

这位曾做过股票经纪人的前强盗疲倦地点了点头。他甚至没有再看一眼戈登、没再说一个字就出去了。

戈登意识到自己反应过快,犯了大错。他本应该无视这个人,假装不认识他的。

但就算那样,真的会有用吗?麦克林似乎胸有成竹……这位将军告诉其助手说:"拿出来吧。"

比索再次伸进抽屉里,取出了破破烂烂的黑色小笔记本。他将本子递给了戈登,"你认得它吗?上面有你的名字。"

戈登眨了眨眼睛。当然认得,这是他的日记本,普蒂安和其他强盗拿走他所有东西的同时,还偷走了这本日记。仅仅几个小时后,他就遇到了那辆废弃的邮政吉普车,于是开始了他的新事业。

当时,丢失这本日记非常痛心,因为这本日记详细记录了自十七年前离开明尼苏达州以来他的旅行……他对美国后大屠杀时期的认真观察。

但是此刻,这个薄薄的本子是他在这个地球上最不想看到的东西。他突然感觉疲惫不堪,一屁股坐了下来,意识到这群混蛋一直将他玩弄于股掌之间。他的谎言终于被揭穿了。

在这本小小的日记本中,关于邮差、复兴和"重建后美国",没有提到过一个字。

上面只有事实。

13

《失落的帝国》

内森·霍恩 著

如今,我们到了二十世纪末,据说我们这个时代最主要的斗争发生在所谓的左翼和右翼之间——它们都是人类刻意划分出来的政治大集团。很少有人意识到,这些所谓的反对党其实是一头怪兽的两副面孔。人们有巨大的盲区,这导致数百万人无法认清自己被这种虚假想象愚弄的现状。

但并不总是这样,将来也不会总是这样。

在其他书中,我提到过其他体制,提到过中世纪日本的荣耀、辉煌野蛮的美国印第安人以及如今的老学者称之为"黑暗时代"的那个时期的光辉欧洲。

历史反复告诉我们一件事:各个时代,总有一些人发号施令,其他人听从命令。这是忠诚和权力存在的模式,既可敬又自然。作为一个物种,自从我们成群结队去寻食,站在小山顶上互相大喊挑衅以来,我们总是在实行封建制度。

是的,我们一向如此,直至人们误入歧途,强者的权力被弱者的怨言与幽愤淹没。

回想一下十九世纪刚刚来临时美国的情况。当时,扭转所谓"启蒙运动"的病态趋势的机会显而易见。在这片大陆的大部分地方,取得革命战争①胜利的士兵改掉了英国人带来的堕落之风,开疆拓土,努力奉献,于是这个新诞生的国家无人不秉持着一种充满闯劲的个人主义精神。

亚伦·伯尔在原来十三个殖民地以西开疆拓土时,他意识到了这点。他的梦想是让真正的男人去统治、征服和赢取一个帝国!

如果当初他获胜了,世界会是什么样子?

谁知道呢? 不过,我将告诉你我认为会出现的情况。我认为,"伟大的时代"就在眼前,即将诞生!

但是惩罚叛徒亚历山大·汉密尔顿②后,还没来得及取得更多成就,伯尔就倒台了。从表面上看,他的主要对手似乎一直是杰斐逊③,这个阴谋家抢走了他的总统位置。但实际上,那个阴谋远远没有那么简单。

可怕的天才本杰明·富兰克林才是那个阴谋集团的核心人物,该集团要在那个帝国诞生之前扼杀它。富兰克林的手段非常多,多得连像伯尔这样厉害的人也难以招架。这些手段中最主要的就是辛辛纳图斯集团④……

---

①指美国独立战争。

②亚历山大·汉密尔顿(Alexander Hamilton, 1757—1804),美国政治家,与伯尔决斗后因伤重去世,但这里所说的"叛徒"身份并非史实。

③托马斯·杰斐逊(Thomas Jefferson, 1743—1826),美国第三任总统。

④内森·霍恩编造的,历史上有辛辛那提协会,参见下文。

戈登将书反面朝上摔到了稻草堆边的泥地上。这种瞎扯的东西怎么会有人读，竟然还能出版？

晚饭过后，天还没黑，依然能看看书。几天来这还是头一次见着太阳。

然而，这种疯狂的辩证在他的脑海里回荡，戈登感觉一股寒意侵袭着他的整个后背。

可怕的天才，本杰明·富兰克林……

内森·霍恩确实说得很对，"穷人理查德"[①]不仅仅是聪明的印刷工、哲学家，他还在科学和政治之间游刃有余。如果霍恩引用的东西中有一小部分是正确的话，富兰克林必定处在许多不寻常之事的风口浪尖。革命战争后确实发生了一些奇怪的事情，那些事情不知怎么让一些人（比如说亚伦·伯尔）受了挫，还造就了戈登了解的那个国家。

但除此之外，这本书给戈登留下的大体印象是，内森·霍恩极其疯狂。如果比索和麦克林认为那些胡话能够让他接受他们的计划，那他们肯定是完全疯了！

实际上，这本书正好起到了相反的作用。如果有一座火山将在阿格尼斯镇爆发，把这个蛇窝带下地狱，那么他死了也值。

不远处传来了婴儿的哭声。戈登抬起头来，但只能看到几个衣衫褴褛的人在附近的桤木林外走动。昨晚新来了些俘虏。他们呻吟着紧紧靠坐在小火堆周围，连能遮遮风的围栏都没有。

如果麦克林没有得到他想要的答复，戈登和约翰尼将很快成为那些悲惨农奴中的一员。这位"将军"就快失去耐心了。毕竟，在麦克林看来，他给戈登开出的条件似乎相当合理。

---

①代指富兰克林。

供戈登做决定的时间极为有限。冰雪一融化,无论他是否妥协合作,霍恩主义者都会再次发起攻击。

他觉得自己没有什么选择。

他不自觉地想起了德娜。他发现自己在想她,想着她是否还活着,希望自己能够摸到她,能够与她在一起……让她缠着他问问题。

当然,现在阻止她以及她的同伴制订的疯狂计划可能已经太晚了。戈登真的不明白,为什么麦克林没有得意洋洋地告诉他,不幸的威拉米特河谷军队又遇到了挫败。

他沮丧地想,或许只是时间问题吧。

约翰尼冲洗完了那支中间位置已经磨损的牙刷——他们唯一的共同财产,坐到戈登的身边,拿起了那本伯尔的传记。这位年轻人读了一会儿,然后抬起了头,显然是困惑不已。

"戈登,我知道我们在科蒂奇格罗夫镇的学校按照战前的标准来说不能算学校,但爷爷过去经常给我很多书读,也给我讲了许多有关历史的东西。连我都知道这本垃圾有一半内容是霍恩编造的。

"他是怎么侥幸成功地跟大家推广了这本书呢?怎么会有人相信他?"

戈登耸了耸肩,"这叫'弥天大谎',约翰尼。谎言重复一千遍就成了真理,那些没脑子的自大狂或者有怨气没处发泄的人很容易听信这套。希特勒这方面就做得相当漂亮。霍恩只不过师从了他。"

戈登自问道,你自己呢?作为"重建后美国"故事的编造者、独眼巨人骗局的同谋,有权这样说三道四吗?

约翰尼又读了几分钟,然后他轻轻地拍了拍那本书,"辛辛纳图斯是谁？这也是霍恩编造的吗？”

戈登躺到了稻草堆上。他闭着眼睛，“不是。如果我没记错的话，他是古罗马共和国时期的一位伟大的将军。据说，他有一天厌倦了戎马生涯，就解甲归田去过平静的生活了。

“可是有一天，罗马城派了特使来看他。罗马的军队节节败退，事实证明他们的领袖并不能胜任。灾难似乎即将来临。

“特使团走近辛辛纳图斯的时候，发现他在耕地，他们恳求他回去指挥最后的防卫军。”

“辛辛纳图斯对这群罗马城派来的特使说了什么？”

戈登打了个哈欠后说：“这个嘛，他勉强答应了。他集结罗马人，打败了侵略者，并将侵略者一路赶回了他们自己的城市，大获全胜。”

约翰尼说：“我猜他们肯定想让他当国王什么的。”

戈登摇了摇头，“军队是想，人们也想……但辛辛纳图斯告诉他们，他们要另觅人选。他回到了农田，从此再没离开过。”

约翰尼挠了挠头，“可是……他为什么要这样做呢？我不明白。”

但戈登明白。现在他一想就能完全明白那个故事。不算太久前，有人曾向他解释过原因，他永远都不会忘记。

“戈登？”

他没有回答。听到外面传来微弱的声音，他翻了个身。透过围栏木板间的缝隙，他看到一群人沿着河岸码头边的路走过来。有一条船刚刚靠岸。

约翰尼似乎还没有注意到，他还专注在自己的问题上。与德娜一样，这位年轻人似乎不愿错过任何可以提高自己学识的机会。

"戈登,罗马共和国要比美国革命早得多,对吧？那么,这里
——"他再次拿起了书,"——霍恩谈到的辛辛纳图斯集团是什
么?"

戈登看着那些人朝这边用作监狱的围栏走来。两个农奴抬
着一副担架,还有两个穿着卡其布军装的生存主义者士兵守着
他们。

他心不在焉地说:"革命战争后,乔治·华盛顿成立了辛辛那
提协会。他先前领导的军官是主要成员……"

他们的守卫走过来,打开了门上的锁,于是他停了下来。他
们两人看着那两个农奴走进来,将担架放到稻草堆上。那两个
农奴和他们的守卫转身就走,没说一句话。

他们匆忙过去检查那个受伤的人,约翰尼说:"他的伤势相
当严重。这块敷布好几天没换了。"

自从他大二时整个班应征加入民兵团以来,这些年,他见过
许多伤员。在范中尉的小队服役期间,他学会了许多野外处置
技术。他看了一眼,觉得如果受到良好的治疗,这个人还有希望
痊愈,但现在他身上弥漫着死亡的气息。他的腿和手臂都有严
刑拷打留下的伤口,这种气息是从化脓的伤口散发出来的。

"我希望他没有对他们说真话。"约翰尼一边轻声说,一边努
力让这个奄奄一息的犯人舒服点。戈登帮忙将他们的毯子裹到
他身上。他有些困惑,不知道这个人来自哪里。他看上去并不
像是威拉米特河谷的人。与大部分卡马斯山谷和罗斯镇的人不
同,他的胡子显然以前是刮得很干净的,直到最近才没有刮。尽
管他受到了虐待,但他并没有瘦到皮包骨,肯定不是农奴。

戈登拍了拍伤者的臀部,然后眨了眨眼,"约翰尼,看这儿。
我没看错吧?"

约翰尼朝他指的地方仔细看了一下，为了看得清楚点儿，他拨弄了一下伤者身上的毯子，"等等，让我……戈登，这看上去是件制服！"

戈登点了点头。是一件制服……显然是战后的产品。它的颜色和做工与霍恩主义者穿的制服完全不同，就颜色和做工而言，与他们两人在俄勒冈州见过的任何衣服都不同。

这名奄奄一息的男子的肩部戴着一枚徽章，上面绣着一个戈登很久以前就认识的象征物……一只棕熊大步走在红色条纹上……背景是一片金黄。

……

过了一会儿，有人来传话又叫戈登过去。与往常一样，护卫举着火把来带他。

他对守卫的头头儿说："那个人快死了。"

这个沉默寡言、戴着三只耳环的霍恩主义者耸了耸肩，说："别管了，会有女人来照顾他的。赶紧走，将军在等你。"

在月光照耀的上坡路上，他们遇到了一个向下走的人。这个肩膀有点歪的苦力走到边上，等着戈登他们经过，低头看着她端着的托盘，托盘上放着成卷的绷带和药膏。冷漠的守卫似乎都没有注意到她。

然而，在最后那一刻，她抬头看了戈登一眼。他认出她就是那名个子小小的、棕色头发中夹杂着灰发的女子，几天前，她把他的制服拿走缝补了一下。他们经过的时候，他想朝她笑一下，但这似乎只让她感到不安。她迅速低下头，快步走到了阴暗的地方。

戈登有点伤心，继续跟着守卫往上走。她让他想起了阿比。他生出许多忧虑，这其中便有对他在松景村的朋友们的担心。那些发现他日记的霍恩主义者侦察兵离那个友好的小村庄已经很近，处于极度危险状态的不仅仅是威拉米特河谷的脆弱文明了。

守卫们离开前突击队员驻地时，麦克林将军对他说："克朗兹，你这样拖延时间，我已经厌烦了。"

"将军，你让我很为难。我在研读比索上校借给我的书，试图理解——"

"别扯淡，好吗？"麦克林向他步步逼近，直到他和戈登到了大眼瞪小眼的位置。即使仰头看，这位霍恩主义者极其扭曲的脸也令人恐惧。"克朗兹，我了解男人。你很强，可以称霸一方。但你有负罪感，被其他'文明'的毒药毒害了。你中毒太深，于是我开始觉得或许你根本毫无用处了。"

言外之意显而易见，戈登努力让自己的双腿不发软。

"克朗兹，你可以当'科瓦利斯的领主'。这是我们新帝国中的一个高级职位。你可以保留一些古怪的怀旧情怀……比如善待你的奴仆，建立邮政系统，如果你足够强大的话。

"我们或许还可以利用一下你的'重建后美国'。"麦克林向戈登露齿而笑，还呼出了难闻的气味，"只有查尔斯和我知道你那个黑色小日记本的事，我们要看看这个想法是否可行。

"明白吗？不是我喜欢你，而是你合作的话，我们可以从中获得好处。与我的这帮人相比，你或许能够更好地统治科瓦利斯的那些技术人员。如果留着它有好处的话，我们甚至可以让那台名叫'独眼巨人'的机器继续运行。"

这样看来，霍恩主义者还没有看穿那台伟大机器的骗局。不过，这并不太重要。除了制造战争必不可少的技术外，他们从未真正关心过技术。毕竟从科技中受益最多的人往往是弱者。

麦克林拿起壁炉边上的拨火棍,用力敲了一下左手掌心,"当然,还有一条路可走,春天到来的时候,我们无论如何都会拿下科瓦利斯。到时候,我们就会按照我们的方式来做,一把火烧了它。小子,那时候,就不会再有邮局,不会再有自以为是的机器了。"

麦克林用拨火棍碰了一下桌子上的一张纸,在那张纸的边上放着一支钢笔和一个墨水瓶。戈登很清楚这个人想要他做什么。

如果只需要同意那个计划,戈登早就同意了。他可以先同意讨麦克林欢心,然后一有机会再变卦。

但麦克林非常精明。他要戈登写信给科瓦利斯的防御委员会,说服他们交出几个重镇,以此作为投诚的表现,这样他才能获释。

当然,他只有这位将军的口头承诺——随后,他将被任命为"科瓦利斯的领主"。他觉得麦克林的话像自己的话一样不可信。

"或许你认为我们没有那么强大,没有你的帮助,我们战胜不了你那可怜的'威拉米特河谷军队'?"麦克林哈哈大笑起来。他转向了门那边。

"肖恩!"

麦克林身材魁梧的保镖迅速来到了这个房间,像闪电一般。他关上门,来到这位将军的边上,立正站好。

"克朗兹,我得让你知道点儿秘密:肖恩和我还有抓住你的那个家伙,是我们这类人中仅剩的几个人。"

麦克林透露说:"这确实是一个秘密,但你也许听到过一些谣言。实验催生出一些特种作战小队,与以前的任何特种作战小队都不一样。"

戈登眨了眨眼睛。这位将军的可怕速度、他和他那两名助手皮肤上花纹般的伤疤,突然一切都串起来了。

"变异人!"

麦克林点了点头,"你小子真聪明。对于一个思想被心理学和伦理学弱化的大学生来说,你的观察力很强。"

"但我们都认为那些只是谣言!你的意思是说,他们真的带走了士兵,对他们进行了改造——"

他停了下来,看着肖恩露出的手臂上打结的奇怪肌肉。看来,谣言是真的。没有其他合理的解释了。

"他们第一次打造出我们是在肯尼亚。政府确实喜欢我们的战绩。但我猜,他们对和平时期到来后发生的事情不太高兴,他们将我们带到了国内。"

戈登看见麦克林将那根拨火棍伸给他的保镖,那个保镖没有用宽大的手而是用两根手指和一个大拇指夹住了拨火棍的一端。麦克林用相同的方式夹住了拨火棍的另一端。他们用力拉。麦克林还在继续说话,但并没有气喘吁吁,"八十至九十年代那段时间,试验还在继续,受试者大部分是特种部队士兵。他们挑选像我们这样的好战分子,换句话说,有某种天赋的人。"

那根坚硬的钢制拨火棍没有扭曲,也没有摇动,但它开始变长了。

麦克林盯着戈登哈哈地笑,"对了,我们把古巴人打得落花流水。但是行动结束,我们就被召回了国内,军队不喜欢我们这些老兵的所作所为。

"你看,那时候他们就对内森·霍恩感到害怕了,他们怕强者聚集到他周围。也是出于同一个原因,他们中止了变异计划。"

那根拨火棍棒中间位置变成了暗红色。它开始变长变细，就像拉长的太妃糖一样，现在那根拨火棍的长度增加了一半。查尔斯·比索站在这两个变异人的边上，戈登飞快地看了他一眼。这位霍恩主义者的上校紧张地舔着嘴唇，有些不高兴。戈登可以感觉到他在想什么。

这是他永远无法企及的力量。制造这种变异人的科学家和医院早已不在了。根据比索的信仰来看，他一定是把这些人视为自己的主人。

那根变形的拨火棍从最细的地方断裂开来，发出了一声巨响，散发出摩擦产生的热能，这种热能隔空也能感受到。而两位体能超强的战士连晃都没晃一下。

"好了，肖恩。"麦克林将断裂的拨火棍扔进了壁炉，他的助手潇洒地转身离开了这个房间。这位将军傲慢地盯着戈登看。

"你现在还怀疑我们五月前能攻下科瓦利斯吗？你合作也好，不合作也罢，哪怕是没有变异的普通士兵都能顶二十个愚蠢的农民或者古怪的女兵。"

戈登抬起头来，麦克林继续滔滔不绝：

"即使双方更加势均力敌，你仍然不会有机会！你认为我们几个变异人不能潜入你们重点防御的地方，随心所欲地干掉你们吗？我们徒手就能摧毁你们不堪一击的防御。你对此有什么怀疑吗？"

他将那张纸和钢笔推给了戈登。

戈登盯着那张发黄的纸。这又怎么样？从他透露的这些信息中，戈登感觉自己知道了问题所在。他看着麦克林的眼睛说："这确实令我大开眼界，很有说服力。但是将军，告诉我，如果你们这么厉害的话，为什么现在不是在罗斯镇？"

　　麦克林的脸红了起来，戈登朝这位霍恩主义者的首领淡淡地微笑了一下。

　　"既然我们谈到这个话题，就说说是谁将你们赶出了自己的控制区域吧？我早就应该猜一下你们这么急着推动这场战争并且猛攻的原因了。为什么你的人带着农奴和所有财产一起向北迁移？在历史上，大多数野蛮的侵略都是这样开始的，就像一张多米诺骨牌被另一张多米诺骨牌推翻。

　　"将军，告诉我，是谁将你们打得这么惨，将你们赶出了罗格河村？"

　　麦克林满脸愤怒。他那畸形的手握起了又白又硬的拳头。戈登对自己刚才这番话十分满意，如果要为此付出什么代价的话，他也已经做好了准备。

　　麦克林的眼睛几乎不受控制地一直瞪着戈登。他严厉地对比索说："将他带出去！"

　　戈登耸了耸肩，转身离开了这个怒气冲冲的变异人。

　　"比索，你回来的时候，我要调查一下情况！我想找出是谁破坏了安全！"这位情报部门负责人走出房门的时候，麦克林的声音传了出来，守卫们跟到了他们的后面。

　　在回围栏监狱的路上，比索抓在戈登手肘上的手一直在抖。

　　这位霍恩主义者的上校看到躺在约翰尼和那个女人中间稻草堆上奄奄一息的犯人时，喊道："是谁把这人关到这儿来的？！"

　　一个守卫眨了眨眼睛，"我觉得应该是伊斯特曼。他刚刚从萨蒙河前线回来——"

　　……萨蒙河前线……戈登知道萨蒙河是加州南部一条河流的名字。"闭嘴！"比索几乎尖叫起来。但戈登已经确认了这一信息。这场战争没有他们今晚之前认识的那么简单。

"把他带出去！然后马上将伊斯特曼带到大房子里去！"

守卫们迅速动起手来。他们像抓土豆袋一样抓起那个不省人事的男子时，约翰尼喊道："你们别这样粗暴对待他！"比索愤怒地瞪了他一眼。这位霍恩主义者的上校踢了那个做苦力的女子一脚来发泄怒火，但她反应相当快。他还没来得及踢第二脚，她就出去了。

比索对戈登说："我们明天见。我觉得，这期间，你最好再好好考虑下写信给科瓦利斯的事。你今天晚上的行为并不明智。"

戈登随意地扫了那个人一眼，好像他无关紧要，不值一顾。他对比索说："我与将军之间的事情不用你关心。只有同等地位的人才有权互相威胁或者互相挑战。"

这句引自内森·霍恩的话似乎让比索相当震惊，好像当头一棒。他一直盯着戈登看，戈登则躺到稻草堆上，将两只手臂垫在脑袋下面，完全无视这位前律师。

比索离开后，黑暗的棚子再次安静下来，这时戈登才爬起来，快速走到了约翰尼的身边。

"那个戴着熊旗徽章的士兵说过话吗？"

约翰尼摇了摇头说："他没清醒过。"

"那女的呢？她说过什么吗？"

约翰尼向左右两边看了看。其他犯人躲在角落里，面对着墙壁，这几周来一直如此。

"没有说一个字，但她偷偷给了我这个东西。"

戈登接过了一个破烂的信封。他一拿出里面的信，就认出了里面的信纸。

这是德娜的信——是在舒格洛夫山的时候，他从乔治·波瓦坦手中接过来的那封信。这名女子将他的衣服拿去洗的时候，这封信肯定在他裤子的口袋里。她肯定是私自留了下来。

难怪麦克林和比索没有提这封信！

戈登决定不让那位将军看到这封信。不管德娜和她的朋友们多么疯狂，她们都应该获得冒险一试的机会。他准备将它撕碎后吃下去，但约翰尼伸手拦住了他，"慢，戈登！她在最后一页写了东西。"

"谁？谁写的……"借助木板间缝隙中泻进来的微弱月光，戈登翻看着那几页纸。

果然，他看到了一些铅笔字，那些难看的印刷体与德娜流畅的笔迹形成鲜明的对比：

真的吗？

在北部，女人那么自由吗？

有些男人真的既善良又勇敢吗？

她会为你牺牲吗？

戈登看着这些悲伤又简单的文字，坐了很长时间。尽管他找到了新的压制办法，但缠着他的鬼魂，无论他走到哪里都还跟着他。乔治·波瓦坦关于德娜的目的所说的那番话仍然折磨着戈登。

重要的东西无法轻易忘记。

他慢慢吃起了那封信。他不会让约翰尼一起吃这特别的一餐。他一点点吃下去，把这当作一种自我惩罚，当作一次圣餐。

大约过了一个小时，外面出现了一些骚动，好像是某种仪式。在阿格尼斯旧杂货店外面的空地上，两队霍恩主义者士兵随着缓慢又低沉的击鼓声站成了两列。从他们的中间，走出了一个金发的高个子。戈登认出了他，他就是那天早些时候将那个奄奄一息的犯人扔到他们身边的穿着迷彩服的战士。

"肯定是伊斯特曼。"约翰尼入迷地说。

"这是个教训,他以后就明白回来后的第一件事情应该是去情报部门报告情况了。"

戈登意识到约翰尼肯定在科瓦利斯的视频库中看了很多二战题材的老电影。

在一列护卫的最后面,他认出了罗杰·普蒂安。尽管天很黑,他仍然可以看出这位先前的山贼颤抖得几乎拿不住他的步枪。

查尔斯·比索宣读指控的时候,这位律师的声音听起来也很紧张。伊斯特曼背靠一棵大树站着,面无表情。他那串挂在胸前的战利品就像子弹带……就像一串勋章。

比索站在边上,麦克林将军走上前去与那个犯人说话。麦克林跟伊斯特曼握了握手,亲了一下他的两侧脸颊,接着走到了他助手的边上观看枪决。一个带着两只耳环的中士严厉地下达了命令。枪决执行者们蹲下,举起步枪,一起开了枪。

罗杰·普蒂安没有开枪,他晕了过去。

这个满头金发、个子高挑的霍恩主义者军官倒在了树下的血泊中。戈登想到了那个奄奄一息的犯人,他和他们关在一起的时间很短,连眼睛都没睁开过,但却告诉了他们很多东西。

他轻声说:"加州人,安息吧。你又带走了一个垫背的。"

"我们也能做到这样就好了。"

14

这天晚上，戈登梦到他在看本杰明·富兰克林跟一个四四方方的铁炉子下国际象棋。

"这是个平衡问题。"那位头发日渐斑白的政治家、科学家对自己的发明说，他在认真思考棋盘，没有注意戈登，"我已经在这上面花了一些心思。但如何创造这样一种制度呢？既能够鼓励个人奋发向上，又能对弱者表现出一些同情，同时铲除疯子和暴君？"

炉子上赤热的格栅后面摇曳的火焰就像一排排闪烁的灯光。炉子与其说是以让人听到的方式，还不如说是以让人看到的方式询问道："……谁将负起责任？"

富兰克林移动了白子的"马"，他往后靠了靠说："问得好。问得非常好。"

"当然，我们可以在宪法上建立各政府机关相互制衡的制度，可是除非公民能够确保这种制度得到实施，否则毫无意义。贪婪、渴望权力的人总是在想方设法破坏或者扭曲规则为他们所用。"

火焰从炉子里冒了出来，在这个过程中，不知道怎么回事，红子的"卒"移动了。

"……谁……"

富兰克林拿出一块手帕，擦了擦额头，"即将登上宝座的暴君，正是他们……他们有一整套老办法去操纵百姓，包括谎言或者摧毁信仰。

"常说'权力导致腐败'，但其实说权力吸引腐败之徒更符合事实。吸引智者的往往不是权力，而是其他东西。当他们使用权力的时候，他们把它当作一种职责，是有限度的。但是暴君寻求统治，他对于权力的欲望永远不会满足，也永远不会改变。"

"……愚蠢的孩子……"火光摇曳着。

"没错。"富兰克林点了点头，擦了擦他的双光眼镜，"不过，我仍然相信某种创新可能会起作用。比如，善意的谎言。

"但如果善良的人愿意作出牺牲……"他伸手拿起自己的"后"，犹豫了一会儿，然后让那颗精致的乳白色棋子移到了棋盘的另一侧，几乎贴着赤热的格栅。

戈登想发出警告。"后"的位置完全暴露了，身边甚至没有一个"卒"保护她。

他最深的恐惧顿时爆发了出来。火光向前摇曳。在迷迷糊糊中，红子的"王"站在了一堆灰烬上面，就在刚才，那个白子的"后"还在那里。

戈登呻吟着说："上帝啊，不要。"即使在半睡半醒的梦境状态中，他也知道正在发生什么，那象征着什么。

炉子又问道："……谁将负起责任……"

富兰克林没有回答，他挪了挪身子，往后靠到了椅背上。他转身看的时候，那把椅子发出了嘎吱嘎吱的声音。透过双光眼镜，他直直地盯着戈登。

你也一样？戈登有些害怕。你们想要我做什么?!

富兰克林的脸上泛起红晕,微笑了一下。

戈登惊醒过来,睁开眼睛,看到约翰尼·史蒂文斯蜷缩在身边,正要拍他的肩膀。

"戈登,我觉得你最好来看看。守卫们有点不对劲儿。"

他坐起身,擦了擦眼睛,"指给我看。"

约翰尼带他到了那个棚子靠门的东墙,过了一会儿他才逐渐能在月光下看清东西。很快,戈登看到了派来看守他们的两名生存主义者士兵。

一个守卫躺在木长凳上,张着嘴,呆滞的眼睛茫然地盯着夜空中翻滚的云层。

另一个霍恩主义者还在发出咯咯的声音。他在地上爬,想要去拿他的步枪。他一手拿着发亮的鞘刀,那把刀在微弱的火光下闪闪发光。他膝盖旁边有一杯翻倒的麦芽酒,棕色的液体正从杯口的一个缺口流出来。

他们看了几秒钟后,那个守卫垂下了头,他发出的微弱咯咯声也消失了。

约翰尼和戈登交换了一下眼色。他们一起匆忙奔过去检查门,但门还是牢牢地锁着。约翰尼的手臂从木板间的缺口伸出去,想抓到那个守卫的制服。钥匙……"妈的! 太远了!"

戈登开始撬木板。那个简陋的棚子并不结实,他徒手就可以拆掉它,但当他用力拔钉子的时候,生锈的钉子会嘎吱作响,这让他脖子后面的汗毛都竖了起来。

约翰尼问道:"我们怎么办? 如果我们突然用力一拉,或许可以在棚子坍塌前,迅速逃出去,奔向划艇……"

"嘘!"戈登做了一个别说话的动作。在那边一片漆黑的地方,他看到有个人在动。

一个个头小小的、穿着破烂衣服的人战战兢兢地快速朝洒满月光的空地走去,那块空地就在简陋棚子外面,那两个守卫也倒在地上。

约翰尼轻声说:"是她!"戈登也认出了那个黑头发的苦力,就是她在德娜的信后面写了几句令人同情的话。他看见她克服了自己的恐惧,小心翼翼地靠近那两个守卫,检查他们是否还有呼吸。

在第二个守卫的腰带上找那串钥匙的时候,她全身发抖,还发出了轻轻的呻吟,这暴露了她的心理。要拿到钥匙,她必须沿着他那串可怕的战利品摸。她闭上眼睛摸索着,钥匙叮当一声落入了她手中。

看起来她摸索着开锁的每一秒钟内心都饱受折磨。终于,两个犯人逃了出来,各自卸下两个守卫身上的刀、子弹带和步枪。而那个把他们放出来的人埋着头走到了一边。

他们将那两个人的尸体拖到了那个简陋的棚子里,关上门将其反锁在里面。

戈登蹲到那个蜷缩着的女人面前,问道:"你叫什么名字。"她闭着眼睛回答说:"希——希瑟。"

"希瑟,你为什么要帮我们?"

她睁开了眼睛。那双眼睛绿得惊人,"你们……你们那边的女人写的……"

她努力让自己镇定下来,"我不知道那位夫人所说的是多久以前的事情……但有一些新来的犯人也说过关于北方的事情……而你……我读了你的信,你不会狠狠地打我一顿,对吧?"

戈登伸手去抚摸她一边的脸颊,她往后缩了缩,于是他收回了手。轻轻的抚摸对她来说太陌生了。各种让她放心的方法涌入脑海，但他选择了最简单的方法——一种她可以理解的方法。他告诉她说："我不会打你的，永远不会。"

约翰尼来到了他身边，"戈登，划艇那边只有一个守卫。我觉得自己发现了一条路，我们能够沿着那条路靠近他。他可能是一个霍恩主义者，但他毫无防备。我们可以干掉他。"

戈登点了点头，说："我们必须带上她跟我们一起走。"

约翰尼看上去在同情和实际处境之间左右为难。显然，他考虑的首要职责是要带戈登离开这个地方，"但是……"

"他们会查出是谁毒死了这些守卫。如果她留下来就会被钉死在十字架上。"

约翰尼眨了眨眼睛，然后点了点头，显然对这样直截了当地解决那个两难问题感到高兴，"好吧，那我们一起走！"

他们开始动身，但希瑟拉住了戈登的衣袖。

"我有一个朋友。"她说，接着转身朝那黑暗的地方挥了挥手。

从树影中走出了一个瘦长的人，身上的裤子和衬衫一点儿都不合身，大了好几个尺码，用一根大腰带紧紧地绑着。尽管如此，仍然可以看出那个人肯定是一名女子。这个查尔斯·比索的女人扎起了她的金发，背着一个小包裹，看起来似乎比希瑟还要紧张。

戈登想，毕竟，如果逃跑未遂，她失去的东西会比希瑟更多。而愿意将自己交给两个来自几乎虚幻的北方的陌生人，这表明她是多么的绝望。

那名年纪较大的女子告诉他说："她叫玛西。我们不确定你们是否会带我们走，所以她带了一些礼物给你们。"

玛西颤抖着解开了一块黑色的防水布，她说："这——这是你们的邮——邮包。"那个女孩小心翼翼地将那些信取出来，好像害怕她一碰会弄坏它们似的。

当戈登看到那捆几乎毫无价值的信时，差点大声笑出来。不过，当他看到她拿着的另一样东西时，他控制住了自己：一本黑色封面的破烂小本子。此时此刻，戈登只剩下眨眼的份儿了，他觉得她一定是冒了很大的险才拿到了那个本子。

他接过那个包裹，重新系了起来，"好吧。跟着我们，不要说话！当我这样挥手时，就蹲下来等我们。"

那两名女子严肃地点了点头。戈登转身打算走在最前面，但约翰尼已经先人一步朝河边走去。

这次别争论了。他是对的，认了吧。

自由不是解脱，获得自由的同时，你同时要肩负相应的责任。

他讨厌自己再次变得"重要"这一事实，弓着身子跟在约翰尼后面，带着那两个女人朝划艇走去。

15

逃走的方式他们没得选。春天到来,冰雪已经开始融化,罗格河变成了一条激流。他唯一的选择就是顺流而下,然后听天由命。

约翰尼还在为自己的高超技术欣喜若狂。约翰尼离那个守卫只有两步之遥的时候,对方才转过头来。约翰尼迅速捅了他三刀,干掉了他,他的尸体几乎无声无息地漂走了。这位来自科蒂奇格罗夫镇的年轻人拥有许多高超的技术。他们将那两名女子载上划艇后就出发了,让河水将他们推向中流。

戈登无心告诉他的年轻朋友,但他们将那个守卫推入河里之前,他看到了那张脸。可怜的罗杰·普蒂安一脸吃惊和痛苦,完全不是霍恩主义者超级战士的形象。

戈登记得自己第一次开枪打抢劫者和纵火犯的情形。那大概是在二十年前,当时民兵团仍然有统一的指挥,还没有解散,成为需要镇压的对象。当时,他并没有为自己感到骄傲。那晚戈登哭了一场,哀悼他杀死的那些人。

但是现在时代不同了,现在无论你是怎么杀死他的,少一个霍恩主义者总是好事。

他们离开了停放着破划艇的河岸。时间每拖延一秒,危险就增加一分,但他们必须确保自己没有被轻易跟踪。坐在划艇上,他们百无聊赖。玛西和希瑟倒是做起了一些杂活儿,还颇有些兴致勃勃。她们似乎不那么胆怯和不安了

她们两个蜷缩在划艇的中间位置,船尾和船首分别是戈登和约翰尼,他们划桨的动作很是生硬。月亮不时冲破云层,又被云层遮蔽,他们一伸一拉划着桨,努力找到合适的节奏。

没划出多远,他们就遇到了第一处湍流,练习时间结束了。他们穿过泛沫的激流,勉强绕过闪闪发光的突出岩石,这种岩石总是到了最后一刻才突然显现。

由于冰雪融化,那条河流的水很急。空中充满了河水奔流的声音,飞溅出来的水珠衍射着时隐时现的月光。他们不可能与激流对抗,只能调整、转换和引导脆弱的划艇避过各种暗藏在水中的障碍。

终于,他们到了水流比较平缓的河段。戈登和约翰尼将手搭在船桨上休息,互相对视,同时哈哈大笑。玛西和希瑟盯着那两个男人看,非常兴奋,也气喘吁吁地咯咯笑起来,她们的血液中和耳边都回荡着自由的呐喊。约翰尼大喊了一声,接着用桨拍了拍水面。

"戈登,加油。真有趣! 我们继续吧。"

戈登喘了喘气,擦了下溅到他眼里的河水泡沫。他摇了摇头说:"好。但要小心点,好吗?"

激流再临,划艇大幅倾斜。

约翰尼骂道:"他妈的,我觉得上次激流……"

他的声音被淹没了,但戈登补全了那句话——

"我觉得上次激流够猛的了!"

岩石间的缺口很窄，很难穿过。他们的划艇穿过第一个缺口的时候就严重受损了，接着划艇倾斜着快速冲了出去。戈登喊道："太歪了！"此刻他已经笑不出来，所有的注意力都放在了努力求生上。

我们应该走路的……我们应该走路的……我们应该走路的……

不可避免的事情很快发生了，甚至比他预想的还要快……顺流而下还不到三英里，在峡谷一侧转弯处的一块坚硬岩石的边上，他们就撞上了一个隐藏的障碍物——一棵沉在水中的树，一片漆黑，水流又急，等他发现的时候已经太晚了，他们只能在咒骂中，借助船桨努力转向。

在那样的撞击下，铝制的划艇可能仍然不会散架，但多年战争后的今天，它们早已荡然无存。那条木制的手工划艇发出了刺耳的木条断裂声，把他们全部抛入了冰冷的洪流中。两名女子尖叫不已。

突然袭来的寒冷令人震惊。戈登喘着粗气，一只手抓住翻倒的划艇，另一只手迅速伸出去，刚好及时地抓住希瑟的黑头发，要不然她就被冲走了。他努力避免自己被慌乱中的她勒住，同时尽量让她的头浮在水面上……与此同时，还要让自己在起伏的泡沫中呼吸。

终于，他感觉踩到了沙子。在竭尽全力与河水和污泥进行一番争斗之后，气喘吁吁的他将希瑟抛上了岸，自己也瘫在陡峭岸边正在腐烂的草地上。

希瑟咳嗽了几声，在他身边啜泣。戈登听到约翰尼和玛西在不远处说话，虽然知道他们也脱了险，但根本没有一点力气庆祝。他喘息着，不知时间过去了多久。

约翰尼最终开口了："其实,我们没有什么东西可丢的。不过,我猜我的子弹弄湿了。戈登,你的步枪丢了?"

"对。"他坐起来呻吟着,摸了一下一道小伤口,那是散架的划艇碰到他的前额留下的。

他们似乎都没有受重伤,不过咳嗽开始变成全身发抖。如果戈登没有那么悲惨的话,他可能会觉得玛西穿着借来的衣服相当有趣。

她问道:"我们现在要做什么?"

戈登耸了耸肩说:"首先我们要重新跳入河中,处理好划艇的残骸。"

众人皆盯着他看。戈登解释道:"如果他们找不到划艇,他们可能会认为我们今晚走的路程要比现在远得多。这其实是我们的唯一优势。"

"这一步完成后,我们走陆路。"

"我从来没去过加州。"约翰尼说。戈登微微一笑。由于他们发现霍恩主义者还有其他敌人,约翰尼也没有再说什么了。

这个想法相当诱人。追兵不会想到他们会去南方。

但这意味着要渡过萨蒙河。如果戈登没有记错的话,萨蒙河还在遥远的南方。就算他们偷偷穿过了生存主义者控制的数百英里领地,时间也不会允许。春天已经来临,北方急需他的指引。

"我们在山中等追兵过去,然后试着往贝壳河上游走吧。"

约翰尼永远那么乐观向上、意志坚定,只要有一丝希望,他都不会放弃。他耸了耸肩,"那我们一起去弄那划艇吧。"随即跳入冰冷、深度达到腰部的水中。戈登捡了一根结实的浮木,也跳了下去,他的动作小心谨慎。第二次下水,还是那样冰冷,他的脚趾很快就失去了知觉。

他们一起差不多要够到那只破损的划艇时,约翰尼一边指一边喊道:"邮包!"

在旋涡的边缘地带,可以看到一个闪闪发光的防水布包裹正漂向急流的中心地带。

戈登喊道:"不要!不要管它!"

但约翰尼已经跃入了急流中。尽管戈登在后面喊,他还是努力游向远去的包裹。"回来。约翰尼,你个笨蛋!它毫无价值!

"约翰尼!"

他绝望地看着那个包裹以及追它的那个人被河水冲向了下一个转弯的地方。前方传来了急流沉重又无情的咆哮声。

戈登一边咒骂,一边潜入河水中,竭尽全力赶上去。他的脉搏剧烈跳动,每次呼吸都会呛到冰冷的水。他差不多跟着约翰尼到了转弯的地方,但在最后一刻,他紧紧地抓住了一根突出的树枝……他与死神擦肩而过。

透过一层泡沫,戈登看到自己的年轻朋友追着那个黑色的包裹沿着小瀑布跌了下去,下面的水面上浮着齿状的乌木和树枝,阴森骇人。

戈登嘶哑地轻声说道:"不要。"他看着约翰尼和那个包裹一起被冲向一块岩礁,然后消失。

透过糊在眼前的头发和让人无法睁大眼睛的水柱,他努力继续张望着。但几分钟过去之后,约翰尼依然没有从水中冒出头来。

最后,戈登觉得精疲力竭,只能离开。他抓着那根摇晃的树枝一点点爬回去,到达河岸边水流缓慢的区域。接着,他迫使自己一步步艰难地逆流而上,游过那两名女子,游向已经严重受损的木制划艇。

他用钩状的浮木将划艇拖到峡谷壁上岩石突出的地方,在那儿,他砸掉了那只小小的划艇,将无法辨认的碎片抛入河流之中。

他一边啜泣,一边抓起小艇的残片乱砸着水面,这些碎片有的咕嘟一声沉入河底,有的顺流而下飘向远方。

16

白天,他们躲在摇摇欲坠的混凝土掩体下面的荆棘和杂草中。末日之战爆发前,这里肯定是某人珍视的避难天堂,但现在它不过是个破烂不堪、弹痕累累、被洗劫一空的地方。

战前,戈登读到过相关报道,说这个国家各地都有这种隐蔽的避难所,里面的东西往往是由这样一些人藏的:他们喜欢思考社会崩溃后的世界,还研究过各种野外求生技能。针对这部分兴趣特殊读者的杂志也一度出现过。课堂、工厂,甚至还有小众的杂志,其提供的服务远远超出了普通樵夫或者露营者的"需求"。

他们中的大部分只是喜欢白日做梦,或者热爱步枪,无伤大雅。当噩梦终成现实,他们中也只有很少一部分人成了内森·霍恩的追随者,大多数人依然是感到惶惶不可终日。

大多数"生存主义者"最后孤独地死在了他们的掩体中。

无尽的战斗和热带雨林腐蚀了一拨一拨拾荒者留下的废弃物。冰冷的雨滴啪嗒啪嗒打在混凝土的掩体上,三个逃亡者轮流放哨睡觉。

突然,他们听到了喊叫声和马蹄在烂泥中发出的吧唧声。

在那两名女子面前,戈登努力装出了一副自信的样子。他已经尽其所能地清除了几个人留下的痕迹,但他带的那两个人比威拉米特河谷军队的侦察兵还不如。他一点都不确定,他们是否能够愚弄那些自科奇斯①以来最厉害的森林追踪者。

骑马者未作停留便继续前进了,过了一会儿,这几个逃亡者才有点儿放松下来,而戈登终于陷入了沉睡中。

他没有做梦。他已经精疲力竭,根本没有一点力气去胡思乱想。

今晚,他们要等到月亮出来才能上路。有好几条路经常相互交叉,但戈登以树林北边一些尚未消融的冰块定位,一直保持着正确的方向。

太阳下山三个小时后,他们来到了一座废弃的小村庄。

"伊拉赫。"希瑟认出了这个地方。

他说:"这个地方废弃了。"这个月光照耀下的鬼镇相当怪异。无论是从前领主的庄园,还是最底层百姓的小屋,似乎所有地方都被洗劫一空。

玛西解释道:"所有士兵和他们的奴隶都被派去了北方。前几个星期,许多乡镇都遭到了这样的洗劫。"

戈登点了点头,"他们在多面作战。麦克林说要在五月份之前攻下科瓦利斯,他没开玩笑。他们要么接管威拉米特河谷,要么灭亡。"

这个村庄看上去像月球表面般荒凉,只有零零落落的灌木,没有几棵大树。霍恩主义者肯定想在此地尝试一下刀耕火种,但这儿不像威拉米特河谷那样拥有肥沃的农田,试验无疑遭到了失败。

---

①北美土著阿帕奇部落的首领。

希瑟和玛西手拉手朝前走着,她们的眼神里饱含恐惧。戈登情不自禁地想到了德娜,还有那些她引以为傲的勇敢女战士,又或者松景村里开心又乐观的阿比。女人们在这黑暗的时代中饱受折磨。德娜在这一点上说得很对。

他说:"我们去大房子里看看,或许可以找到一些吃的东西。"

这激起了她们的兴趣。她们赶在他前面跑进了那个废弃的庄园,那是由栅栏和带刺的铁丝网围着的一幢战前房子。

戈登追上她们的时候,她们正围在门边两团黑乎乎的东西周围。希瑟和玛西在剥两只大德国牧羊犬的皮。它们的主人没有带走它们,这令他感到有点儿不舒服。显然,迁移到北方的过程中,会有大批奴隶死伤,但那并不会让伊拉赫的霍恩主义者领主感到悲伤,反倒是这些死去的动物可能会令他倍感惋惜。

那肉闻起来已经相当熟了。戈登决定再等一会儿,希望能够更好吃一些。不过,那两名女子没这么讲究。

到目前为止,他们一直很幸运。至少搜查队似乎已经向西去了,偏离了逃亡者前行的方向。或许现在麦克林将军的人已经找到了约翰尼的尸体,错误地相信他们奔向了太平洋的方向。

不过,只有时间才能证明他们的好运还能延续多久。

在废弃的伊拉赫附近,有一条水流很急的小溪向北方延伸。戈登觉得它肯定是贝壳河南部的支流。当然,周围没有现成的划艇。另外,那激流看上去也难以驾驭。他们还是得步行。

河岸东边有一条老路,正好通向他们想走的那个方向。无论前方可能有什么危险,他们都别无选择,只能沿路而行。前方的群山衬着月光照耀的云层,掩盖了其他可能的道路。

走那条路至少比在泥泞中跋涉要快。或者说戈登希望如此。两名女子虽然走得慢,但从未停下过脚步,一次也没有抱怨或犹豫,她们的眼中也没有流露出责备的眼神。戈登不知道,她们一英里接一英里地不断艰难前行,是勇气还是顺从使然。

他甚至也不知道自己为什么在坚持。他到底想要做什么?和这势不可挡的黑暗世界相抗争?此刻,他觉得自己重新回到了往昔,把这段充满危险的旅途当成了返校节那周的欢迎活动。

为什么?他想。我是二十世纪活着的唯一理想主义者了吗?

他仔细考虑后觉得,或许吧。或许正如查尔斯·比索所说,理想主义不过是疾病,是骗局。

乔治·波瓦坦说得也对。为重要的东西,比如说文明奋斗,你得不到任何好处。你所做的只是让年少无知的青年男女们相信你,让他们为毫无价值的命令牺牲,最终一无所获。

比索是对的。波瓦坦是对的。尽管内森·霍恩生性凶残,他至少说对了一点:本杰明·富兰克林及其拥护立宪的密友其实是群骗子,他们欺骗了人民,让他们相信立宪。作为政治宣传家,他的能力足以让希姆莱[1]无地自容。

……我们认为这些真理不言自明……

哈哈!

还有辛辛那提协会,它是由乔治·华盛顿领导的军官组成的。那些军官曾半夜暴动,想要拥立华盛顿为王,但他们严厉的司令最后让他们羞愧难当,甚至含泪郑重宣誓……他们答应,自己首先是国家的农民和工人,只有在国家需要他们、召唤他们的时候才成为士兵。

---

①海因里希·希姆莱(1900—1945),纳粹德国的一名法西斯战犯,被后人称为"有史以来最大的刽子手"。

这种此前闻所未闻的誓言是谁的发明创造？无论如何，在那个承诺被坚守一个世代之后，它便成了美利坚的精神内核之一。它甚至延续到了职业军队和技术战争的时代。

而到了二十世纪末，有个部门终于决定打造一批能力超出常人的士兵。一想到麦克林及其变异的老兵要攻打毫无防备之心的威拉米特河谷的人，戈登就感到苦恼。但他对此无能为力。

戈登有些无奈地想，我什么都做不了，但那该死的鬼魂还是不停地缠着我。

由于周边山上的小溪都汇入其中，他们每向前缓慢前进一英里，贝壳河南部的支流就又壮大一些。天上开始下起毛毛细雨来，远方轰隆隆的雷声配合着他们左边激流奔腾的声音。而他们转弯的时候，北边的天际出现了一道亮光。

戈登出神地抬头看着阴沉的云层，差点撞到玛西的背上——因为她突然停了下来。他伸手轻轻地推了她一把，在之前走过的几英里中，他常常不得不推着她行进。但这次，玛西的脚步没有继续向前。

她转身面对他，戈登在她眼中看到了绝望，他在十七年的战争生活中从未看到过这种眼神。他有一种不祥的预感，脊背发凉。越过玛西的肩膀，戈登望向道路的前方。

十码之外的路边是个交易站的废墟，上边褪色的广告还写着"香桃木雕刻品惊爆价出售"。两辆生锈的废汽车陷在前方泥泞的路上。

有四匹马和一辆双轮马车拴在倾斜的小木屋上。麦克林将军正交叉着手臂，站在门廊的屋檐下，朝着戈登微笑。

"快跑！"戈登一边对那两名女子喊，一边钻进了路边的草丛中，他滚到一根长满青苔的树干后面，握住了约翰尼的步枪。他

觉得自己在犯傻。麦克林大概还愿意同他谈谈,否则他早就死
了。

他知道自己逃跑是本能反应,是为了与那两名女子分开,让
自己吸引他们的注意力,给她们争取逃跑的机会。他咒骂道,愚
蠢的理想主义者。玛西和希瑟站在路上一动不动,她们已经筋
疲力尽,根本走不动了。

麦克林用一种最亲切又危险的声音说:"现在这样做可不明
智。督察先生,你觉得你能够打中我吗?"

戈登的确这样想过。当然,这要看那个变异人是否能让他
靠得够近,让他一试。

还要看藏了二十年的子弹在罗格河中浸过后是否还有效。

麦克林还是没有移动。戈登抬起头,透过树叶看到查尔斯·
比索站在那位将军的旁边。他们两个站在那儿,看上去很容易
射中。但当他滑动步枪的枪闩,开始往前爬的时候,戈登意识
到,还有四匹马,真是可恶。

突然上方传来了撞击声。他还没反应过来,就被来了个泰
山压顶,他的胸骨撞到了步枪的枪托。

戈登张着嘴,但呼吸不到空气!他感觉有人抓着衣领,将他
提到了空中,他一点儿都动不了,步枪从几乎毫无感觉的指间滑
落。

"这个家伙真的干掉了我们的两个人?"戈登的左耳边传来
了沙哑的嘲笑声,"在我看来,不过是个窝囊废。"

戈登觉得自己大概就要这么完蛋了,但最终,他获得了再次
呼吸的机会。

这一刻,他拼命地喘息着,完全忘记了自己的尊严。

麦克林对那个人说:"别忘了在阿格尼斯镇的那三名士兵。

那也是他干的。肖恩,他的腰带上已经有五只霍恩主义者的耳朵了。我们的克朗兹先生值得尊重。"

"请把他带进来。我相信他和那两名女子一定想取一下暖。"

抓他的人抓着衣领将他扯出草丛,沿着道路拎过去的时候,戈登的脚几乎没有着地。那个变异人将戈登往门廊上随便一扔,连大气都没喘一下。

在漏水的天篷下,查尔斯·比索目不转睛地盯着玛西;这位霍恩主义者的眼中充满了羞耻感,他肯定要对她们进行报复。但玛西和希瑟只是默默地看着戈登。

麦克林蹲在戈登旁边,"我一向非常佩服对付女人有一套的男人。我承认,你对付她们似乎真的有一套,克朗兹。"他咧嘴笑了一下。然后,他向自己强悍的助手点了点头,"肖恩,带他进来。那两个女人有活儿要干,我和督察还有正事要谈。"

17

"你知道,现在我对你的女人了如指掌了。"

那个发霉、破旧的交易站在戈登眼中不停地倒转,这让他很难特别专注地看东西,更别提那个对他说话的人了。

他被倒吊着,绳子绑在他的脚踝上,他的手垂到了踩着泥泞木地板的一双脚上。麦克林将军坐在火堆边,削着木棍。每次他的俘虏慢悠悠旋转过去,与他面对面,他会看戈登一眼。大多数时候,他都在微笑。

与血液冲到脑部产生的沉重感相比,他脚踝上紧压的感觉以及额头和胸骨的疼痛都不值一提。戈登从后门可以听到很轻的啜泣声,这种声音听起来已经够凄凉的了,但与大概半小时前的尖叫声相比确实好多了。最终,麦克林命令比索停手,让她们去干一些活儿。在旁边的那个房间里,他还有一个犯人需要照顾。他不想玛西和希瑟还有利用价值的时候,就把她们打得不省人事。

麦克林也希望能够与戈登心平气和地谈一谈,"你那几个疯狂的威拉米特河谷间谍活得够久了,是时候进行审问了。"霍恩主义者的司令和颜悦色地说,"旁边房间里的那个间谍一直不太

312

合作,但是我们从进攻部队那边收到了报告,情况已经相当明了。我不得不称赞你,克朗兹,那计划真有想象力,没能成功太可惜了。"

"我不知道你他妈的在说些什么,麦克林。"戈登舌头打结,很难说出话来。

"啊,但我从你的脸上可以看出你确实知道,"麦克林说,"没必要保守秘密了。你不必再为你勇敢的女兵们担心了。由于她们的偷袭,我们确实遭受了一些损失。但我敢打赌,损失远远没有你希望的那么多。当然,目前,你所有的'威拉米特河谷侦察兵'要么死了,要么被关起来了。但这是一次相当不错的尝试,值得赞赏。"

戈登的心剧烈跳动,"你个畜生,别称赞我。那是她们自己的想法! 我根本不知道她们计划做什么!"

戈登第二次看到麦克林露出了吃惊的表情。"好吧,好吧,"这个暴徒头子最后说,"难以置信,这个时代居然还有女权主义者。亲爱的督察,看来正是时候,让我们去拯救威拉米特河谷的可怜人吧!"他又微笑了起来。

他那矫揉造作的表情实在令人无法忍受。戈登尽可能地反击道:"麦克林,你永远不会胜利。即使你烧掉科瓦利斯,征服每个村子,将独眼巨人砸成碎片,人们也会跟你战斗到底!"

那微笑纹丝不动。这位将军在啧啧声中摇了摇头,"你认为我们毫无经验吗? 我亲爱的朋友,罗曼人是如何同化高傲自大、人数众多的撒克逊人的? 罗马人驯服高卢人的秘诀又是什么? 这位先生,你确实是一个浪漫主义者,太低估恐怖的力量了。"

麦克林继续削着木棍,"不管怎样,你忘了,我们不会当外来者太久的。我们将从你的人当中招收新成员。无数年轻人会看到成为生存主义者的好处，他们也不该自甘做农奴。与中世纪的贵族阶级不同，我们新的封建论者认为，所有男人都应该有权为其第一只耳环战斗。

"我的朋友，这是真正的民主。在立宪主义者背叛前，这就是美国争取的民主。我的手下们要成为霍恩主义者，必须杀人，否则他们只能沦为那些能杀人的人的奴隶。

"我们会招到新成员，而且会源源不断，别不信。由于北方人口数量惊人，我们在十年内就能拥有一支庞大的军队，一支自'富兰克林'文明由于其虚伪性崩溃以来前所未有的军队。"

戈登咬牙切齿地说："你凭什么认为你的其他敌人会给你十年时间？你征服那里后，你觉得加州人会给你很长时间养精蓄锐、建设你的军队吗？"

麦克林耸了耸肩，"我亲爱的朋友，你太不了解情况了。一旦我们撤走，南方松散的联盟就会解散，把我们抛在脑后。即使他们能将没完没了的小矛盾放到一边，团结起来，那些你说的'加州人'也要花二三十年才能抵达我们的新地盘。到那时，我们早就准备好反击了。

"还有另一件让人高兴的事，即使他们追击我们，也必须先穿过你朋友的舒格洛夫山！"

麦克林看到戈登脸上的表情哈哈大笑起来，"你觉得我不知道你的目的吗？克朗兹先生，你想想我为什么要伏击你的小队，将你活捉？我知道那位乡绅拒绝帮助罗斯镇至太平洋一带的任何人。

"不过，这样不是很好吗？'卡拉汉群山的屏障'——著名的乔治·波瓦坦——将保护他的山谷，这样他就等于保护了我们的侧翼，而此间我们将巩固北方……直到最终我们做好准备开始

'大决战'。"

这位将军若有所思地微笑了一下。

"我还没有亲自与波瓦坦交过手,我常常对此感到遗憾。我们双方交战的时候,他非常狡猾,总是在某个地方搞偷袭。但是我认为这样反而更好!让他在自己的农田上多活十年,等我征服了俄勒冈州,再回来对付他。

"督察先生,我相信就连你也会认为到时那样的下场是他罪有应得。"

这个问题戈登无法回答,只能保持缄默。麦克林用那根木棍敲了敲戈登,刚好又让他旋转起来。这时,前门打开了,一双厚重的软皮平底鞋走了进来。

"我和比尔沿着山坡检查了一番,"戈登听到那个变异人肖恩对他的司令说,"发现留下的足迹与我们之前在河边看到的一模一样。我确定就是那个杀死那些哨兵的黑鬼。"

黑鬼……

戈登静静地呼出了两个字:菲尔?

麦克林哈哈大笑起来,"现在来得正好。肖恩,你明白吗?内森·霍恩不是种族主义者,你也不应该是。在暴乱和战后的混乱中,少数民族处于那样的劣势,我总是对此感到遗憾。连他们当中的强者也没有公平的机会出人头地。

"现在考虑下外面的那个黑人士兵。他割断了我们三个河边守卫的喉咙。他是强者,本可以成为我们当中优秀的一员。"

尽管倒挂着,还在旋转,戈登也能看到肖恩不愉快的表情。然而,这位变异人没有与他的司令大声争吵。

麦克林继续说道:"可惜我们没有时间跟那个家伙玩儿了。肖恩,现在出去杀了他。"

一阵乱风吹过,那个彪悍的老兵再次走了出去,但没有说一个字,几乎没有发出任何声响。

"我真的宁愿先警告你的侦察兵一下,"麦克林对戈登透露说,"如果你外面的那个人知道自己对付的不是常人,战斗会更公平些。"麦克林再次大笑,"可惜,当下讲究公平并不明智。"

戈登觉得自己早已陷入了绝望,但此刻的愠怒与此前任何的愤怒都大不相同。"菲利普!快跑!"他撕心裂肺地大喊,祈祷着他的声音能够盖过雨滴的啪嗒声,"当心,他们——"

麦克林用力一挥木棍,打在了戈登的脸颊上。他的头摇转向一边。整个世界顿时模糊了,几乎陷入茫茫黑暗中。过了很长时间,他才能重新看清东西。戈登眨了眨眼睛,挤掉眼泪,嘴巴里还有丝血腥味儿。

麦克林点了点头,"没错,你像个男人,我会给你男人的尊严。时机成熟的时候,我会让你像个男人一样死的。"

"别夸我。"戈登呛了一下。麦克林只是咧嘴笑了一下,又开始削那根木棍了。

几分钟后,破旧商店的后门开了。麦克林厉声说道:"回去看好你的女人!"查尔斯·比索迅速关上了无窗储藏室的门,玛西和希瑟应该还在那里照顾另外那个戈登没看到的犯人。

"但你得知道,并不是每个强者都讨人喜欢。"麦克林的语调令人作呕,"不过嘛,有些人现在还有用。"

不知道是几个小时还是几分钟后,一阵颤动声通过木窗户传了进来。他觉得那只是河鸟的叫声而已,但麦克林迅速做出反应,吹灭了小油灯,用尘土灭掉了火。

他对戈登说:"有意思,看起来会是场不容错过的好戏。那几个人似乎碰到了个中好手。请容我离开片刻。"

他抓起戈登的头发，"当然，如果我不在的时候，你敢发出声音，我回来会立即杀了你。就这么说定了。"

戈登倒挂着无法耸肩。他说："跟内森·霍恩一起下地狱吧。"

麦克林微笑一下说："那是早晚的事。"随后，这位变异人打开门，冲进了下着雨的黑夜。

戈登倒挂着，像钟摆一样摇摆着慢慢停了下来。接着他深深地吸了一口气，准备逃脱。

他三次试图拉起自己去解开绑在脚踝上的绳子，可每次都掉了回来。重力导致身体突然向下落，身体被猛然一拉，痛得让他直哼哼。第三次的时候，他几乎已经无法承受。他的耳朵里嗡嗡直响，他觉得自己仿佛产生了幻听。

透过噙着泪水的眼睛，他迷迷糊糊地看到有什么东西在一旁看他挣扎。这些年来，他身边逝去的人似乎都化为鬼魂站在墙边。他突然觉得他们正在拿他的困境当赌局。

……忍耐……独眼巨人代表他们以壁炉中煤炭闪烁火光的形式说。

戈登讨厌这个幻象，他愤怒地低声说道："滚开。"他没有时间，也没有精力浪费在幻象上。伴着嘶声低吼，戈登又试了一次，竭尽全力往前屈体。

这次他勉强抓住了那根绳子，绳子很湿滑，他用了很大的力才抓住。

他的整个身体几乎对折起来，就像一把颤抖着的折叠刀，但戈登知道自己不能放手。他真的没有任何力气再试一次了。

戈登的两只手紧紧地抓着绳子，他不敢冒险去解绳扣，但又没有什么东西可以割断绳子，只能用尽全力继续往上攀。如果你能够恢复头上脚下的姿势，就会好一些。戈登对自己说。

他双手交替抓着绳子慢慢往上攀。肌肉不停地颤抖，到了抽筋的边缘，胸部和背部也疼痛无比，还有脚踝那儿传来一阵阵刺骨的疼痛。但他终于爬了上去。戈登紧紧地抓着那根绳子，像枝形吊灯一样打着晃。

在墙边，约翰尼·史蒂文斯兴奋地欢呼起来。特蕾西·史密斯以及其他威拉米特河谷军队的侦察兵微笑着。不错，够男人。他们似乎在说。

独眼巨人坐在格外凉爽的薄雾中，与冒烟的富兰克林炉①下着西洋棋。他们似乎也很满意。

戈登想弯下腰，够到那个绳结，但这样给绑着他脚踝的绳套造成了太多压力，他差点痛昏过去，不得不重新直起身子。

别这样。本杰明·富兰克林摇了摇头。这位伟大骗子的双光眼镜反射着房梁。

"去顶部……去顶——"戈登抬头看了一下那根结实的大梁，那根绳子就挂在大梁上。

爬上去，爬到顶端。

他举起双臂，将绳子绕在胳膊上。他开始拉的时候，对自己说，你在战前的体育课上这样做过。

没错。但你现在是个老东西了。

他流着眼泪，开始双手交替抓着绳子将自己往上拉，还尽可能借助膝盖的力量。在模糊的视野中，他越是挣扎，缠着他的那些鬼魂似乎越真实。他们已经从模糊的幻象变成了真切的存在。

"戈登，加油！"特蕾西对他喊道。

①本杰明·富兰克林设计的一种铸铁壁炉。

范中尉向他竖起了大拇指。约翰尼·史蒂文斯和那个在尤金市的废墟中救了他命的女子都在咧嘴笑着鼓励他。

一具穿着印有佩斯利涡旋纹图案衬衫和皮夹克的白骨咧嘴笑着，也向他竖起了没有肉的大拇指。它头上戴着一顶蓝色的尖顶帽，上面的黄铜徽章闪闪发光。

戈登竭尽全力向上爬的时候，连独眼巨人也停止了唠叨。

向上爬……他呻吟着，抓着滑溜溜的麻绳，对抗着向下拉的重力。向上爬，你个没用的知识分子……要么向上爬，要么死无葬身之地……

一只手够到了粗壮的木梁。他用那只手扒住木梁，又让另一只手也跟了上去。

就这样，该做的都做了。他两只手抱着木梁，整个人挂在木梁上，无法再挪动一下。

透过泪水，他隐约看到自己的幽灵朋友们都在抬头看着他，显然相当失望。

他没力气大喊，只能在心里对他们说："去你们的吧。"

……谁将负起责任……壁炉里的煤炭闪烁着火光。

"独眼巨人，你已经死了。你们都死了！别烦我！"戈登筋疲力尽，为了避开他们，他闭上了眼睛。

黑暗中，他又遇到了另一个鬼魂。他毫无羞耻之心地利用这个鬼魂，这个鬼魂也利用了他。

它是一个国家，一个世界。

一张张脸在他眼前浮现又消失……数百万张脸，他们遭背叛，被毁灭，但仍在奋斗……

——为了重建后美国。

——为了复兴的世界。

——为了一个白日梦……但是那个白日梦不能破灭,只要他活着,就必须坚守此道。

戈登有些好奇,有些吃惊。这就是他说了那么长时间的谎话,讲述那种美好故事的原因?……因为他需要它们?因为他离不开它们?他回答了自己的问题,没有它们,我早就蜷着身子死了。

真有趣,他从未这样清楚地认识到这一点。在黑暗中,那个梦想——即使不存在于宇宙的任何地方——也在他心中发出了耀眼的光芒,就像闪烁着的硅藻,又如漂浮在黑暗大海中的明亮尘埃。

在一片漆黑的环境下,他仿佛站到它面前,将它握在了手中。那光芒让人讶异。这颗宝石不断变大。从无数个切面中,他看到的不只是人群,也不只是几代人。

未来在他周围成形,逐渐包围住他,穿透他的心。

当戈登再次睁开眼睛的时候,他发现自己正趴在大梁上,但他记不起自己是怎么做到的。他坐起来眨了眨眼睛。好像有道幽灵似的光芒从他体内射向四面八方,这座破败建筑的残垣断壁也被光芒穿过。墙壁好似是梦境中的东西,明亮的光线却显得更为真实。有那么一会儿,戈登觉得那光芒永远不会消失。

随后,正如它神奇地出现一样,光芒又神奇地消失了。那股不知哪儿来的精气神流回了神秘的源泉。戈登的身体恢复了知觉,满是疲惫、疼痛。

戈登一边颤抖,一边笨手笨脚地处理包在他脚踝上打结的止血带。他没有穿鞋的脚上有伤,上面都是血,滑溜溜的。当他最终松开绳子,让血液重新开始循环后,感觉就像有一万只虫子在他皮肤里乱跑。

至少缠着他的鬼魂走了;不管那道奇怪的光是怎么回事,它似乎带走了那些为他加油的鬼魂。戈登不知道他们是否还会回来。

解开最后一个绳套的时候,他听到了远处的枪声,自麦克林离开,留他一个人在这里以来,这是他第一次听到枪声。希望这意味着菲尔·博库托还没有死。他默默地祝自己的朋友好运。

脚步声靠近储藏室门的时候,他蜷伏在大梁上。门缓缓地打开,查尔斯·比索盯着这个空房间和悬着的松弛绳子看。这位前律师的眼中充满了恐惧,他掏出自动手枪,走了出来。

戈登宁愿等待,等那个人直接走到他的下面,但比索不是傻子。他的脸上露出了怀疑的表情,接着他开始抬头看……

戈登跳了下去。他们相撞的时候,点四五式的枪管冒出了火焰。

戈登的荷尔蒙迸发,根本没有想子弹飞到了哪里,还有那一撞究竟是谁的骨头发出了响亮的断裂声。他们一起在地上翻滚的时候,他努力去够那把手枪。

这个霍恩主义者将点四五式手枪指向戈登,怒吼道:"……干死你!"又开了一枪,戈登迅速低头,躲到一边,他的脖子一阵灼热的刺痛。"别动!"比索怒吼道,好像他习惯了发号施令,"我要……"

但戈登猛地一肘顶开了那把枪,与敌人全力扭打起来。比索还想重新收枪瞄准戈登,然而戈登对着比索的下巴狠狠地来了一记上勾拳。这个光头霍恩主义者的脑袋重重地落到地上,他的身体不受控制地抽搐着,同时点四五连开了两枪,弹头嵌进了墙里。

随后比索便一动不动地瘫在地上。

戈登的手痛得厉害。他慢慢站起身,感觉神志还未完全清醒,他小心翼翼地检查着折断的肋骨,以及身体上的其他伤口。

"战斗的时候千万不要说话。这是个坏习惯。"他对那个不省人事的家伙说道。

玛西和希瑟从储存室中冲出来,拿走了比索的刀。戈登有叫她们停下来,将比索绑起来的冲动。

不过,他没有阻止她们。他跟着她们走过后门,进入了储存室。

储存室里比外面更黑,但眼睛逐渐适应了光线,他看到在角落里脏兮兮的毛毯上躺着一个瘦长的人。一只手向他伸过来,还发出了微弱的声音:

"戈登,我知道你会来到我身边……是不是很傻? ……这听起来……听起来像童话故事,但是……但是不知道怎么回事,我就是知道你会来。"

他跪在这个奄奄一息的女人边上。她的伤口已经简单清洗过并绑上了绷带,但她蓬乱的头发和血迹斑斑的衣服掩盖了更多的伤口,他都不敢去看。

"德娜。"他转头闭上了眼睛。她抓住了他的手。

她用尖利刺耳的声音说:"亲爱的,我们突袭了他们。我和其他侦察兵……在一些地方,我们确实杀入了敌阵当中! 可——"德娜一阵咳嗽,几乎让她的身子整个蜷缩而起,她吐出了几口土黄色的液体,话语也停了下来。

"别说话。我们会想办法带你离开这里的。"戈登安慰道。

德娜抓住了戈登破烂的衬衫。她的嘴角还挂着泛出来的胃酸。

"不知道怎么回事,他们发现了我们的计划……超过一半的地方在我们袭击前就接到了警告……

"或许我们当中有一个女孩爱上了强奸她的人,就像神话中所说的许珀耳涅斯特拉①一样……"德娜难以置信地摇了摇头,"我和特蕾西担心过这种可能性,因为昂特·苏珊说,古时候,有时会发生这样的事……"

戈登不知道德娜在胡言乱语些什么。他努力想着办法,想找个办法在麦克林和其他霍恩主义者回来前,带着这个受重伤又精神错乱的女人穿过敌人几英里的防线逃脱。

但这根本就是白日做梦,他感到异常绝望。

"戈登,我觉得我们搞砸了……但我们至少试过了! 我们试过了……"德娜摇了摇头,戈登将她拥入怀中,发现她眼中满是泪水。

"亲爱的,我知道的。我知道你累了。"

他的眼睛也模糊了。尽管她身上很脏,到处都是伤口,但他闻到了她的香味。他意识到了她对他的重要性,但太晚了。他知道不应该抱太紧,但还是抱得更紧了,不想让她离开。

"没事了。我爱你。我会在这里照顾好你的。"

德娜叹了一口气,"你在这里。你……"她抓着他的胳膊,"你……"

她的身体突然拱起来,接着颤抖了一下。她喊道:"戈登啊! 我看到……你能……"

---

①希腊神话中阿尔戈斯王的五十个女儿之一。阿尔戈斯要求女儿们在新婚之夜杀死自己的丈夫,只有她违背了父命。

他们对视了一会儿,她的双眼绽放着华光。

然后,她死了。

"没错,我看到了,"他轻轻地告诉她,还抱着她的身体,"或许没有你看得清楚,但我也看到了。"

18

　　在外面那个房间的角落里,希瑟和玛西一边手里忙着什么,一边时不时转过身来,戈登对她们在做什么漠不关心。

　　哀悼留待以后再说。现在他还有事情要做,比如带这两名女子离开这里。虽然机会渺茫,但如果他能够将她们送到卡拉汉群山,她们就安全了。

　　这已经够难的了,但那之后,他还有其他任务。如果可能的话,他将返回科瓦利斯。他不能辜负德娜的期望,必须努力塑造那个可笑又美好的英雄形象,或许,还要为守护独眼巨人而死,带领最后一群"邮差"对抗无法战胜的敌人。

　　他想,自己是否能穿上比索的鞋子,脚踝那么肿,不穿鞋也许反而更好。他对那两名女子厉声说道:"别浪费时间,我们必须离开了!"

　　但是当戈登弯腰去捡地上比索的自动手枪时,一个低沉的声音传入了他耳中:"我有个非常好的建议,朋友——我喜欢称呼你这样的人为我的朋友。

　　"当然,这并不意味着如果你试图去捡那把手枪的话,我不会把你撕成两半。"

戈登让那把枪留在了原地，费力地站了起来。麦克林将军挡在门口，他看起来已经准备好甩出手中的匕首了。

"踢到边上。"

戈登照做了。那把自动手枪打着旋儿滑到了布满灰尘的角落里。

"这样好多了。"麦克林将匕首装进刀鞘中。他向那两名女子晃了一下脑袋，"滚，快滚。想活命的话，就快滚！"

玛西和希瑟目瞪口呆，她们慢慢经过麦克林身边，然后奔进了黑夜中。戈登相信，她们会在雨中一路狂奔，直到体力不支倒地。

"我会不会有同样的待遇？"戈登问道。

麦克林微笑着摇了摇头，"我要你跟我来，我这里需要你的帮助。"

一盏提灯照亮了沿途的部分空地，远处不时出现的闪电和在雨云边缘偶尔闪烁的月光也照亮了一些地方。戈登跟着麦克林一拐一拐地走着。没过几分钟，他身上就被细密的毛毛雨淋透了。他那还在流血的脚踝在他走过的水坑中留下了不断散开的粉色涟漪。

"你那个黑人手下要比我想象得厉害，"麦克林说着将戈登拉到了灯照到的圆形区域的一边，"除非他另有帮手，但这不太可能。如果他有帮手的话，我在河边巡逻的人不会只看到他的足迹。"

"不管是哪种情况，肖恩和比尔不小心，那是活该。"

戈登第一次听出了点儿端倪，"你的意思是——"

麦克林打断他说："别高兴得太早。我的部队离这里不到一英里，我的挎包里有一把信号枪。但是你没看到我发信号求助，对吧？"

他再次微笑了一下，"现在我要让你看看这到底是一场什么样的战争。你还有你的侦察兵都是强者，本应该成为霍恩主义者。但你们在弱者的宣传环境中长大，我将借此机会让你看看你是多么软弱。"

麦克林牢牢地抓着戈登的手臂，对着黑夜喊了起来。

他轻蔑地说："黑鬼！我是沃尔西·麦克林将军。你的司令在我这里……你的美国邮政督察！"

"想要让他获得自由吗？我的人天亮前就要到了，所以说你没什么时间了！快出来！我们为他进行决斗！由你选择武器！"

"菲利普，别听他的！他是——"

麦克林猛拉了一把他的手臂，差点将手臂从他肩膀上撕下来，戈登的警告变成了呻吟声。那种力量迫使他跪在了地上。他的肋骨不停地震动。

戈登凭借坚强的意志抬起了头，咬紧牙关发出了嘶嘶声。他克服一阵阵头晕目眩，跌跌撞撞站了起来。尽管他感觉周围的世界都在旋转，但他不想被人看到跪在麦克林的旁边。

麦克林轻轻地哼了一声，好像要说他只期望从真正的男人那里看到这样的行为。果然，这个变异人的身体像猫一样兴奋得微微发抖，蓄势待发。他们就在灯光照到的圆圈外一起等待着。狂风暴雨停了又下，下了又停，就这样几分钟过去了。

"最后的机会，黑鬼！"不知不觉，麦克林的刀放到了戈登的喉咙上。麦克林像蟒蛇缠绕猎物一样紧紧地抓住戈登的左臂扭到他背后，"你再不出现，我将在三十秒内杀掉你的督察！现在开始数数！"

这半分钟过得比戈登知道的任何半分钟都慢。他觉得超然，几乎认命了，真够奇怪的。

最终麦克林摇了摇头,听起来相当失望:

"哎,太糟糕了,克朗兹。"那把刀移到了他的左耳下面,"我猜他比我聪明——"

戈登喘了口气。他什么都没听到,突然他意识到,在不到十五英尺之外的灯光边缘又出现了一双软皮平底鞋。

麦克林转身将戈登置于他们中间的时候,那个新来的人轻声说道:"很遗憾,你的人杀死了你在呼唤的那名勇敢的士兵。"

那个神秘的声音继续说道:"菲利普·博库托是条汉子。他要是活着,肯定会回来的,但现在由我来代替他接受你的挑战。"

一个肩膀宽阔的男人走进了圆圈,一块嵌着珠子的头巾在灯光下闪闪发亮。他灰色的头发扎成了马尾,满脸的皱纹显露出了一种悲伤的平静。

戈登几乎可以从那用力一抓中感受到麦克林的喜悦,"很好,很好。从我听到的话来看,这只能是舒格洛夫山的乡绅,你终于一个人下山了!先生,我的喜悦之情可能是你想象不到的。非常欢迎你!"

戈登甚至无法想象他怎么会出现在这里,只得咬牙切齿地说:"波瓦坦,快离开这里,你个傻瓜!你不会有机会的!他是个变异人!"

菲利普·博库托是戈登认识的最优秀的战士之一。如果在偷袭的情况下,他才勉强干掉了一个力量不及麦克林的变异人,甚至还为此付出了生命的代价,这个老人何来胜算?

波瓦坦听到戈登的话,皱起了眉头。

"这么说,你指的是九十年代初那些试验的产物?我原本认为斯拉夫人和土耳其人爆发战争前,他们都变正常或者全死光了。真是不可思议。这一下让我明白了过去二十年发生的许多事情。"

麦克林咧嘴笑着问："你当初听说过我们?"

波瓦坦严肃地点了点头,"战争爆发前我听说过。我还知道那个特殊试验中止的原因,主要是因为招收的试验对象都是从穷凶极恶的人群中筛选的。"

麦克林同意道："这是弱者的说法,其实真正的原因是他们犯了错误,从强者,而不是什么'穷凶极恶的人'中招收了志愿者。"

波瓦坦摇了摇头。他好像完全是在谦和有礼地争论一个语义问题,似乎只有他的沉重呼吸透露出了一些情绪。

"他们招收的勇士……"他强调说,"……是那种非常疯狂的人,在被需要的时候非常有价值,但不被需要的时候便成了问题。九十年代的那个教训相当惨痛。那些变异人回国后还是好勇斗狠,这给社会带来了许多麻烦。"

"麻烦是重点。"麦克林哈哈大笑起来,"波瓦坦,让我给你添点儿麻烦吧。"他将戈登一把扔到了边上,好像是临时决定这样做的。他从刀鞘中取出刀,向他的宿敌走去。

戈登再次摔到了水沟中,只能躺在污泥中呻吟。他的左半边身子感觉被撕裂了在燃烧,好像背着灼热的木炭。知觉时有时无,他勉力支撑才没彻底昏迷。当他最终能够再次眯起疼痛的双眼抬头看时,那两个人正在灯照亮的那块小区域内兜圈子。

当然,麦克林只是在玩弄他的对手而已。对于像他这把年纪的人来说,波瓦坦算得上身手矫健,但麦克林脖子、手臂还有大腿上凸起的大块肌肉能让常人看上去显得弱不禁风。戈登还记得麦克林壁炉边,那根像太妃糖一样被拉成了两段的拨火棍。

乔治·波瓦坦全身颤抖,大口喘着气,脸涨得通红。尽管这种处境毫无希望,但看到那位乡绅的脸上出现那么明显的害怕表情,戈登在内心深处还是感到吃惊。

戈登意识到,所有传奇肯定都是编造出来的。我们先是夸大了事实,一段时间后,甚至开始相信这些夸张的故事。

似乎只有在波瓦坦的声音中还能听出一点儿镇静,虽然他的呼吸已经全无章法。

他大口地喘着气,"先生,有些事,我觉得你应该考虑一下。"

麦克林咆哮道:"等下再说! 先生,等下我们可以再讨论一下放牧和酿酒。但现在,我要教你点实用的技能。"

麦克林像猫一样迅速出击。波瓦坦往边上一跳,刚好避开了他的一击。接着,波瓦坦转身飞起一脚,麦克林折转身躯,差点被他踢中。

戈登开始有了希望。或许波瓦坦是个有天赋的人,他的速度——尽管他已经是个中年人——可能与麦克林不相上下。如果是这样,再加上他较长的手臂,他或许刚好可以抵御对手可怕的进攻……

这个变异人又吸了一口气,去撕对手的衬衫。这次波瓦坦的闪躲更加吃力,他借力甩掉了那身带刺绣的衣服,躲开了一系列攻击,那任何一击都可能杀死一头小公牛。麦克林再次冲过去的时候,波瓦坦的手刀差点砍到他的肾。但是随后,这个霍恩主义者回身一转,反而抓住了波瓦坦缩回去的手腕。

反抗中,波瓦坦往前一迈,翻转手腕,顿时摆脱了束缚。

但是麦克林似乎知道他会那样做,这位将军转了个身来到对手的另一侧。波瓦坦正要侧身随之变换位置,麦克林却迅速抓住了他的另一只胳膊。麦克林咧嘴笑着,乡绅想再次挣脱,但这次没有成功。

在一臂之外，那个来自卡马斯山谷的人喘着气停止了挣扎。尽管雨丝冰冷，但他头上似乎热气蒸腾。

这就是结局，戈登失望地想。尽管过去他与波瓦坦有分歧，但他努力在想自己可以帮上什么忙。他向四周寻找可以投掷的物体，砸东西过去或许可以分散麦克林的注意力，让另外那个人借机逃脱。

但是，周围只有烂泥和几根湿透的小树枝。戈登连爬离他摔倒之处的力气都没有。他只能躺在那里，看着结局，等着自己生命终结。

"现在，"麦克林对他的新俘虏说，"有话就说吧。但最好有趣点儿，能逗人笑，这样你才能活下去。"

波瓦坦突然猛地一拉，试了一下麦克林铁爪的力道，露出一脸痛苦的表情。整整一分钟，他都在深呼吸。但现在他的表情趋于平静，好像完全认命了。当他最终回答的时候，声音沉稳：

"这不是我想要的结果。我早就告诉过他们我不行……太老了……运气好才被选上……"他深深吸了口气，叹息道，"我求他们不要那样对我。现在，终于结束了……"那双灰色的眼睛眨了几下，"但是永远不会结束……除非死亡降临。"

他不行了。戈登想，这人疯了。他不想亲眼看到这难堪的一幕。当初，我离开德娜就是去寻找这位著名的英雄……

麦克林冷漠地说："乡绅，你说的话一点儿都不好笑。如果你珍惜剩下时光的话，就别让我感到厌烦。"

但波瓦坦似乎没在专心听，实际上他好像在想其他事情，或许在全神贯注地回忆什么事情，继续对话只是出于礼貌而已。

"我只是……认为你应该知道你离开那个项目后……情况发生了一点儿变化。"

麦克林摇了摇头,他的眉毛挤到了一块儿,"他妈的,你在说什么?"

波瓦坦眨了眨眼,身体从上到下哆嗦了一下,这让麦克林微笑起来。

"我的意思是……他们根本不会因为变异人有缺陷……就放弃像变异人这样有前景的东西。"

麦克林咆哮道:"他们太害怕了,不敢继续了。他们太害怕我们了!"

波瓦坦的眼皮跳动了一下,他还在默默地大口吸气。

戈登盯着波瓦坦看。那个人身上发生着什么变化。汗水被滂沱大雨冲掉前,在他肩膀和胸部的油性斑点上闪闪发光。他的肌肉抽动着,好像正在忍受一阵阵疼痛。

戈登想,那个人是否正在他眼前崩溃?

波瓦坦的声音听起来相当遥远,令人有些困惑,"……新一代变异人没有那么强悍……意味着需要以某种东方修行作为补充训练……在生物反应方面……"

麦克林的头向后仰,大声笑了起来,"嬉皮士变异人?哦!不错,波瓦坦。挺吓人的!挺精彩的!"

不过,波瓦坦似乎并没有在听。他在集中精神,他的嘴唇翕动着,好像在背诵很久以前记得的东西。

戈登盯着波瓦坦,然后眨了眨眼睛,甩掉睫毛上的雨滴,更加认真地注视起来。波瓦坦的手臂和肩膀上的微弱线条似乎正在凸显出来,交叉着向他的脖子和胸部延伸。这个人的颤抖不断加剧,达到了稳定的节奏,现在那颤抖与其说混乱,还不如说是有韵律的。

乔治·波瓦坦随意又温和地说:"整个过程还需要吸入大量

空气。"他开始站起来的时候,依然保持着深呼吸。

现在,麦克林已经停止了大笑。这位霍恩主义者难以置信地盯着他看。

波瓦坦继续随意地说道:"我们被关在一个笼子里……但你似乎挺乐在其中……你瞧,我们都没法摆脱那个傲慢的时代,那些年里,傲慢的人们……"

"你不是……"

"来吧,将军!"波瓦坦微笑着,并没有对抓他的人显示出恶意,"不要这么惊讶……你肯定不相信你以及你这一代就是最后的变异人吧?"

麦克林肯定立即得出了与戈登一样的结论——波瓦坦不停说话只是在争取时间。

戈登喊道:"麦克林!"但那位霍恩主义者并没有分心。他迅速拿过一把砍刀(湿漉漉的,在灯光下还闪闪发光),向波瓦坦无法动弹的右手砍去。

虽然仍然弯着身子,还没准备好,但波瓦坦迅速转了个身。他用那只没被抓住的手抓住了麦克林的手腕,那一刀只在手臂上划了道小口子。

他们在较劲的时候,这个霍恩主义者喊叫起来,将军的力气较大,那把挂着雨滴的刀距离波瓦坦的胸口越来越近。

波瓦坦的臀部突然一沉,后翻着朝麦克林的头上踢去。将军堪堪躲过,却没有松开抓着对方的手,而是猛拉了一把,两人互相转来转去,像风车的两片旋叶,不停地往外旋转,直到脱离了灯光的范围,消失在黑暗之中。随后传来的击打声、撞击声不绝于耳,在戈登耳中,那听起来像是有头大象踩进了灌木丛里。

戈登爬出灯光照亮的区域,以便让眼睛适应黑暗。他摸到了一棵倒在地上的粗大雪松旁。他疼痛难耐,只能注视着他们消失的方向,什么都做不了,唯有通过打斗发出的嘈杂声,以及逃离被破坏的灌木丛、掠过水坑的小动物,来判断他们的方位。

当这两个扭打在一起的人再次出现在空地的时候,他们的衣服已经破烂不堪。他们的身体上都是刀伤和擦伤。刀子虽然已经不见了,但这两位勇士依然令人胆寒。他们打斗经过的地方,荆棘丛和幼树无一幸免,一片狼藉。

这场决斗没有任何仪式和优雅可言。那个个子较矮、力气较大的人非常愤怒地走上前去,试图抓住他的敌人。那个个子较高的人努力不让他靠近,不断出击,似乎劈开了空气。

戈登告诉自己,不要夸大事实。他们只是人,其中之一还是个老人。

然而,戈登也多少愿意和那些古老的民族一样相信巨人——他们是人形的神,战斗的时候气势排山倒海。待到决斗者再次消失在黑暗中时,戈登胡思乱想起来,他超然地思考着为何变异的力量像许多其他新发现的力量一样,会率先在战争中使用。但通常都是这样,随后才发现其他用途……比如说化学品、飞机、宇宙飞船就是这样……不过,后来发现的用途才是真正的用途。

如果末日之战没有爆发……如果这项技术融入了新文艺复兴的广泛理念中,被所有人利用,会怎么样?

人类可能会获得什么能力? 如果真能如此的话,人类还有什么是自己得不到的?

戈登靠着那棵雪松的粗大树干,跌跌撞撞站了起来。他摇晃了一会儿,强迫自己将一只脚放到另一只脚的前面,就这样一瘸一拐地朝撞击声发出的方向走去。他根本没有逃跑的念头,只是想在大雨滂沱、电闪雷鸣的漆黑森林中，亲眼见证二十世纪科学创造的最后伟大奇迹。

那盏灯在压碎的荆棘丛中投下明显的阴影，但很快他便走出了阴影区。戈登循着嘈杂声走去，声音突然消失了。喊叫声没了，猛烈的撞击声也没了，只剩下轰隆隆的雷声和河水的奔流声。

透过雨水，他已经适应黑暗的眼睛看到乌云下两个皮肤泛红、赤裸裸的人站在高处，底下便是奔腾的河水。其中一人蜷缩着身子，脖子短而粗，像传说中的弥诺陶洛斯[①]。另外那个更像人一些，但飞舞的长头发像在风中飘动的褴褛旗帜。此刻，那两个变异人在狂风暴雨中喘气，面对面不住地摇晃。

随后，好像接到了命令，他们最后一次缠在了一起。

雷声隆隆。一道耀眼的梯状闪电击在河岸对面的山上，大自然的咆哮声震得树枝都簌簌发抖。

那一刻戈登看到，映着锯齿状闪电，有个人影伸出双手将另外一个挣扎着的人举过头顶。前者将后者抛向空中，黑影足足上升了一秒钟，接着耀眼的电光消失，周遭再度变得一片漆黑。

这一幕震撼人心。戈登知道那个被抛起者肯定会跌入峡谷底下弯弯曲曲的冰冷急流中。但他总觉得那黑影不断上升，好像被抛离了地球。

滂沱大雨打在南向的小道上。戈登摸索着回到倒在地上的一截树干旁，一屁股坐了下去。他静静地等在那儿，根本没想走开。记忆翻腾，像一条被淤泥阻塞而不断膨胀的河流。

最终，他的左边传来了小树枝折断发出的噼啪声。一个赤裸裸的人慢慢地从黑暗中现身，疲惫地朝他走来。

[①]希腊神话中的人物，是个半人半牛怪。

"德娜说只有两类男人至关重要。我以为这不过是异想天开，万万没想到政府也这么认为。"

那个人倒在了他边上脱落下来的树皮上。在他的皮肤下面，有上千根跳动的小青筋在膨胀，在剧烈跳动。他全身上下有上百处擦伤正在滴血。他艰难地呼吸着，眼神迷茫。

戈登问道："他们最后改变政策了，对吗？他们一定重新做出了正确的决定。"

他知道乔治·波瓦坦听到了他的话，也理解了，但他没等来回应。

戈登勃然大怒。他需要答案。由于某种原因，他内心深处就是渴望知道，在灾难前的最后几年里，是否仍然是正直可敬的男男女女统治着美国。

"乔治，告诉我！你说过他们已经不选勇士。那他们选什么人？他们选的是懦夫？不贪图权力的人？还是骁勇善战、但不愿出手的人？"

约翰尼·史蒂文斯困惑不解的表情浮现在了戈登面前。约翰尼渴望学习，他很想解开那位伟大的领导人傲慢地拒绝戴上皇冠反而去耕田的谜团。他从来没有真正地给那小子解释过，而现在已经太晚了。

"说啊！他们重新采用旧标准了吗？他们故意寻找那些自以为首先是公民的士兵吗？"

他抓住波瓦坦颤动的肩膀说："可恶！当我从科瓦利斯千里迢迢来求你的时候，你为什么不告诉我！难道你觉得我不能理解吗？"

这位卡马斯山谷的乡绅看上去情绪低落。他看了一下戈登的眼睛，接着就颤抖着将目光移开了。

"波瓦坦啊,你应该相信我能够理解的。当你说到重要的东西只知道不断索取时,我就明白你的意思了。"戈登紧握着拳头,"重要的东西会带走你所爱的一切,但仍然还要索取更多的东西。你知道这一点,我知道这一点……那个'笨蛋'辛辛纳图斯也知道这一点,所以他告诉他们另选国王!

"但你错在认为这样就可以结束,波瓦坦!"戈登跌跌撞撞站了起来。他对那个人怒吼道:"你真的认为你完成使命了吗?"

当波瓦坦最终开口的时候,由于隆隆的雷声,戈登不得不弯下身来听他说话。

"我原本希望……我非常肯定我可以——"

"非常肯定你可以看破所有的大骗局!"戈登嘲讽地大笑起来,"非常肯定,你可以不管荣誉、尊严和国家?

"那么是什么让你改变了想法?

"你对独眼巨人和技术带来的希望一笑了之。上帝、同情或者'重建后美国'都不会让你动摇! 因此告诉我,波瓦坦,是什么力量那么大,让你最终跟着菲尔·博库托下山来找我?"

这位当世最强大的人物——一大把年纪的半神一般的人——交叉着手坐着,似乎要像小孩子一样缩起来,他看上去精疲力竭、满面愧色。

他呻吟道:"你说得对,永远不会结束。我付出得太多了……我只想安度晚年。这个要求过分吗? 过分吗?"

他眼神中流露出一丝忧郁,"但是永远不会结束。"

接着波瓦坦抬起头第一次与戈登对视。

他最终轻声回答戈登的问题说:"是女人。自从你来访和那些该死的信寄来后,他们一直不停地谈论,不停地问问题。

"接着北方那个疯狂的故事传到了我的山谷。我试图……

试图告诉他们，你那些女战士的所作所为只是疯狂的行为而已，但是他们——"

波瓦坦说不下去了，他摇了摇头，"博库托是气冲冲离开，一个人来到这里的……他离开后，他们一直看着我……他们不停地追着我……"

他双手掩面而泣。

"亲爱的上帝，原谅我。是那些女人使我这样做的。"

戈登吃惊地眨了眨眼睛。夹杂着雨滴的眼泪从这位最后的变异人疲惫且爬满皱纹的脸上淌下来。乔治·波瓦坦一边颤抖，一边放声恸哭。

戈登坐到他旁边的粗糙圆木上，一种沉甸甸的感觉袭上他的心头，像附近的贝壳河因冬天的积雪融化而水势上涨一样。接下来几分钟，他自己的脸庞也被泪水濡湿。

闪电划破天际。附近的河流奔腾不息。他们在雨中一起哭泣着，哀悼着，因为男人只能为自己哀悼。

插　曲

严冬依旧，
直到大洋尽责，
驱走寒冬，迎来春天。

第四部

混沌消逝

1

一个新传奇席卷俄勒冈州,从罗斯镇一路向北传到哥伦比亚,从群山传到太平洋。通过信件和口头传播,越传越盛。

这个故事比前两个故事——一台聪明又仁慈的机器和一个重生的国家——还要令人悲伤,还要扣人心弦。然而,这个新故事中至关重要的一点是前两个故事不具备的。

那就是它的真实性。

这个故事讲述了四十个女人——许多人称她们为"疯狂的女人"——有一个共同的秘密誓言:竭尽全力、不惜一切代价结束一场可怕的战争,在所有好男人为拯救她们而牺牲前结束那场战争。

有些人解释说,她们那样做是因为爱。也有人说,她们那样做是为了国家。

甚至有传言说,那些女人踏上走向地狱的漫漫之路是一种苦修,是为了弥补女人过去的无所作为。

人们对此的解读多种多样,但无论是口口相传,还是通过美国邮政传播,其中蕴涵的真谛总是相同的。从小山村到乡村,再到农庄,母亲们、女儿们还有妻子们读信,倾听故事,再将它们传递下去。

……

她们互相轻声告诉对方:既有聪明强大的男人,也有疯狂的男人。那些疯狂的男人会破坏世界。

女人们,你们必须对他们作出判断……

当她们想到那些"侦察兵"做出的牺牲时,互相告诉对方,千万不能再次让事态发展到那种程度。

我们千万不能再只让好男人和坏男人参与由来已久的战斗。

女人们,你们必须分担责任……在战斗中发挥你们的优势……

要谨记从那个故事中总结出来的教训:即使是最优秀的男人——英雄——有时也会玩忽职守。

女人们,你们必须不时地提醒他们……

2

尊敬的阿黛尔·汤普森女士：

　　谢谢您的来信。这些信对我的康复帮助很大，因为我一直非常担心敌人会攻到松景村。您、阿比和迈克尔都安然无恙，这个消息对我来说有多重要，您可能无法想象。

　　说到阿比，请您告诉她，我昨天看到迈克尔了！他，还有松景村派来助阵的另外五名志愿者都已安然抵达。与许多我们招来的新人一样，他似乎迫不及待想要投入战斗。

　　我告诉了他一些有关霍恩主义者的亲身经历，希望这没有让他的精神受到很大打击。不过，我坚信，从现在起他将更加专心训练，可能不会再那么渴望凭借一己之力赢得这场战争了。毕竟，我们希望阿比和小卡洛琳能再次看到他。

　　我很高兴您能收留玛西和希瑟。我们都欠她们两个的人情。没有她们两个，科瓦利斯将遭受大劫。松景村应该给她们提供调养的好环境。

　　告诉阿比，我已经将她的信交给了几位老教授，他们正在讨论再次开课的可行性。大概一年内，这里就会有大学，前提是这场战争一切顺利。

当然，后者没有绝对的把握。形势已经好转，但要消灭那些可怕的敌人还有很长的路要走。

汤普森女士，您最后那个问题很难回答，我不知道自己能不能回答。那个侦察兵牺牲的故事传到了山中，我并不感到吃惊。但是你应该知道，即使我们也不很清楚相关细节。

我只能告诉您，没错，我相当了解德娜·司布珍。但也可以说不了解，我认为我一点都不了解她。我真的不明白，我是否能够了解她。

戈登坐在科瓦利斯邮局外面的长凳上。他背靠着粗糙的墙壁，看着一缕缕晨光，考虑着他无法在给汤普森女士的信中写出来的东西……他找不到词来描述的东西。

在夺回柴郡和富兰克林两个村之前，威拉米特河谷谣言四起，因为仲冬那次擅自出击的侦察兵都没有回来。不过，一次次反攻后，新获救的奴隶们所讲述的故事开始被拼凑成一个个片段。这一个个片段又被慢慢地整合成一个整体。

冬日的一天——其实就是在戈登离开科瓦利斯向南远行的两天后——那些女侦察兵开始离开农民和镇民组成的部队。每次几个人，她们偷偷溜到南部和西部，卸下武器，将自己献给了敌人。

有几个当场被杀。有的被哈哈大笑的疯子强奸，有的被他们折磨，他们根本没有听她们精心排练过的说明。

不过，她们中的大多数还是如愿混进了敌营，受到霍恩主义者的欢迎。他们对女人垂涎三尺。

据说，那些混进去的人解释说，她们已经不想做懦夫的老婆了,而是想与"真正的男人"交欢。内森·霍恩的追随者往往会接受这样的解释,或者说这个计划的制订者是这么想的。

接下来她们肯定过得很艰难,或许难得超出想象。因为那些女人必须假戏真做,直到预定的血洗之夜来临——她们原本计划在那个夜晚从正在毁灭最后那点脆弱文明的残暴之徒手中挽救世界。

但在春季的攻势中,又有一批城镇落入敌手,到底是怎么回事还不清楚。或许是某个侵略者终于开始怀疑,对某个可怜的女人进行严刑拷打,直到她开口。也可能是她们当中有人爱上了暴徒,背叛她们,说出了实情。德娜说得对,历史上发生过这样的事情,这里同样也可能发生。还有可能是有人实在不太会撒谎或者她们在新主人亲近她们的时候会忍不住发抖。

无论是怎么回事,那确实是一个血洗之夜。在未及时收到警告的地方,一天半夜里,那些女人从厨房中偷出刀,溜进一个个房间,不断地砍杀,直到她们自己倒下为止。

在其他地方,倒下的只有她们,但即使在生命的最后一刻,她们也还在大声地咒骂敌人。

当然,行动最终失败。任何人都可以预测到那样的结局。就算在计划"成功实施"的地方,被杀的侵略者也很少,不足以产生实质性影响。从军事意义上讲,那些女兵白白牺牲了。

她们悲壮地牺牲了。

不过消息传了开来,一路传播,传到了山谷中。男人们听了以后震惊不已,难以置信地摇了摇头。女人们也听到了消息,随后私下里聚到一起急切地讨论起来。她们时而争论,时而皱眉,时而又陷入沉思。

最终,消息甚至传到了南方。这时,那个故事已经变成了一个传奇，最终传到了舒格洛夫山。

那里，在奔腾贝壳河的交汇口之上，那些侦察兵最终获得了胜利。

……

我只想告诉您，我希望这个故事不会变成一种信条，一种宗教信仰。在我最可怕的噩梦中，我看到女人们形成了这样一种传统：如果她们的儿子显露出可能成为恶徒的迹象，她们就淹死他们。我想，她们应该是想趁那些男孩没变成祸害其他人的混蛋时先动手预防，且以此为己任。

我们当中可能有一小部分男人"疯狂到不应活在这个世上"。但是极端的"解决办法"令我感到害怕……这样的思想观念，我无法理解。

当然，这个问题可能会自动解决。女人那么明智，不会走向极端。这或许正是我们的最终希望所在。

现在是寄这封信的时候了。我到库斯湾会再给您和阿比写信的。

爱你的

戈　登

2012年4月28日

"邮差！"

戈登向一位路过自己身边的年轻人打了声招呼，这小伙子穿着邮差穿的蓝色牛仔裤和皮夹克。年轻人迅速走过来，敬了一个礼。戈登拿出了那封信，"你能帮我把它放到送往东部的邮箱中吗？"

"好的，长官。马上去，长官！"

戈登微笑着说："不急。这只是一封私人的……"

但这位年轻人已经迅速跑开了，戈登叹了一口气。亲密的同事情谊和认识"邮政服务"中每个人的日子已经一去不复返。他的地位高出那些年轻的邮差太多，无法再一起毫无顾忌地开怀大笑或者闲聊了。

没错，确实要赶时间。

他起身提起挎包的时候，只有一点点迟疑。

"看来，你不打算参加方形舞舞会了？"

他转过身来。埃里克·史蒂文斯站在邮局的侧门边，嚼着一片草叶，交叉着手臂面对着戈登。

戈登耸了耸肩，"似乎现在走正是时候。我不想你们为我举办舞会，那是浪费时间。"

史蒂文斯点了点头表示同意。在戈登养伤期间，他的冷静帮了大忙，戈登觉得自己要为约翰尼的死负责，但史蒂文斯并不这样认为。

埃里克认为，所有人都将他孙子那样的牺牲视为无上光荣的事儿。反攻已经足以证明他的观点，戈登决定不再就约翰尼的死应该由谁负责的问题与他争辩了。

上了年纪的埃里克眯起眼睛，目光扫过附近的园地，朝99号高速公路的南端望去。

"更多南部的人骑马过来了。"

戈登转身看到一队骑者正慢慢一路向北朝大本营走来。

史蒂文斯窃喜道："你看，他们眼珠子都要蹦出来了。感觉好像他们从来没见过城市似的。"

的确，他们骑进这个镇的时候，看到的尽是奇怪的景象——风力发电机、嗡嗡作响的电线、忙碌的机器车间、许多穿着干净、吵闹的孩子在校园里玩耍——这让他们止不住地眨眼睛,脸上写满了惊讶。这些留着胡子、身强体壮的人来自苏斯兰、罗斯镇、卡马斯山谷和库斯湾。

戈登觉得,将这个镇称为城市有点儿夸张,但埃里克说得的也有道理。

美国国旗在忙碌的邮政中心飘荡。不时有穿着制服的邮差跳上马,带着鼓鼓的挎包,向北东南三个方向狂奔。

独眼巨人大楼那边放着另一个时代的音乐,还有一只打满补丁的小飞艇在脚手架上摇晃,穿着白衣服的工人用古老又神秘的工程用语争论着。

那只小飞艇的一侧画着一只老鹰从一堆火葬用的柴堆上展翅高飞,另一侧画着俄勒冈州的饰章。

最终,在训练场上,这些新来的人将遇到一小队目光炯炯有神的女兵——来自威拉米特河谷的志愿者,她们正在接受与其他人一样的训练。

对于粗鲁的南方人来说,一次性吸收这些新鲜事物已经够多的了。戈登一边微笑,一边看着身强体壮、留着胡子的新战士目瞪口呆,慢慢回忆往昔的情形。这些增援部队来到这里自认为会成为穷途末路的北方的救世主,但他们将改变想法。

埃里克·史蒂文斯简洁地说:"戈登,再见。"与其他一些人不一样,他深知分别应该不会太久,但还是又补了一句,"一路顺风,改天再见。"

戈登点了点头,"如果可以的话,我会的。埃里克,再见。"他背起挎包,朝马厩走去,离开他身后熙熙攘攘的邮局。

经过旧运动场的时候,他看到那里到处都搭着帐篷。场上马儿嘶鸣,人们列队行进。在运动场上,戈登看到了乔治·波瓦坦独特的身影,他正在将他的新军官介绍给拿着武器的老部下,将不堪一击的威拉米特河谷军队重新编入俄勒冈州联邦的防御新联盟。

戈登经过的时候,这位一头银发的高个子老人抬起头,与他对视了一会儿。戈登点点头与他道别,没有说一句话。

他终究获胜了——将这位乡绅请下了山,尽管获胜的代价是他们两个要终生肩负重担。

波瓦坦向他微微笑了一下。现在,他们都知道,面对这样的重担,一个男人该怎么做。

戈登想,挑起重担。

或许有朝一日,他们两个可能会再次坐到一起——在那间墙上挂着孩子们的手工作品、建在山中的宁静房子内——谈论养马和酿啤酒的精湛技艺。但只有等到“重要的东西”放开他们后,才可能会有那么一天。在此之前,他们两个都将继续努力,直到那一天来临。

波瓦坦还有仗要打,戈登则有另一项任务要完成。

他摸了一下自己的邮差帽,转身离开。

昨天,他向防御委员会辞职,令他们所有人吃惊不已。“我要对整个国家负责,而不是只对这个国家的一个角落负责。”他告诉他们,让他们继续打心底里相信那不是谎言。

他说:“现在俄勒冈州已经安全了。我必须继续做我的主要工作。还要让其他地方加入邮政网络,其他地方的人们与自己的同胞隔离太久了。

“没有我,你们也可以继续好好地开展工作。”

他们的反对没有用,因为他说得对。在这里,他该做的都做了。现在,他到其他地方能够发挥更大的作用。总之,他不能再待下去了。这个山谷里的一切会时刻让他想起,自己为了做好事而造成的伤害。

戈登决定今天就离开这个镇,不去参加为他举行的舞会。他的伤已经恢复得差不多,可以上路了,但还不能太劳累。他向那些留下的人——彼得·奥格和拉扎勒斯基博士以及那台损坏的可怜机器道了别。现在他已经不再害怕那台机器的鬼魂了。

备马的人牵来了为戈登这次远行挑选的年轻牝马。他一边仍旧沉浸在思考中,一边调整了一下挎包,挎包里装着他的装备和五磅重的信件,这些信件将首次被送往俄勒冈州外的地方。

某种程度上来说,他是满怀信心出发的。尽管接下来几个月或者几年必定会相当艰难,但他们肯定会赢得这场战争。他现在的一项使命就是要寻找新盟友,寻找缩短文明复兴过程的新方法。至少文明终将复兴,这个结局肯定是不会变的。

他并不担心战争全面胜利后,乔治·波瓦坦会变成一个暴君。当所有霍恩主义者都被处以绞刑后,俄勒冈人会明确地告诉波瓦坦,他们自己的事情能自己处理,无须帝王和圣人的管教。戈登希望,如果有人想要波瓦坦的指导,可以先到这里来观摩一阵,看看这全新的世界。

独眼巨人的忠仆们将继续散播他们的谎言,促进技术重生。戈登任命的邮政局长将继续不自知地撒谎,利用重建后美国的故事将各地团结在一起,直到不再需要这个虚构的故事。

直到谎言成真,化作现实。

此外,没错,女人们会继续谈论今年冬天在这里发生的事情。她们将研究德娜·司布珍的笔记,阅读那些侦察兵读过的旧书,争论判断男人的意义。

戈登觉得,德娜是否真的精神错乱现在已经无关紧要了。

他这一生都不会知道她的故事会带来多么深远的影响。他没有那种影响力，也无意干预这个传奇的传播。

三场骗局，三个神话……还得加上乔治·波瓦坦。这三个神话庇护着俄勒冈的人们，愿他们终有一日能彻底自力更生。

戈登上马时，这匹精力充沛的马打了一个响鼻。他轻拍这匹牝马，抚摸它，直到它镇定下来，因为渴望上路而微微发抖。戈登的护卫已经在镇外等候，准备将他安全护送到库斯湾，到那儿后，他将乘船前行。

他想，去加利福尼亚……

他记得那枚熊旗徽章，那个一语不发、奄奄一息的士兵，他没说一句话，但却告诉了戈登很多东西。他欠菲尔·博库托和约翰尼的。约翰尼原本想到南方亲自探个究竟。

德娜……我们多么希望你能够和我同行。

他将为他们探个究竟。现在他们都和他在一起。

他想，沉默的加利福尼亚啊，这些年来，你都发生了些什么？

他让马儿原地旋转一圈后，便沿着道路向南方进发了。身后传来了嘚嘚的马蹄声和一群自由男女的喊叫声。他们必然会取得战争的胜利，当最终处理完琐碎的杂事，这些士兵将高兴地返回农田和各自的村庄。

他们的喧闹虽说显得无礼、焦躁，但也透出一丝坚毅。

戈登经过一扇开着的窗，里面传出了唱片的响亮音乐。今天怎么有人用电这么大方？谁知道呢？也许这慷慨的架势是为了欢送他呢。

他抬起头，连马儿也竖起了耳朵。他终于听出来了，这是沙滩男孩①的一首老歌，这二十年间他从未听到过……充满了天真

① 二十世纪六十年代最顶尖的美国迷幻摇滚乐队。

烂漫和乐观向上的旋律。

戈登想,我希望加州那边也有电。

或许吧……

空气中弥漫着春天的气息。那只小飞艇嗖的一声飞入空中,人们顿时欢呼起来。

戈登用脚跟轻轻碰了碰马儿,这匹牝马慢慢地跑起来。他走出了这个镇,头也没回。

致 谢

我要对那些在本书成书过程中慷慨给予时间和意见的人表示感谢。

迪安·英格、黛安、约翰·布里佐拉拉、阿斯特丽德·安德森、格雷戈·贝尔、马克·格里吉尔、道格拉斯·博尔格、凯瑟琳·雷兹、康拉德·海林、佩迪·哈珀、唐·科尔曼、莎拉·巴特和詹姆斯·阿诺德博士都为本书提出过建设性意见。

我要特别感谢安尼塔·埃弗森、丹尼尔·J.布林、克里斯蒂·麦丘和约翰·刘易斯教授的真知灼见。感谢卢·阿罗尼卡和班坦图书公司的全力支持和理解,感谢戴维斯出版社的肖纳·麦卡锡等人。

最后,我要对我认识的那些女人表示感谢,当我日益自满最需要灵感的时候,她们不断给我灵感,让我驻足思考。

书中隐藏着力量和奇迹。

大卫·布林
1985年4月